안전 가옥

The Fort

안전가옥

1판 1쇄 펴낸날 2023년 8월 30일
1판 2쇄 펴낸날 2024년 11월 5일

지은이 고든 코먼
옮긴이 이철민
펴낸이 김민지

펴낸곳 미래M&B
등록 1993년 1월 8일(제10-772호)
주소 04030 서울시 마포구 동교로 134 미진빌딩 2층
전화 02-562-1800(대표)
팩스 02-562-1885(대표)
전자우편 mirae@miraemnb.com
홈페이지 www.miraeinbooks.com
블로그 blog.naver.com/miraeibooks
인스타그램 @mirae_inbooks

ISBN 978-89-8394-951-6 (03840)

*잘못 만들어진 책은 구입처에서 바꾸어 드립니다.
*미래인은 미래M&B가 만든 청소년, 성인을 위한 브랜드입니다.

안전 가옥

The Fort

고든 코먼 지음
이철민 옮김

미래인

차례

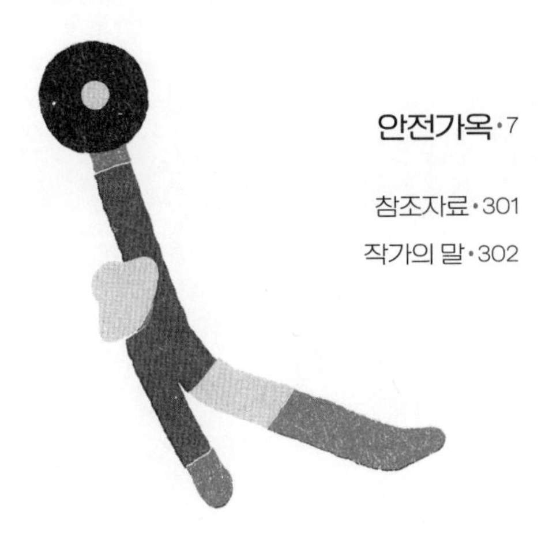

*일러두기: 본문의 주는 모두 옮긴이의 주입니다.

에반

폭풍우가 지나간 다음날 아침, 나는 리키라는 녀석과 잠시 붙어 있어야만 했다. 전날 거센 돌풍이 불어 스코틀랜드 네스 호수에 산다는 전설 속 괴물의 모가지만큼 긴 나뭇가지가 녀석의 침실 창문을 뚫고 들어왔다. 망가진 방을 수리하는 동안 녀석을 우리 집에 머물게 해 달라며 리키네 부모님이 부탁한 것이다.

내가 겨우 침대에서 일어나 반바지와 티셔츠를 꾸역꾸역 입고 있을 때, 할머니는 이미 아래층 주방의 둥근 식탁 앞에 앉은 리키에게 아침을 차려 주고 계셨다. 내가 녀석의 맞은편에 자리를 잡고 앉자 할머니가 내 앞에 접시를 덜거덕 내려놓았다. 접시에 담긴 건 흰 빵 두 조각과 버터가 전부였다.

"굽지도 않은 빵을 먹으라고요?" 내가 투덜댔다.

"전기가 나갔잖니." 할아버지가 오렌지 주스를 벌컥벌컥 들이켜고는 말했다. 전기가 끊기는 바람에 커피를 마시지 못해 예민해진 건지 약간 신경질적인 말투였다.

"동네 꼴이 아주 말이 아니더구나. 길바닥에는 부러진 나뭇가지투성이고, 야외에 설치된 의자랑 테이블은 죄다 망가진 채 나뒹굴더라니까."

"제 방 창틀은 아예 통째로 뽑혔어요." 리키가 말했다. 리키는 키가 작고 말랐는데, 눈은 크고 부리부리했다. 실제로 그런지는 모르겠지만, 그 커다란 눈 때문에 엄청 착실해 보이기는 했다. "카펫은 흠뻑 젖고, 방바닥엔 깨진 유리 조각 천지였다니까요."

할머니를 바라보며 내가 물었다. "얘는 집에 언제 가요?"

할머니는 평상시 루크 형에게 짓던 언짢은 표정으로 나를 쏘아보았다.

"리키 엄마가 특별히 부탁한 일이야. 리키가 우리 집에 머물게 되어서 할아버지와 난 무척 기쁜걸."

할머니는 리키의 엄마인 몰리나 아줌마와 같은 법률 회사에서 일한다. 할머니는 비서로, 몰리나 아줌마는 법무사로 근무한다는데, 무슨 일을 하는지는 잘 모르겠다. 리키네 가족은 얼마 전 우리 동네로 이사를 왔는데, 할머니는 이 새로운 이웃에게 엄청 친절하다. 하긴 할머니는 원래 이웃 사람 모두에게 친절하신 분이니 딱히 특별할 것도 없다. 이 녀석과 한 공간에 붙어 있어야 한다고 생각하니 조금 짜증 나긴 했지만 그렇다고 내가 불평할 만한 입장은 아니었다. 엄마 아빠가 재활원에서 약물 중독 치료를 받을 때, 루크 형과 나를 맡아 주신 분은 바로 할머니였다. 엄마 아빠는 재활원에서 나와서 집으로 돌아오지도 않고 우리를 버린 채 떠났지만, 할머니는 남겨진 형과 나를 계속 품어 주셨다. 하지만 형과 내가 할머니 집에 얹혀살고 있다고 해서 리키까지 그래도 된다는 건 아니다. 형과 난 가족이니까 그럴 수 있지만, 리키는 생판 남이지 않은가.

"아무래도 온종일 여기에 있어야 할 것 같아. 엄마가 그러는데, 우리 집 유리창을 고치려면 한참 걸릴 것 같대. 이 동네 창문이란 창문은 절반도 넘게 깨져서 여기저기 다들 난리인가 봐." 리키가 알고 있으라는 듯 내게 말했다.

난 굽지 않은 토스트를 한 입 베어 물고 입 안에서 묽은 암죽으로 짓이겨질 때까지 우물우물 씹어 댔다. 허리케인이 마을을 쑥대밭으로 만들어서 좋은 점이 딱 하나 있다면, 학교를 하루 빠져도 된다는 것이었다.

"친구들 좀 만나고 올게요." 난 입가에 묻은 주스를 닦아 내고 자리에서 일어났다. "그거 잘됐구나." 할머니가 반기듯 말했다. "리키도 데려가렴."

"얘는 자기 친구들하고 놀겠죠."

"난 친구가 없어." 리키가 고백이라도 하듯 말했다.

"친구가 없는 게 아니라 아직 친구를 못 사귄 걸 테지. 걱정하지 마. 너도 곧 친구가 생길 거야. 오늘 같은 날이야말로 친구 사귀기 딱 좋은……." 말을 이어 가려는데 할머니의 따가운 눈길이 느껴졌다. "알겠어요. 제가 어떻게 할까요? 할머니가 하라는 대로 할게요."

"말 안 해도 알 텐데." 할머니가 짧게 답했다. 할머니의 눈동자에는 이미 내가 해야 할 일이 구체적으로 담겨 있었다.

할머니 말씀을 거역해 봐야 좋을 거 없다는 듯 할아버지가 내게 동정의 눈길을 보냈다. 그도 그럴 것이 할아버지는 할머니와 함께 산 지 40년이 넘었다. 그 오랜 세월을 최고 사령관 밑에서 숨죽여 살았다니, 참 대단하다.

제기랄, 결국 리키와 함께 집을 나서고 말았다.

동네 꼴이 말이 아니라는 할아버지 말씀은 결코 과장이 아니었다. 거리는 온통 부러진 나뭇가지와 바람에 날려 지붕에서 떨어져 나온 널빤지로 발 디딜 틈 없는 장애물 코스와 다를 바 없었다. 곳곳이 허리케인에 할퀸 상처투성이였고, 전기공들은 전봇대를 넘나들며 보수 작업에 여념이 없었다. 내가 사는 구역만 하더라도 커다란 가로수 세 그루가 뿌리째 뽑혀 콘크리트로 다져진 인도와 연석의 속살이 훤히 드러났다.

할머니네 집은 바람에 날린 블루베리의 융단 폭격을 받아 외벽이 온통 자줏빛으로 얼룩덜룩 도배되었다. 오븐에 파이를 굽기라도 하듯, 짓이겨진 블루베리의 비릿한 냄새가 집 안팎에 진동했다.

“역겨워.” 리키가 코를 찡그리며 말했다.

나도 막 같은 말을 하려던 참이었다. 그런데 리키가 먼저 그 말을 꺼낸 순간, 왠지 할머니의 집과 내가 가장 좋아하는 과일인 블루베리를 쌍으로 흉보는 것처럼 들려서 기분이 별로였다.

“이만한 게 다행이야. 누구네 집처럼 창문을 뚫고 들어온 큼지막한 나뭇가지에 눌려 누워 있던 침대에서 옴짝달싹 못 하게 되지는 않았으니 말이야.” 리키에게 말했다.

“내 방에 들이닥친 나뭇가지는 내 몸에 닿지도 않았어. 유리창 파편이 튀어서 상처가 조금 났을 뿐이야.” 리키가 어깨를 으쓱하며 대꾸했다.

내가 리키에게 무슨 감정이 있는 건 아니라고 말해 두어야겠다. 사실 녀석과는 생판 모르는 사이도 아니다. 이게 어떻게 가능한지는 모르겠지만, 리키는 나보다 어린데도 학교에서 몇 과목 수업을 같이 듣는다. 이곳 케이넌과 같은 소도시에서는 어린이집을 다닐 때부터 서로를 알고 지낸다. 이런 곳에서 8학년* 첫 주 수업에 홀연히 나타난 전학생이 친구를 사귀기까지는 시간이 필요한 법이다. 걔도 언젠간 이 학교에 친구가 생기겠지. 하지만 내가 그 중 한 명이 될 리는 없을 것이다.

미첼과 씨제이는 숲으로 이어지는 오솔길 옆 약속 장소에 나와 있었다. 검은 머리칼에 체구는 말랐지만 강단 있어 보이는 씨제이가 최근에 시도했던 '불사조놀이'를 입으로 중계하고 있었다. 케이넌 공립 도서관 계단 난간을 스케이트보드를 타고 내려오는 묘기 이야기였다.

"……쌩쌩 바람을 가르며 미끄러져 내려오고 있는데, 어떤 꼬부랑 할머니가 마치 줄다리기라도 하듯 난간을 꽉 부여잡고 계단을 오르고 있는 거야. 어쩌겠어, 할머니를 그대로 밀고 지나갈 순 없는 노릇이잖아? 그래서 순간적으로 할머니를 폴짝 뛰어넘었지. 착지만 잘하면 완벽했는데 한 끗 차이로 그만……." 씨제이가 속사포처럼 말을 쏟아 냈다.

바닥에 쓸려 오른쪽 얼굴 전체에 큼지막하게 피딱지가 앉은 씨제이의 얼굴을 걱정스럽게 바라보며 금발 머리 미첼이 물었다. "안 아팠어?" 미첼은 좀 더 자세하게 듣고 싶어 했다.

*우리나라의 경우 중학교 3학년에 해당함.

씨제이가 아무렇지도 않다는 듯 무심히 답했다. "아프긴 뭐가 아파. 바닥이 깃털 침대처럼 푹신하던걸." 그때 씨제이가 나를 돌아보았고, 내가 데려온 아이를 보고는 눈살을 찌푸렸다. "쟤, 뭐야?"

"리키라고, 우리랑 같은 학교 다녀. 얘 엄마는 우리 할머니랑 같은 데서 일하고." 내가 설명했다.

"아니, 그러니까, 쟤가 여기에 웬일이냐고." 미첼이 따져 물었다. 미첼은 표본실의 청개구리라도 바라보듯 리키를 뚫어져라 쳐다봤다. 미첼은 강박장애가 있다. 강박장애는 사람마다 증상이 다른데, 미첼의 경우에는 자기 예상과 다르게 돌아가는 상황에 특히 과민한 반응을 보였다.

"나 안 늦었지?"

멀리서 들리는 소리가 확실했지만, 우레와 같이 컸다. 키가 크고 체격이 좋은 제이슨이 은색 경주용 자전거를 타고 상체를 굽힌 채 힘차게 페달을 밟으며 달려왔다. "미안! 내가 이번 주는 아빠랑 지내고 있어서. 물이 차서 엉망이 된 주방을 아빠랑 같이 치우느라고 좀 늦었어. 어젯밤 스튜를 태워 먹어서 주방 창문을 열어 뒀거든. 연기는 빠졌는데, 대신 비바람이 들이쳤지 뭐야!" 제이슨은 목소리만 큰 게 아니라, 갈색 머리도 숱이 풍성하고 긴 데다 어깨도 넓어서 우리 가운데 가장 어른스럽게 보인다.

제이슨은 우리 옆에 서 있는 리키를 보자 말을 멈췄다.

"우리 집에도 허리케인이 들이쳤어. 바람에 날린 커다란 나뭇가지가 내 방 창문을 뚫고 들어와 버렸어." 리키가 말을 건넸다.

"리키는 우리 집에 묵고 있어. 얘 방이 수리될 때까지만 잠시.” 내가 상황을 설명했다.

“하지만 에반, 이건 비밀로 하기로 했잖아. 잊었어?” 제이슨이 따졌다.

“나도 비밀 지킬게.” 리키가 약속했다.

“넌 그럴 필요 없어. 왜냐하면 그건 너의 비밀이 아니니까.” 미첼이 깍쟁이처럼 끼어들었다.

내가 한숨을 쉬며 말했다. “우리의 비밀이 숲속에 아직 남아 있을지 모르겠네. 주위를 둘러봐. 온 마을이 난리판인데, 폭풍우가 그깟 가림막 몇 장쯤 가만두었을 것 같아?”

“나무들이 보호해 주었을지도 모르지.” 제이슨은 낙관적이었다.

“보호라니, 뭘?” 리키가 캐물었다.

“넌 몰라도 돼.” 미첼이 받아쳤다.

리키의 보호자가 될 생각은 추호도 없었지만, 자칫하다간 아무것도 아닌 일로 큰 싸움이 일어날 수도 있었기에 나는 어쩔 수 없이 입을 열었다. “우리가 숲속에 요새를 만들었거든…….”

“비밀이라고 했잖아.” 미첼이 당장 내 입을 막아야 한다는 듯 다급한 목소리로 끼어들었다.

“……우리가 가려는 데가 거기야. 비밀 요새가 무사히 잘 있나 보려고.” 내가 말을 마쳤다.

“무사할 리 없어.” 씨제이는 비관적이었다.

“상태가 어떤지 확인할 방법은 딱 하나야. 가서 직접 눈으로 보자고.” 리키가 결론을 내듯 말했다.

우리가 옥신각신하는 소리는 점점 가까워지는 요란한 자동차 엔진 소리에 묻혔다. 낡은 오픈카의 스피커에서 쿵쾅대며 뿜어져 나오는 음악 소리는 엔진 소리보다 더 시끄러웠다. 소방차처럼 빨간 무스탕 한 대가 빠른 속도로 거리를 내달리다가 길바닥에 떨어진 위성방송 수신기를 피해 핸들을 확 꺾더니 끼익 소리를 내며 우리 앞에 멈춰 섰다.

"좋은 아침이야, 얼간이들." 조수석에 앉은 형 루크가 우리에게 말했다.

우리 중 두엇이 루크 형을 보고 인사했지만, 운전석에 있던 예이거 데블린에게는 아무도 아는 척하지 않았다. 예이거는 근래에 루크 형이 새로 사귄 절친이다.

"어이, 사나이들." 예이거가 우리에게 그 음흉한 실체를 감춘 미소를 지으며 느끼하게 인사를 건넸다.

다들 대꾸가 없었다. 리키만 수줍게 "안녕하세요." 하며 화답했다.

리키는 이 동네에 이사 온 지 얼마 되지 않았기에 예이거에 대해 들어 본 적이 없을 것이다. 예이거는 그야말로 '나는 위험인물입니다.'라는 꼬리표를 달고 돌아다녀야 할 인간이다. 난 우리 형이 예이거랑 어울려 다니지 않기를 바라는데, 내 말은 씨알도 먹히지 않는다. 우리 형제도 한때는 친했는데, 어쩌다 이렇게 사이가 틀어졌는지 모르겠다. 엄마 아빠가 잘못된 길을 가면서 우리 가족이 해체되었을 때만 해도, 형과 나는 서로가 서로에게 전부였다. 하지만 예이거가 우리 사이에 끼어들면서 형은 완전 딴 사람이 되었다. 그 후로는 형이 내 주변에 얼씬거리는 것도 싫었다. 무엇보다 소름 끼치는 건 형의 눈동자다. 미친 것 같기도 하고, 귀신에 씐 것 같기도 한 눈동자. 얼빠진 것처럼 초점 없이 텅 빈 그 눈동자. 우리를 버리기 직전, 걷잡을 수 없는 나락으로 떨어져 버린 엄마 아빠의 눈동자가 꼭 그랬다. 만약 똑같은 일이 형에게도 벌어지고 있는 것이라면, 그 상황에서 내가 어떻게 대처해야 할지 모르겠다. 예이거를 싫어할 수밖에 없는 이유를 꼽자면 열 손가락으로도 모자라다. 그중에서도 첫손에 꼽을 수 있는 이유는 예이거를 따라다니면서 루크 형이 이상하게 변해 가고 있다는 사실이다.

"숲속에 뭐가 있는데 그래?" 예이거가 우리에게 물었다.

"아, 아무것도 아냐!" 미첼이 말을 더듬었다. "왜 우리가 숲으로 들어갈 거라고 생각하는데?"

심드렁한 표정으로 예이거가 고개를 기울이며 리키를 가리켰다. 리키는 우리보다 몇 미터 앞서 숲속 진입로 방면으로 발걸음을 옮기고 있었다. 누가 봐도 숲속으로 들어가려는 게 분명한 모양새였다.

"뿌리 뽑힌 나무들을 보고 싶거든. 얽히고설킨 나무뿌리들이 온통 땅 밖으로 모습을 드러내고 있을 텐데, 숲속에서 그 장면을 보면 정말 굉장할 거야." 리키가 차분히 말했다.

루크 형이 시답잖은 표정을 지었다. "동네가 온통 난리판인데 한가롭게 나무뿌리 관광이라니……. 듣기만 해도 지루하다. 우린 지금 마을의 피해 상황을 살피는 중이야."

이 말인즉, 둘은 지금 문짝이 날아가거나 창문이 깨지거나 출입문 잠금장치가 파손된 집들을 여기저기 쑤시고 다니며 뭐 훔칠 게 없나 살펴보고 있다는 뜻이다. 예이거는 좀도둑질에 있어서는 선수로, 최근 루크 형과 함께 돌아다니면서 도둑질이 점점 늘고 있었다.

“나중에 또 보자, 사나이들.” 에이거가 무스탕에 기어를 넣고 3미터 정도 차를 전진시키자 쌍기통 배기관이 우리 눈에 들어왔다. 그러더니 냅다 가속페달을 밟아 매캐한 회색 매연을 마구 뿜어 댔다. 매연 구름에 뒤덮인 우리 다섯은 모두 숨이 막혀 콜록댔다. 그제야 에이거와 루크를 실은 차는 끽 소리를 내며 출발했고, 이내 시야에서 사라졌다.

씨제이가 피딱지가 앉지 않은 반대편 얼굴로 내게 딱하다는 표정을 지어 보였다. “친구야, 아무리 루크가 네 형이라지만 정말 꼴불견이다!”

“맞아.” 미첼이 물기를 닦아 내듯 셔츠에서 연기를 털며 맞장구쳤다. “너, 루크 형 그냥 두고만 볼 거야?”

“됐고, 얼른 요새나 보러 가자.” 내가 나직하게 말했다. 그리고 리키를 따라 숲속으로 난 오솔길로 발길을 옮겼다. 나와 아주 가까운 누군가가 크게 사고를 치고 다니더라도 마땅히 할 수 있는 게 없다는 걸, 난 뼈아픈 경험을 통해 이미 알고 있었다.

루크 형 역시 잘 알고 있을 것이다. 나와 함께 그 경험을 했으니까 말이다.

미첼

리키가 우리 요새에 오게 되었다니, 이건 정말이지 불공평하다. 애초 비밀에 부치기로 한 장소였건만, 리키가 알아 버린 이상 이제 비밀이 아니다.

그리고 단짝도 아닌 애를 우리만의 장소로 데려오는 건 옳지 않다는 생각을 나만 하는 게 아닌 것 같았다.

"너희 말이야, 내가 저넬에게 우리 요새에 대해 말해도 되는지 스무 번도 넘게 물어봤던 거 기억하지? 그때마다 너희는 안 된다고 했어." 오솔길을 따라 숲속으로 들어가는 길에 제이슨이 말했다. "그런데 얘는 어째서 여기에 와도 되는 거야? 내 말에 너무 기분 나빠하지는 마, 리키."

제이슨 다음으로 키가 큰 에반이 부러진 채 매달려 있는 나뭇가지를 고개 숙여 피하며 말했다. "요새 규칙 하나. 남자들만 출입 가능."

"고작 사흘 전에 만든 요새에 무슨 있지도 않은 '규칙' 타령이야!" 제이슨이 뾰로통하게 말했다.

"저넬이 누군데?" 리키가 물었다.

"사랑에 빠진 로미오의 짝꿍을 말하는 거야." 씨제이가 설명했다.

리키가 미간을 찌푸리며 골똘히 생각했다. "누군지 모르겠는데…… 우리 학교에 다니는 여자애야?"

제이슨이 발그스름해진 얼굴로 말했다. "7학년이야. 우리보다 한 학년 어리지만 유치한 구석이 없어서 좋아! 여자애들이 남자애들보다 성장도 빠르고 더 성숙하거든." 힘주어 말하다 보니 그러잖아도 큰 목소리가 더욱 크게 울렸다.

"엄밀히 말하면 나도 7학년이야. 예전에 살던 곳에서 영재 학교에 다녔다고 케이넌 중학교에서는 8학년 수업을 듣게 하더라고." 리키가 말했다.

"월반을 했다고? 한 학년을 통째로 건너뛰었단 말이야?" 내가 목소리를 높이며 분통을 터뜨리듯 말했다.

씨제이가 내 어깨에 팔을 두르며 말했다. "진정해."

내 인생을 고통스럽게 만드는 주범인 학교를 누구는 단축해서 다닌다는데 진정하라니. 내가 씨제이의 팔을 뿌리치며 말했다. "난 감옥 같은 학교생활이 지긋지긋해 죽겠는데, 난데없이 나타난 이 녀석은 어떻게 한 학년 옥살이 면제 특권을 받아 낸 거야?"

"케이넌 중학교가 일반 학교라 그래. 저 너머 프리포트에도 영재 학교가 있거든. 거기에 진학하려고 준비 중인데, 붙으면 도로 7학년 수업을 들어야 할 거야." 리키가 답했다.

모두 걸음을 멈추었다. 갑자기 분위기가 어색해졌다. 리키가 방금 한 말은 우리 학교가 멍청이 소굴이며, 고로 이 학교에 다니는 우리는 죄다 덜떨어졌다는 것을 의미했다. 리키의 한마디에 우리 모두는 졸지에 바보가 되었다.

"말조심해. 그런 식으로 우릴 깔볼 필요 없잖아. 네가 영재 동네에서 바보 동네로 이사 온 게 우리 탓은 아니니까." 씨제이가 리키를 향해 쏘아붙였다.

"난 그렇게 말한 적 없어! 전에 살던 곳에서 영재 학교에 다녔고, 이쪽으로 이사 와서는 다른 영재 학교에 입학할 때까지 당분간 일반 학교에 다니고 있을 뿐이라고. 그게 죄는 아니잖아?" 리키가 응수했다.

글쎄, 그런 게 아직 죄가 아니라면 지금부터라도 범죄 목록에 포함시켜야 한다. 에반의 할머니는 도대체 무슨 생각으로 이 재수 없는 똑똑이를 우리랑 붙여 놓은 걸까. 말이 나왔으니 하는 말인데, 에반의 할머니는 내가 만나 본 사람 중 가장 무섭다. 물론 예이거 다음으로 말이다.

우린 다시 걷기 시작했다. 아무도 리키를 더 이상 나무라지 않았다. 밥맛없이 군 리키를 모두 용서한 모양이었다. 나만 빼고. 숲으로 더 깊숙이 들어가면서 나는 일곱 번째로 마주치는 나무마다 그 껍질에 팔꿈치를 비볐다. 일곱은 나에게 행운의 숫자이기 때문이다. 다른 애들은 이런 행동을 하지 않는다. 이건 강박성 장애와 관련된 행동이니까. 나는 뇌가 작동하는 방식과 같은 아주 중요한 문제를 스스로 제어할 수 없다. 엄마가 다니던 자동차 부품 회사에서 해고당하는 것을 막을 수 없는 것처럼 말이다. 따라서 남들은 하지 않는 이런 행동은, 내 삶의 일부라도 내 의지로 통제할 수 있음을 보여 주려는 나름의 시도라고 브레킨리지 박사가 설명했다. 엄마가 하나도 아닌 세 곳의 일자리를 전전해야 한다는 사실을 난 결코 바꿀 수 없다. 그래서 나 스스로가 통제권을 행사할 수 있는 일들, 이를테면 팔꿈치를 비빌 나무를 선택하거나 팔꿈치를 비비면서 흥얼거릴 노래를 선택하는 것 따위에 집착한다는 것이다. 브레킨리지 박사는 이렇게 말했지만, 과연 자신이 한 말의 뜻을 제대로 이해하고 있을지 의문이다. 난 더 이상 그에게 진료를 받지 않는다. 그건 브레킨리지 박사가 실력 없는 정신과 의사여서가 아니라, 엄마가 델라크래프트 자동차 부품 회사에서 해고되면서 건강 보험을 상실하여 더 이상 의료비를 감당할 수 없게 되었기 때문이다.

의료비 문제가 불거지자마자 날 내팽개친 브레킨리지 박사를 속물이라고 생각했다. 하지만 엄마는 대가 없이 일하는 사람은 없는 법이라며 그를 두둔했다. 아무튼 그때부터 지금까지 적절한 치료를 받지 않다 보니 나의 강박 증세는 호전되지 않고 있다. 그렇다고 불편한 건 아니다. 현재 나의 강박증은 장애로 느껴진다기보다 마치 나의 일부인 것처럼 아무렇지 않고 편안하다. 오히려 나를 괴롭히는 건 정말이지 지긋지긋한 학교생활이다. 도대체 하루의 절반을 무조건 학교에서 보내야 한다는 게 말이나 되는가? 내가 이렇게 삐뚤어진 생각을 하게 된 건 브레킨리지 박사에게 버림받은 탓이 크다. 오래된 러시아 우주 비행체의 캡슐이 정상 궤도를 벗어나 지상에 추락하는 경우가 더러 있다고 들었는데, 그게 브레킨리지 박사가 애지중지하는 허브 정원으로 떨어지면 좋겠다.

셋, 둘, 하나, 꽝! 브레킨리지 박사도 자기 정원에 캡슐이 추락하는 건 통제하지 못할 것이다.

나무에 너무 세게 스쳤는지 팔꿈치가 까졌다. 별로 아프진 않았지만 파상풍이 염려되어 숫자 세기에 집중할 수 없었다. 911에 전화해 구조를 요청할 수도 없었다. 휴대폰을 고칠 형편이 안 돼서 고장 난 채로 들고 다니기 때문이다. 물론 잠깐 전화기 좀 쓰자고 하면 친구들은 빌려줄 것이다. 리키는 빼고. 설령 리키가 먼저 빌려준다고 해도 난 걔 전화기는 절대 사용하지 않을 것이다. 그럴 바엔 차라리 파상풍에 걸려 죽는 게 더 낫다. 사실, 난 파상풍이 뭔지 모르는데 그 단어가 주는 어감이 왠지 섬뜩하다.

"다 왔어." 에반이 말하자 모두 걸음을 멈추었다.

리키가 주위를 둘러보며 말했다. "요새 같은 건 안 보이는데."

에반이 단풍나무 고목의 그루터기를 가리켰다. 껍질도 없고 속은 흰개미 떼가 다 파먹었는지 텅 비어 있었다. "여기서부터 좌측으로 스물여섯 걸음 가면 요새가 있던 자리야."

그 말이 내 성미를 돋웠다. "스물다섯이나 스물일곱은 되도 스물여섯은 안 된다고 내가 대체 몇 번이나 말해야 되냐?"

리키가 어리둥절한 표정으로 말했다. "스물여섯이 뭐 어때서?"

그런 어처구니없는 질문을 하다니. 난 더욱 화가 났다. "영재학교에서는 그런 것도 안 배우냐? 26은 13의 두 배잖아! 가장 재수 없는 숫자란 말이야!"

리키가 날 뚫어져라 쳐다보며 말했다. "너 '트리스카이데카포비아'가 있구나!"

"그런 거 아니야! 난 강박장애가 있을 뿐이라고!"

"숫자 13에 대한 공포증을 전문 용어로 그렇게 말해."

"난 13을 두려워하는 게 아니라 경외하는 거야. 날 죽음으로 몰고 갈 수도 있으니까 말이야."

"이러면 어때?" 씨제이가 제안했다. "내가 스물다섯 걸음 걷고 에반이 스물일곱 걸음 걷는 거야. 그러면 우리 둘 사이가 요새가 있던 자리인 거지."

"그렇게 눈 가리고 아웅 하는 식으로는 소용없어." 나는 못마땅한 목소리로 말했다. "이미 우리 입에서 스물여섯이라는 말이 나와 버렸잖아. 벌써 부정 탔을 거야."

우리는 서 있던 자리에서 발걸음을 떼고 덤불을 헤치며 나아갔다. 난 걸음 수를 의식하지 않으려고 일부러 탭댄스를 추듯 걸었다. 다른 아이들이야 나의 이런 행동이 익숙하겠지만, 리키는 나를 마치 광대 보듯 했다. 하지만 난 광대가 아니다. 이 세상에 강박장애를 앓고 있는 사람은 많다. 아이들뿐만 아니라 어른 중에서도 많다. 러시아 우주 비행체의 캡슐이 브레킨리지 박사의 허브 정원에 추락한 다음 튕겨 나가, 반드시 저 리키란 놈을 덮쳤으면 좋겠다.

나처럼 강박장애가 있다면 숫자를 세지 않기란 거의 불가능에 가깝다. 결국 참지 못하고 150 가까이 셌을 무렵, 제이슨이 "오오, 이런!" 하며 긴 탄식을 내뱉었다.

"으악, 이게 뭐야!" 에반이 이어서 비명을 질렀다.

우리의 요새는 원래 U자형으로 움푹 팬 바위에 자리하고 있었는데, 우리 네 명을 품을 정도로 공간이 넉넉했다. 요새의 지붕은 씨제이 집에 있던 낡은 욕실 커튼을 떼어다가 만들었다. 곰

팡내가 나긴 했어도 방수 효과만큼은 확실한 커튼이었다. 바위에 철도 침목 못을 박아서 설치한 이 커튼의 양 끝자락은 요새 입구 쪽에 판테온 신전의 기둥처럼 자리 잡은 나무 두 그루에 동여맸다. 요새 벽면의 좌측에는 합판을 댔고, 우측엔 '무단출입 금지' 표지판을 달았다.

우리의 요새는 애초에 이런 모습이었다. 하지만 지금은 온데간데없이 사라지고 그저 바위의 형상만이 남아 있을 뿐이었다. 우리가 의자로 사용하려고 갖다 놓은 돌덩어리는 폭우 때문에 진흙 속으로 파묻혀 버렸고, 벽이며 지붕은 죄다 강풍에 날려 사라진 채였다. 표지판 역시 산산조각 났는지 우표만 한 파편 몇 개가 근처 느릅나무 밑동 주변에 흩어져 있었다. 욕실 커튼은 갈기갈기 찢긴 채 9미터 상공의 나뭇가지 위에 매달려 펄럭이고 있었다.

우리 요새는 한마디로 초토화되었다.

"내가 너희에게 경고했잖아." 나는 분통을 터뜨렸다. "스물여섯 걸음은 불운을 가져올 거라고. 그것 봐, 요새가 완전히 박살났잖아."

제이슨이 별일 아니라는 듯 말했다. "다시 만들면 되지. 욕실 커튼 두세 장 더 가져오자고."

씨제이가 고개를 저었다. "소용없어. 엄마랑 새아빠가 욕실 커튼이 붙어 있던 자리를 유리문으로 교체했거든."

에반이 한숨을 쉬며 말했다. "설령 커튼을 구한다 해도 폭풍우가 닥치면 또다시 날아가 버릴 텐데, 무슨 소용이 있겠어?"

"아니면 러시아 우주 비행체의 캡슐에 깔려 묵사발이 될지도 몰라." 내가 그새를 못 참고 말을 보탰다. 나란 아이는 뭔가에 꽂히면 그걸 머릿속에서 떨쳐 내기가 매우 어렵다.

"깨끗이 포기하자." 씨제이가 결론을 내리듯 말했다. "이건 이제 우리의 과거 요새야."

"얘들아!" 리키의 목소리였다. "이것 좀 봐!"

폭풍우에 파괴된 요새를 두고 저마다 슬픔에 빠져 있느라 리키가 저만치 떨어져 있는 걸 아무도 눈치채지 못하고 있었다. 리키는 요새와 무관했기에 굳이 우리의 슬픔에 동참할 이유는 없었다. 아쉽지만, 이 요새는 이제 우리의 아지트가 아니라는 사실을 받아들여야만 했다. 불청객 리키의 목소리에 모두 그쪽을 바라봤다. 6미터가량 뒤쪽에 있던 리키는 덤불로 뒤덮인 자리에 서서 운동화 뒤축으로 땅바닥을 후벼 파더니, 이내 무릎을 꿇고 이번에는 손으로 흙을 파내기 시작했다. 도대체 무슨 짓을 하는 걸까? 정말 알다가도 모를 아이였다!

에반이 제일 먼저 리키가 있는 쪽으로 다가갔다. "리키, 제발 그만 해 줄래? 네가 진흙 범벅이 되어 집에 돌아가면 우리 할머니는 애꿎은 나만 혼내실 거라고!" 그렇게 외치던 에반이 리키가 흙을 파내던 곳을 내려다보고는 갑자기 리키 옆에 쪼그려 앉는 것이었다. 그러고는 리키를 도와 허겁지겁 흙을 파내기 시작했다.

"얘들아, 이리 와 봐!" 에반이 급히 외쳤다. "리키가 뭔가를 발견했어!"

둘이 있는 곳으로 다가가는 동안 걸음 수를 제대로 세지 못한 나는 과연 이게 좋은 일일지, 나쁜 일일지 가늠할 수 없었다.

리키

에반과 난 미친 듯이 흙을 파냈다. 잠시 후, 진흙과 잡초가 제거된 자리 밑으로 딱딱한 표면이 드러났다.

제이슨이 가까이 굽어다 보며 내 귀에 대고 큰 소리로 물었다. "이게 뭐야?" 이 녀석은 음량 조절이라는 걸 할 줄 모르나 보다. 모든 소리가 최고 음량으로 뿜어져 나오는 걸 보면 말이다.

나는 딱딱한 표면을 주먹으로 노크하듯 두드려 보았다. "이건 영락없는 철판이네. 큼지막한 정사각형 뚜껑 같아. 폭풍우가 휩쓸고 가지 않았더라면 결코 우리 눈에 띄지 않았을 거야."

상처투성이 얼굴을 한 씨제이가 대수롭지 않게 듣고는 하품하며 말했다. "누군가 쇠붙이를 던져 놓고 간 모양이네. 참 대단한 걸 발견하셨네요."

비아냥거림에도 아랑곳 않고 난 계속 바닥을 파 내려갔다. 왜 그렇게 그 일에 집착했던 것인지는 나도 잘 모르겠지만, 아마도 이런 이유에서였을 것이다. 에반과 그의 친구들은 몹쓸 장염이 찾아온 것처럼 나의 출현을 달가워하지 않았는데, 만약 이 쇠붙이가 뭔가 흥미롭거나 진귀한 것으로 밝혀진다면 나를 달리 보지 않을까 하는 생각을 한 것 같다. 그래, 어쩌면 단순한 잡동사니에 불과할 수도 있겠지만, 만약 그렇지 않다면? 만약 이것이 내부에 뭔가 근사한 것을 숨기고 있는 덮개라면? 어쩌면 타임캡슐이거나 비밀 무덤일 수도 있지 않을까? 아니면 오래전에 은행 강도가 숨겨 둔 백만 달러가 묻혀 있다면!

에반도 나만큼 열심히 흙을 팠다. 미첼 또한 멀찌감치 떨어져서 긴 나뭇가지로 나름 거들었다.

"이게 뭐지?" 에반이 물었다. 철판 가장자리에 홈이 파여 있었다. 착시 퍼즐에 교묘히 숨은 그림이 한눈에 드러나듯 나는 대번에 알아보았다. 그건 바로 손잡이였다!

난 일어서서 양손으로 손잡이를 부여잡고 있는 힘껏 잡아당겼다. 처음 몇 초간은 꿈쩍도 하지 않았지만 이내 철판 가장자리의 흙 표면이 바스러지는 소리를 내며 갈라졌고, 끼익 소리를 내며 녹슨 쇠뚜껑이 열렸다.

"말도 안 돼!" 제이슨의 우렁찬 목소리가 숲속 가득 쩌렁쩌렁 울렸다.

어느새 우리 다섯은 뚜껑을 에워싸고 놀란 눈으로 구멍 안을 내려다보았다. 안쪽 벽면에는 어두컴컴한 지하실로 이어지는 철제 사다리가 달려 있었다. 난 휴대폰을 꺼내 플래시 앱을 켰다. 사다리는 바닥까지 4미터가량 직선으로 뻗어 있었다.

"저거 현관 앞에 두는 깔개 아냐?" 에반이 침침한 어둠 속을 살펴보느라 눈을 가늘게 뜨며 나직이 말했다.

"여기에 누가 사나?" 제이슨이 놀란 목소리로 물었다.

"아닐 거야." 내가 답했다. "예전에는 살았을지 몰라도 적어도 지금은 아닐 거야. 우리가 발견한 출입구는 오랫동안 엄폐된 채 방치되어 있던 것이 분명해. 그러다 허리케인이 닥쳐 엄폐물을 휩쓸고 간 거지. 확인할 방법은 오직 하나." 내가 구멍 안으로 몸을 집어넣고 사다리의 첫 번째 가로대에 발을 디뎠다.

"그건 썩 좋은 방법이 아닌 것 같아." 미첼이 떨리는 목소리로 말했다. "저 아래에 사나운 야생 동물이 살지도 모르잖아."

"야생 동물도 깔개를 쓰냐?" 씨제이가 미첼의 말에 어이없다는 듯 대꾸했다.

"나도 내려갈래." 에반이 결심한 듯 말했다. "만약 저 아래에 사나운 동물이 있다면, 리키가 잡아먹혔다는 걸 할머니에게 설명하느니 차라리 그놈과 맞닥뜨리는 게 나아."

난 사다리로 내려가는 첫발을 조심스럽게 디뎠으나 사다리는 생각보다 견고한 듯했다. 플래시를 켠 휴대폰을 입에 문 채, 한발한발 조심스레 사다리를 타고 내려가 깔개 위에 안착했다. 에반도 나를 따라 내려왔고, 우리 둘은 등을 마주 대고 겁먹은 상태로 한동안 꿈쩍도 하지 않고 서 있었다.

"누구 있어요?" 내가 순진한 1학년생처럼 목소리를 냈다.

"너네 벌써 잡아먹힌 건 아니지?" 지상에서 외친 미첼의 목소리가 아득히 느껴졌다.

난 입에 문 휴대폰을 손에 쥐고 어둠 속을 헤쳐 나갈 채비를 했다. 휴대폰 플래시로 주위를 비춰 보려던 그때, 에반이 벽면에 붙은 묵직한 금속 스위치를 힘껏 내리눌렀다. 딸깍 소리가 크게 울리며 순간 지하실 전체가 대낮처럼 환해졌다. 느닷없는 눈부심에 두 눈이 감겼고, 다시 눈을 떴을 땐 눈앞에 딴 세상이 펼쳐져 있었다.

마치 집에 들어온 것 같았다. 저택까지는 아니더라도 족히 아파트 한 채 규모는 돼 보였다! 벽면과 천장이 죄다 쇠로 만들어진 철골 구조로, 건물 너비는 거의 10미터에 달했고, 천장에는 전구들이 매달려 빛을 발하고 있었다. 싱크대가 딸린 주방 시설도 갖춰져 있었고, 물도 나왔다. 주방 뒤편으로는 옴폭 들어간 조그마한 공간이 하나 있었는데, 간이 화장실이었다.

거실엔 소파와 함께 네모난 화면에 모서리가 둥글게 마감 처리된 큼지막한 구형 TV 세트가 놓여 있었다. 그리고 바닥에는 양탄자가 깔려 있었는데, 약간 지저분하긴 했어도 페르시아나 중국산으로 보이는 값비싼 것이었다. 내가 양탄자 전문가는 아니지만, 예전에 다니던 학교의 상류층 학생 집에는 꽤 비싼 명품이 많이 있었고, 간간이 그런 물건을 구경할 기회가 있었기 때문에 그 정도는 어렵지 않게 알 수 있었다.

"너희 둘 괜찮은 거야?" 지상의 출입구 쪽에서 씨제이의 목소리가 들려왔다. "갑자기 환해지다니, 대체 어떻게 된 거야?"

"내려와 봐." 에반이 답했다. "믿을 수 없는 일이 일어났어."

제이슨이 사다리를 타고 내려와서는 두 눈을 연신 껌벅이며 사방을 둘러보았다. "와, 이게 다 뭐야?" 제이슨의 우렁찬 목소리가 철벽에 부딪히면서 지하실이 떠나갈 듯 메아리쳤다. 평상시에도 걸걸한 녀석의 목소리가 깊은 지하에서 울리니, 인간 확성기가 따로 없었다.

씨제이가 이어서 내려왔고, 마지막으로 미첼이 마지못해 뒤를 따랐다. 미첼은 어느 순간 벵골호랑이라도 불쑥 튀어나와 우리

다섯을 통째로 집어삼키지 않을까 염려하는 표정이었다.

“아니, 어떻게 이럴 수가 있지?” 씨제이가 자기 생각이 틀렸음을 시인하듯 말을 이었다. “아무도 살지 않는데 여기에 왜 이런 게 있는 거지? 숲속 한복판에 이런 지하 공간을 만든 게 대체 누구야? 여기서 살 것도 아닌데, 이런 집은 누가 지은 거냐고?”

“여긴 우리 아빠가 사는 아파트보다 더 커.” 제이슨이 주방 찬장을 열어 보며 말했다. 찬장 안에는 우아한 도자기 그릇과 투명한 유리잔이 잔뜩 있었다. “이것도 죄다 우리 아빠 것보다 훨씬 좋네. TV만 빼고. TV는 정말 고물딱지다.”

내가 제이슨의 말에 반론을 제기했다. “단지 오래된 것일 뿐이야. 평면 스크린이 개발되기 전에는 모든 TV가 다 저랬어. TV 아래 선반에 놓인 기계 보여? 저건 비디오라는 건데, 1970에서 80년대에는 비디오테이프를 저 기계에 집어넣고 영화를 봤다고.”

“우리 할머니 댁에도 저런 게 있어.” 에반이 말을 보탰다. “지하실 상자 안에 들어 있는데 할아버지는 그걸 안 버리려 하시더라고. 모르긴 해도 당시에 비싸게 주고 사신 모양이야.”

“너희, 이해 못 하겠니?” 내가 말을 이었다. “접시며 유리잔이며 양탄자며 죄다 오래된 값비싼 물건들이라고. 여긴 어떤 부자가 꾸며 놓은 공간이었던 거야. 이런 지하에 전기 시설과 온갖 종류의 가정용 집기를 갖출 정도면 아마도 어마어마한 부자였겠지. 그 부자가 죽은 후로 이곳은 방치되었을 거고.”

미첼이 소름 끼친다는 듯 몸을 떨며 말했다. “죽은 사람 집에 있기 싫어. 귀신 들린 곳일지도 모르잖아.”

“이 안에서 죽은 게 아니라면 괜찮을 거야.” 씨제이가 말했다. "누구 여기에서 해골 본 사람 있어?"

에반이 TV 앞에 무릎을 꿇으며 말했다. "이 TV가 작동하는지 궁금한걸. 리모컨이 어디에 있을까?"

"리모컨은 없어. 당시엔 모든 걸 버튼을 눌러서 수동으로 조작하는 방식이었거든." 나는 이렇게 말하고 TV 전원을 켜 보려고 시도했다. 그런데 알고 보니 버튼을 누르는 게 아니라 스위치를 돌려야 화면이 켜지는 구조였다. 딸깍 소리와 함께 화면에 약한 불이 들어왔지만 아무것도 나타나지 않았다.

"아무래도 고장 난 것 같은데." 미첼이 말했다.

나는 1부터 12까지 스위치에 적힌 눈금자를 딸깍딸깍 돌리며 채널을 바꾸어 봤지만, 소용없었다. 바로 그때, 비디오에 불이 들어온 게 눈에 띄었다. "이 안에 테이프가 들어 있어!" 내가 환호성을 지르며 재생 버튼을 눌렀다.

그러자 TV 화면에 뭔가가 나타났다. 처음엔 위아래가 뒤집힌 숫자가 연속으로 나타나더니, 이상하게 뒤틀린 선 하나가 화면 아래에서 쓱 모습을 드러낸 다음 천천히 화면 위로 올라갔다.

"그것참 지루하기 짝이 없는 볼거리네." 씨제이가 피식 웃으며 빈정댔다. 씨제이의 히죽거리는 웃음에 상처가 난 얼굴 부위가 일그러졌다. 그러다 갑자기 화면에 뭔가가 보였다.

"사람이다!" 제이슨이 철벽이 요동칠 만큼 큰 소리로 외쳤다. 화면에 나타난 사람은 60대로 보이는 백발의 남자로, 근사한 정장 차림에 금속 테 안경을 끼고 집무실로 보이는 곳의 책상 앞에 앉아 있었다. 짙은 색의 원목 가구들과 붉은색이 감도는 가죽 의자, 반짝이는 유리 책장으로 꾸며진 집무실은 매우 우아하고 고

상했다.

"저분이 그 부자구나." 에반이 말했다.

노인이 무어라 말을 하기 시작했지만, 소리가 들리지 않았다. 내가 이리저리 볼륨 다이얼을 돌리자, 그제야 작은 스피커에서 노인의 음성이 나왔다. 목소리가 명령조인 걸 보니 조직을 지휘하는 자리에 있는 지체 높은 사람 같았다.

"……누군가 이 영상을 보고 있다면, 나는 이미 죽은 사람일 테고 미국은 침공당했겠구려. 내가 러시아어나 중국어 혹은 미국을 점령한 국가의 언어로 말하지 않는다고 해서 당신들한테 미안해할 일은 조금도 없소. 당신네 통역사를 통하면 내 말을 금세 알아듣게 될 테니 말이오."

"이 노인이 누구더라?" 제이슨이 알쏭달쏭한 표정으로 물었다. "상당히 낯이 익은데."

그때 씨제이가 알아차렸다는 듯 손가락으로 딱 소리를 내며 말했다. "누군지 모르겠어? 베넷 델라미어 씨잖아."

내가 관심을 두었을 만한 이름은 아니었다. "베넷 델라미어가 누군데?"

에반이 답했다. "델라크래프트 자동차 부품 회사의 창립자야. 이 동네 사람 절반이 거기에서 근무했어. 적어도 정리 해고 되기 전까지는 그랬지."

"그중에는 우리 엄마도 있어." 미첼이 침울하게 말을 보탰다.

"이 사람 죽었어?" 내가 물었다.

"오래전에 죽은 것으로 알고 있어." 에반이 답했다. "하지만 비디오에서 언급한 상황 때문에 죽은 것 같지는 않아. 도대체 미국이 침공당했다는 말은 뭐고, 러시아와 중국 얘기는 또 뭐야?”

이런저런 정보들이 내 머릿속에서 조합되기 시작했다. 비밀에 싸인 지하 은신처. 침공이라는 단어. 러시아, 중국에 대한 언급. 1970~1980년대 모델의 구형 비디오…….

“여기가 뭐 하는 곳인지 알겠어!” 내가 수수께끼를 풀었다는 듯 소리 높여 말했다. “여긴 냉전 시대에 만들어 놓은 공습 대피소야!”

“냉전? 그게 뭐야?” 미첼이 물었다. “우리 엄마는 난방비를 아끼려고 보일러 온도를 낮추려 하고, 나는 추우니까 온도를 높여 달라고 떼를 쓰며 싸우는데, 뭐 그런 거야?”

“사회 시간에 배웠던 기억이 나.” 씨제이가 말했다. “냉전 시대엔 미국과 공산주의 국가인 러시아, 중국이 자칫했다가는 핵전쟁이 일어날 정도로 첨예하게 대립했다고 들었어!”

“맞아!” 내가 맞장구치며 말했다. “그래서 그 당시 많은 사람이 핵전쟁에서 살아남으려고 이런 지하 벙커를 만들었던 거야!” 영상 속 노인은 ‘침략자들’에게 미국은 결국 다시 일어서고 말 것이라며 일장 연설을 하는 중이었다. 내가 화면을 가리키며 말했다. “내 해석대로라면 저 노인의 말이 이해되지 않니?”

“일리 있는 말이야.” 에반이 곰곰이 생각하며 말했다. “마을 사람들은 델라미어 회장이 유별났다고 말하거든. 게다가 그분은 숲속 한복판에 이런 지하 공간을 별장처럼 꾸며 놓을 정도로 돈이 많았던 것도 분명하고.”

난 주방으로 건너가 캐비닛과 서랍을 열어 보기 시작했다. 주방 옆 창고처럼 보이는 공간에는 통조림이 바닥부터 천장까지 빼

곡히 쌓여 있었다. 수프와 스튜, 콩과 각종 야채 등 온갖 음식이 통조림 또는 동결건조식품 형태로 저장되어 있었다. "봤지? 이 정도면 여기에서 수개월은 버티고도 남을 음식이야."

"지하 벙커에 사는 사람은 콩을 먹어선 안 돼." 씨제이가 진지한 목소리로 농담을 던졌다. "방귀도 자주 나오는 데다 냄새가 고약하거든."

내가 킁킁 냄새를 맡으며 말했다. "여기 공기는 매우 신선한 편이야. 어딘가에 환풍기가 있는 게 분명해. 델라미어 회장이 별종이었는지는 몰라도 공습 대피소를 어떻게 지어야 하는지에 대해선 확실히 알고 있나 봐."

"그 사람은 얼간이야." 미첼이 퉁명스럽게 말했다. "엄마가 그러는데, 델라크래프트가 정리 해고로 사람들을 내보내기 전까지는 이곳 케이넌이 주에서 가장 살기 좋은 도시였대."

TV에서는 델라미어 회장의 육성이 계속 이어지고 있었다. "너희에게 이 한 몸 죽임을 당할지언정, 자유의 횃불을 높이 치켜든 수많은 미국인은 결국 너희를 물리치고 말 것이다. 신이시여, 미국을 굽어 살펴 주시옵소서!" 이 말을 끝으로 화면이 어두워지면서 몇 초간 윙 하는 소리가 이어지더니, 영상은 처음으로 되돌아간 듯 위아래가 뒤집힌 숫자가 다시 화면에 나타났다.

에반이 비디오 쪽으로 다가가 정지 버튼을 눌렀다. 영상 속 노인은 검지로 정면을 가리키며 말을 하려고 입을 벌리던 찰나의 모습으로 얼어붙었다.

"이런 머저리 같으니라고." 씨제이가 말했다. "자기 목숨 하나 지키겠다고 떨어지지도 않을 포탄과 벌어지지도 않을 전쟁에 대비해 그 많은 돈을 들여 이곳을 지었단 말이야?"

"돈만 충분하다면 뭔들 못 하겠어?" 제이슨이 말을 받았다. "내게도 이런 공간이 있다면 얼마나 좋을까!"

"제이슨, 네게도 이런 공간이 있잖아." 내가 천천히 말했다. "바로 이곳 말이야."

"정신 차려, 리키." 제이슨이 코웃음을 쳤다. "델라미어 회장이 여길 우리에게 준다면 모를까."

"델라미어 씨는 죽었어." 내가 그 사실을 되짚었다. "이곳의 주인이었던 사람이 죽고 없다고. 게다가 아무도 이곳의 존재를 알지 못해. 허리케인이 닥치지 않았더라면, 벙커의 출입구가 오늘처럼 눈에 띌 일은 없었을 거야. 너희 20분 전을 생각해 봐. 욕실 커튼과 출입 금지 표지판으로 요새랍시고 만들어 놓은 곳이 돌풍에 엉망이 되었다고 울상을 지으며 속상해했잖아. 지금 이게 어떤 상황인지 모르겠니? 우린 세계 역사상 가장 근사하게 만들어진 요새를 발견한 거라고."

아이들이 일제히 '얘 지금 뭐라고 하는 거야.' 하는 표정으로 나를 바라보았다.

미첼이 침묵을 깨고 말문을 열었다. "난 네 속셈을 알아. 망가진 우리 요새의 일원이 아니라서 기분이 상해 있었는데, 새 요새가 생기고 나니 슬그머니 꼽사리 끼고 싶은 거잖아!"

"미첼, 리키는 이 요새의 일원이 될 자격이 있어. 이곳을 누가 발견했는지 잊었어?" 씨제이가 점잖게 미첼을 나무랐다.

"좋았어." 에반이 사뭇 진지하게 제안했다. "이곳을 우리의 새 요새로 삼을 거라면, 몇 가지 규칙을 정하자."

"이 요새는 철골 구조물이니까 규칙 대신 '철칙'이라고 하자." 미첼이 뜬금없는 말을 섞었다.

"첫 번째 규칙, 비밀 엄수. 우리 다섯 명 말고는 그 누구도 이 장소를 알아서는 안 돼. 엄마나 아빠가 낌새라도 챈다면 안전하지 않다며 절대 허락하지 않을 거야. 다른 애들에게도 발설해선 안 돼. 그럼 걔들 부모님 귀에 들어가는 건 시간문제일 테니까."

제이슨이 목소리를 높였다. "하지만 난 저넬에게는 말해야 해." 이 말을 들은 아이들이 일제히 성난 목소리로 제이슨을 질타했다.

"저넬은 경계 대상 1호야." 에반이 제법 엄격한 말투로 말했다. "걔 아빠는 경찰이잖아. 수사 기관에서 이곳을 알면 우리가 소유할 수 없게 될 거라고."

"그렇지만 델라미어 씨는 죽었잖아." 제이슨이 반박했다. "게다가 그분은 결혼한 적도 없고, 자손도 없다고 하던걸."

"설령 그렇다고 해도 그의 재산을 물려받은 조카나 사촌은 있을 거야. 상속자가 이곳의 정체를 알게 되면 소유권은 당연히 그쪽으로 넘어가게 돼." 내가 쐐기를 박았다.

"저넬이 자기 아빠에게 말하는 일이 생기지 않도록 우리끼리 비밀을 지키자고." 에반이 말을 보탰다.

제이슨의 표정이 시무룩했다. "저넬은 남녀 관계에서 가장 중요한 게 솔직함이라고 늘 입버릇처럼 말하는데."

"거짓말하라는 게 아니야." 내가 제이슨을 달랬다. "단지 자세한 이야기를 피하라는 것뿐이야."

"지난번 요새도 남자들만 출입하기로 했잖아. 그러니 그 규칙은 자동적으로 새 요새에도 적용하는 게 맞아." 미첼이 말했다.

제이슨이 따져 물었다. "언제 그런 규칙을 만든 건데? 지난번 요새는 만들어 놓은 지 여섯 시간 만에 허리케인에 작살났잖아! 우린 그 요새에서 제대로 시간을 보낸 적도 없었다고!" 지하실 가득 울려 퍼지는 그의 괄괄한 목소리에 귀가 먹먹할 정도였다.

씨제이가 양손으로 귀를 막으며 말했다. "여기 지하에서는 큰 소리 내기 없기를 두 번째 규칙으로 삼는 게 좋겠어."

제이슨이 씨제이를 노려봤다. "왜 다들 날 못 잡아먹어서 안달인 건데? 그럼 이런 규칙은 어때? 바닥에 얼굴 쓸리는 일 없기. 아니면 13에 집착하기 없기. 그 뭐랬더라, 트리스…… 트리스카……."

"트리스카이데카포비아." 내가 거들었다.

"아니면 할머니 핑계 대고 낯선 아이 데리고 오지 말기는 또 어때?" 제이슨이 성난 표정으로 에반을 압박했다.

내가 심호흡을 한 뒤 네 명을 둘러보며 말했다. "그래, 맞아. 너희는 단짝 친구들이고 나는 낯선 아이야. 충분히 이해해. 하지만 우리가 얼마나 '행운아'인지 생각해 보라고! 우리에겐 원하면 언제든 들를 수 있는 기가 막힌 아지트가 생겼어. 우리 말고 이곳의 정체를 아는 사람이 이미 오래전에 죽은 게 확실하다면, 이곳은 백 퍼센트 우리 차지인 거야. 황소 뒷걸음치다 쥐 잡는 격으로 이런 행운을 거머쥐었는데 앞으로 이런 기회가 또 있을 것 같아? 그런데 이렇게 우리끼리 쌈박질이나 하고 있다면 행운이고 뭐고 아무 소용도 없는 거지."

에반이 고개를 끄덕였다. "리키 말이 옳아."

긴 정적이 흘렀다. 다른 아이들은 내 말이 틀린 이유를 찾기 위해 고심하는 듯했다. 이들에게 나는 그저 이방인이기에 내 말은 틀려야 했을 것이다. 우리 부모님은 하고많은 데 중에 왜 하필 케이넌으로 이사를 온 것일까? 새로운 생활은 늘 어렵다. 게다가 나이가 어리면 더욱 그렇다. 그나저나 이 녀석들은 왜 이렇게 바보처럼 구는 것일까? 만약 내가 아닌 다른 녀석이 이곳으로 통하는 출입구를 발견했다면 난 단번에 찬밥 신세가 되었을 테지. 에반도 지금은 나를 옹호하고 있지만, 오늘 아침까지만 하더라도 자기 친구들이 있는 곳에 데려가기 싫어서 날 하수구에 처박아 버리고 싶은 표정이었잖아.

그런데 웬걸, 정적 사이로 나머지 아이들이 천천히 고개를 끄덕였다. 심지어 미첼마저도.

에반이 주방 서랍에서 노트와 몽당연필을 찾아 꺼내 와서는 이렇게 썼다.

여기에 서명한 우리 다섯은
베넷 델라미어 씨처럼 세상을 떠나는 그 순간까지
이 요새를 철저한 비밀에 부치기로 맹세한다.

우리는 서약문을 중심으로 종이 여백에 빙 둘러 서명했는데, 내가 그 이유를 설명했다. "이러면 우린 모두 동등한 거야. 동그라미에는 서열이 없으니까."

그 후 우리는 지하 벙커의 전원을 끈 다음, 사다리를 타고 지상으로 올라왔다. 돌풍이 휩쓸고 간 덕분에 출입구를 감출 부러진 나뭇가지를 잔뜩 모으는 건 식은 죽 먹기였다. 40년 넘게 세상 사람들 모르게 감춰져 있던 이 요새를 이제 방금 우리 것이라고 선언해 놓고, 얼마 지나지 않아 다른 사람의 눈에 띄도록 내버려 둘 수는 없었기에 나뭇가지들로 아주 빈틈없이 감추었다.

왔던 길을 되돌아 숲을 빠져나오는데 휴대폰에 문자메시지가 도착했다. 내 방 유리창을 박살내고 들이닥친 나뭇가지를 치웠고, 깨진 유리창도 새로 갈아 끼웠다는 연락이었다. 난 이제 아무 때나 집에 돌아갈 수 있게 되었다.

"대박!" 에반이 그 소식을 전해 듣고 격하게 환호했다. 이제 나랑 한방에서 같이 지내지 않아도 되니 무척 기쁜 모양이었다.

참나, 이건 정말이지 웃기지도 않은 상황이다. 기쁘기로 따지면 내가 에반보다 두 배는 기쁠 터였다. 아무도 환영하지 않는 곳에서 시간을 보내야 하는 것이야말로 내겐 고역 중의 고역이기 때문이다.

하지만 졸지에 모든 게 변했다. 얼마 전까지만 하더라도 이들에게 난 영재 학교 출신의 낯선 불청객에 불과했다.

그러나 지금은 비밀 요새의 지분을 20퍼센트 소유한 일원이 되었다.

씨제이

나는 우리 집 위층 욕실에 있는 거울이 싫다. 금이 갔다거나 무슨 결함이 있는 건 아니다. 죽은 이의 넋이랄지 사악한 유령이 보이는 저주받은 거울도 아니다. 다만 항상 그 앞에서 상처 부위를 살펴야 하는 게 지긋지긋할 뿐이다.

이런 제기랄! 오른쪽 얼굴의 상처가 아직 완전히 아물지도 않았는데, 이마에 큰 혹이 생기고 주변으로 짙은 멍이 들었다. 아프기는 또 어찌나 아픈지. 그런데 진짜 문제는 멍이 생긴 이유를 감추려고 감쪽같은 연기를 펼쳐야 한다는 것이다.

친구들은 내가 몸을 사리지 않고 '불사조놀이'를 즐기는 줄 알고 있다. 하지만 이 멍 자국은 조금 애매하다. 이마에서도 상당히 높은 쪽에 자리 잡고 있어서 바닥에 넘어져 이마를 찧었다거나, 롤러스케이트를 타다가 문에 부딪혔다는 말은 아마도 통하지 않을 것이다. 길을 걷는데 위층 발코니에 놓여 있던 화분이 머리 위로 떨어졌다면 모르겠지만, 이 말 역시 누구도 믿지 않을 것이다. 아, 생각해 보니 빠른 속도로 자전거를 타다가 장애물에 걸리는 바람에 손잡이 너머로 고꾸라져 바닥에 머리를 처박는 그림이라면 훨씬 그럴싸할 것 같다. 물론 쉬운 일은 아니지만 여러 차례 경험해 봤던 일이니 해 볼 만하다. 그렇다고 내가 이런 일을 정말로 즐긴다고 생각하면 곤란하다.

아래층으로 내려오니 새아빠 마커스가 주방에서 샌드위치를 만들고 있었다. "좀 먹을래?" 마커스가 물었다.

"배 안 고파요."

마커스의 체격은 성장기를 지나 대적할 상대가 없을 정도로 몸집이 커진 불곰처럼 우람했다. 대학을 졸업하고 준프로레슬러로 활동한 이력도 있었다. 그는 선수 시절의 무용담을 즐겨 말하곤 하는데, 내 친구들은 나와 달리 마커스의 극성팬이다. 녀석들에게 마커스는 세상에서 가장 멋지고 근사한 사나이다. 맞는 말이다. 90퍼센트 정도는.

문제는 나머지 10퍼센트이다.

별안간 나타나는 그 10퍼센트의 모습이 사라지고 나면, 언제 그랬냐는 듯 다시 자상하고 다정한 90퍼센트의 모습으로 돌아가 백 점짜리 아빠가 되기 위해 노력한다.

바로 지금처럼 말이다. "엄마가 이따 쇼핑몰에 가자는구나. '콜 오브 듀티' 게임이 새로 나왔다던데 거기 가면 사 줄게."

"저 바빠요." 내가 중얼거렸다.

"에이, 아빠가 너한테 선물해 주려고 그래. 시리즈 중에서 최고라는 평이 아주 자자하던걸."

"감사합니다." 내가 기어들어 가는 목소리로 말했다.

차고에서 자전거를 꺼내며 조그만 널빤지와 단단한 벽돌을 함께 챙겼다. 나는야 불사조 씨제이. 오늘처럼 허공에 몸을 날려야 하는 날에는 도움닫기용 경사면이 될 널빤지와 벽돌을 챙긴다. 자전거를 타고 내려갈 언덕 아래에 널빤지를 벽돌에 괴어 경사면을 만들고, 도약과 동시에 날아오를 만반의 준비를 갖추었다. 다만 시멘트 바닥을 피해 잔디 위에 착지할 수 있도록 경사면의 각도를 살짝 틀어 두었다. 제아무리 위험을 무릅쓰는 소년이라지만, 내게도 최소한의 안전장치는 필요하니까.

언덕 아래로 자전거 페달을 힘차게 굴러 경사면에 이르자 전속력으로 도움닫기를 했다. 바닥에 고꾸라지는 건 쉽다. 공중에서 자전거 핸들을 몸 쪽으로 당기지만 않으면 되는 일이다. 각본대로 자전거 앞바퀴가 먼저 지면에 닿으면서 나를 잔디밭 쪽으로 튕겨 냈다. 바닥에 머리를 찧으려던 찰나에 갑자기 생존 본능이 발동한 나는 공중제비를 돌며 깔끔하게 착지했다. 너무나 깔끔한 나머지 당연히 상처는 없었다.

'기막힌 착지였어. 역시 난 천재야. 하지만 솜씨 자랑은 이쯤하고 다시 제대로 해 보자고.'

두 번째 시도에서는 공중제비의 유혹을 물리치고 계획한 대로 바닥에 머리를 맡겼다. 불도저가 흙을 밀어내듯 이마가 잔디밭을 훑고 지나가는 게 느껴졌다. 작전 성공이었다.

흙과 풀에 뒤범벅된 몸을 일으킨 나는 휘청휘청 몇 발짝 걸어가 바닥에 널브러진 자전거를 일으켜 세웠다. 그때였다.

"너 괜찮아?" 제이슨이었다. 도로에 자전거 바퀴 자국이 남을 정도로 브레이크를 끼익 잡고 멈춰 서며 물었다. "세상에, 도대체 왜 그런 짓을 한 거야?"

내가 별일 아니라는 듯 어깨를 추켜올리며 말했다. "왜냐고?

불사조놀이에 무슨 이유가 필요해?"

"그래, 그럴 테지. 하지만 너 그러다 죽으면 어쩌려고 그래?"

내가 설명했다. "죽음의 공포가 이 놀이의 핵심이거든. 그걸 견뎌 내야 죽지 않고 살아남을 수 있는 거야." 깨진 이마에서 흘러나온 핏방울이 눈 안으로 들어가는 바람에 눈이 따끔했다. "겨우 '한 끗 차이'로 말이지."

제이슨이 나를 유심히 살펴보더니 외쳤다. "네 이마에 멍든 것 좀 봐 봐! 검은색, 오렌지색, 초록색, 아주 각양각색이네."

"초록색은 풀물이 들어서 그런 걸 거야."

제이슨이 커다란 목소리로 말했다. "이마가 잔뜩 부어올랐잖아! 아니, 어쩜 이렇게 빨리 부어오를 수가 있지?"

"넌 궁금한 게 뭐가 그렇게 많냐?"

제이슨은 도무지 말을 멈추려 하지 않았다. "응급 처치부터 해야 할 것 같아. 자전거 타고 집에까지 갈 수 있겠어?"

"난 집에 안 갈 거야."

그러자 제이슨이 더욱 야단스럽게 굴었다. "너 지금 피 나잖아. 상처 부위를 물로 씻어 내고 소독약을 발라야 해. 하다못해 반창고라도 붙여야 한다고."

"소독약이니 반창고니 그런 거 우리 집에 없어. 다 썼을 거야." 마커스와 단둘이 집에 있는 건 죽기보다 싫다는 말을 차마 할 수가 없어서 그렇게 둘러댔다.

"그래? 그럼, 어디 갈 데라도 있어?"

그 순간, 마침 딱 한 곳이 생각났다.

제이슨

저넬은 내가 사귀는 상대를 앞에 두고 결별에 대해 지나칠 정도로 많이 생각한다고 타박한다.

아마도 저넬 말이 맞을 것이다. 설령 틀린 말일지라도 난 늘 '네 말이 옳다.'며 맞장구를 쳐 준다. 그게 바로 사귀는 상대가 있을 때와 없을 때의 차이이다. 여자 친구를 사귈 때는 상대의 마음이 상하지 않도록 늘 신경 써야 하는 법이다.

그건 그렇다 쳐도, 내 머릿속이 결별에 관한 생각으로 꽉 차 있는 데에는 다 이유가 있다. 부모님이 나를 사이에 두고 시끌벅적한 이혼 소송을 벌이고 있기 때문이다. 엄마 아빠는 서로를 지긋지긋하게 싫어하는데, 소송전에서 상대에 맞서 싸울 유일한 무기가 바로 나다. 몇 주 전, 엄마가 눈물 섞인 목소리로 내게 전화를 걸어 소송이 마무리되면 나를 데리고 살겠다고 약속한 적이 있는데, 그때 통화 내용은 녹음되고 있었다. 그리고 엄마는 아들을 부양해야 하니까 위자료를 더 받아야 한다는 등의 주장을 펼칠 요량으로 그 녹음본을 법원에 제출한 모양이었다. 그 소식을 전해 들은 아빠도 이에 질세라 내게 온갖 친절을 베풀었다.

하지만 내가 정말로 짜증나는 건 엄마 집과 아빠 집을 격주로 오가며 '두 집 살이'를 해야 한다는 것이다. 엄마 집은 원래 우리 세 식구가 함께 살던 곳이고, 아빠 집은 케이넌에서 5킬로미터 가량 떨어진 곳에 새로 구한 아파트였다. 그래서 아빠랑 지내는 주간에는 이른 아침에 자전거를 타고 학교까지 가는 게 여간 곤욕스러운 일이 아니었다.

아빠랑 함께 지내는 주간에 축구 연습이 늦게 끝나는 날이면 힘겹게 페달을 밟아 아파트에 거의 도착할 즈음, 사방은 이미 칠흑처럼 캄캄해져 있다. 그래서 축구 연습 때문에 늦는 날에는 그냥 엄마 집에서 자면 안 되는지 아빠에게 물었던 적이 있다.

아빠는 자전거용 전등을 사 주며 이렇게 말했다. "하나둘씩 예외를 허용하면 네 엄마는 내가 널 부양할 능력이 없다며 또 트집을 잡을 거야."

맞는 말이다. 엄마와 아빠는 단 하나만 제외하고 모든 재산을 깡그리 각자의 명의로 분할하고 있었다. 두 사람의 유일한 공동 재산은 바로 나, 제이슨이라는 이름의 탁구공이다.

그렇다고 이런 상황이 백 퍼센트 나쁜 것만은 아니다. 아빠 집까지 자전거를 타고 장거리를 다니다 보니 하체에 근력이 붙어 축구장에서 펄펄 날았다. 그리고 저넬이 보고 싶을 때마다 자전거를 타고 5킬로미터씩 달려야 할 필요가 없었다면, 오늘 씨제이의 목숨을 구하지도 못했을 것이다.

"넌 내 목숨을 구한 게 아니야." 씨제이가 짜증 섞인 목소리로 말했다. "난 아무렇지도 않다고."

얼굴 반쪽에 찰과상을 입은 데다 이마는 깨져서 피를 흘리고 있는 녀석이 이딴 소리나 하고 있다니. 씨제이가 집 대신 갈 곳은 뻔했다. 우리는 요새로 향했다. 널빤지와 벽돌은 길가에 놔둔 채 우리는 숲속으로 자전거를 몰았다. 진입로에 도착해서는 자전거가 눈에 잘 띄지 않도록 나무 사이에 받쳐 두고 숲길을 따라 걸었다. 걸어가는 도중에 나는 에반에게 전화를 걸어 소독약과 붕대를 챙겨서 요새로 와 달라고 했다. "아이스 팩도 가져오는 게 좋겠어. 이마가 엄청나게 부어올라서 마치 머리 하나가 더 달려 있는 것 같거든."

"불사조놀이를 또 했다고?" 전화기 너머로 에반의 목소리가 들렸다.

"말도 마. 이번에는 '한 끗 차이'로 골로 갈 뻔했다니까!"

"목소리 좀 낮춰." 씨제이가 내게 쉿 소리를 내고 말했다. "나 머리 다친 거 안 보여? 이제 두통까지 유발할 셈이야?"

우리는 흰개미 떼가 파먹은 단풍나무 그루터기를 찾았다. 그 다음 거기에서부터 좌측으로, 미첼이 그렇게도 예민하게 반응했던 스물여섯 걸음을 걸어 폭풍우에 형편없이 망가진 우리의 원래 요새가 있던 자리에 다다랐다. 거기에서 새로 발견한 우리 요새의 출입구를 가려 놓은 덤불을 찾는 것은 어렵지 않았다. 이곳에 대해 우리 다섯 외에는 아무도 모르게 해야 한다는 약속을 생각하니, 저넬이 떠오르며 다시금 죄책감이 들었다. 하지만 친구들의 말대로 저넬의 아빠가 경찰인 건 사실 우리에게 너무 큰 위험요소이므로, 저넬에게는 비밀을 유지하는 게 맞다. 그런데 이따가 저넬의 집에 늦게 도착하게 된 건 어떻게 설명해야 한담?

출입구 여는 걸 씨제이가 옆에서 거들었다. 죽음의 문턱까지

갔다 온 녀석치고는 꽤 힘이 좋았다.

출입구를 열자, 요새 안에 불이 환하게 켜져 있었다. 씨제이가 깜짝 놀랐다. 가뜩이나 상처투성이인 얼굴이 더 뒤틀리고 이지러졌다. "누군가 밑에 있어!" 씨제이가 목소리를 낮추며 말했다.

나도 놀라긴 마찬가지였다. '이게 다 무슨 일이야? 아무도 몰랐던 오래된 공습 대피소를 이제 겨우 우리의 요새라고 선언했는데, 그새 또 누가 여기를 차지한 거야?'

우리는 요새를 되찾기 위한 싸움을 각오하고 살금살금 사다리를 타고 내려갔다. 아니나 다를까, 누군가 등을 보인 채 소파에 앉아서 꾸벅꾸벅 졸고 있었다.

"과학 교과서잖아?" 침입자의 어깨 너머로 시선이 향한 순간, 내 입에서 저절로 큰소리가 불쑥 튀어나왔다.

화들짝 놀란 침입자는 소파에서 거꾸러져 양탄자 위에 얼굴을 처박았고, 손에 들고 있던 책은 허공에서 공중제비를 돌았다. 리키 몰리나였다.

"리키, 이 꼴통 녀석아!" 씨제이가 폭발했다. "너 때문에 심장 멎을 뻔했잖아!"

"여기에서 뭐 하고 있는 거야?" 내가 물었다.

"공부하고 있었어. 새 영재 학교에 들어가려면 입학시험을 치러야 되거든."

"집 놔두고 왜 여기에서?" 내가 큰 소리로 따져 물었다.

"우리 집 꼬맹이 여동생이 온종일 울어 대기에 여기에서 조용히 공부에 집중하고 싶었거든. 그러다 중간에 깜빡 졸았지 뭐야."

리키가 양탄자 바닥에 떨어진 안경을 주워 다시 콧등에 걸쳐 쓰고는 씨제이를 바라보며 물었다. "얼굴이 왜 그래?"

"죽다 살아났어." 씨제이가 답했다.

"한 끗 차이로." 내가 말을 보탰다.

리키가 주방으로 향하더니 깨금발을 디디고 찬장 꼭대기 선반에서 뭔가를 꺼냈다. "구급상자가 있더라고. 안에 뭐가 들었는지는 몰라도 꽤 쓸 만한 게 있을 거야. 이곳은 핵 공격에서 살아남기 위해 만들었잖아."

대체 이 녀석만 보면 나는 왜 신경이 곤두서는 걸까. 케이넌 중학교에 다니는 게 마치 인생의 패배자가 되는 길이라는 듯 영재 학교 타령만 하는 모습이 거슬려서일까? 아니면 저넬에게 요새에 대해 한마디도 못 하는 처량한 나와 달리 거리낌 없이 요새의 일원으로 행동하는 모습에 약이 올라서일까? 이유야 어찌 됐든 확실한 건, 리키는 내 신경을 박박 긁는 잘난 척 대마왕이란 사실이다.

하지만 곁에 그런 아이가 있는 게 꼭 나쁜 것만은 아닌 것 같다. 리키는 마치 응급실 의사 선생님 같았다. 씨제이의 머리에 난 상처 부위를 싱크대에서 비눗물로 깨끗이 씻어 내고, 살균 연고를 바른 다음, 능숙하게 반창고를 붙여 응급 처치를 마무리했다.

에반과 미첼이 도착했을 때는 이미 상황이 종료된 다음이었다. 둘은 쓰지도 않을 반창고와 연고를 사서 잔뜩 짜증 난 표정이었다. 챙겨 온 물품 중에 유일하게 써먹은 건 아이스 팩이었는데, 리키가 씨제이에게 그걸 이마에 대고 냉찜질을 하라고 시켰다.

"나 정말 아무렇지도 않아." 씨제이는 그렇게 말했지만 소파에 편히 누워 냉찜질하는 걸 즐기는 것처럼 보였다.

"너무 오래 누워 있지는 마. 이제 곧 여기를 떠나야 하니까." 미첼이 경고하듯 말했다.

"떠나다니, 왜?" 내가 물었다.

"내가 방금 이곳 바닥의 너비를 걸음으로 재 봤는데, 열두 걸음하고 반 보가 나왔어." 미첼이 시무룩하게 말했다.

"그래서 뭐?" 에반이 다그치듯 물었다.

미첼이 에반을 빤히 쳐다보며 말했다. "12.5를 반올림하면 13이 되잖아! 여긴 재수 옴 붙은 곳이라고!"

"반올림하지 말고 절사하면 되잖아." 이마에 아이스 팩을 올려 둔 채 씨제이가 심드렁하게 말했다.

"그런다고 본질이 변하지는 않아." 미첼이 어리석다는 듯 답했다. "없는 척한다고 해서 불길한 숫자를 피할 수 있는 게 아니라고. 12층 다음에 14층이라고 써 놓는 건물들도 마찬가지야. 그건 단지 눈속임에 불과할 뿐, 그런 건물의 14층은 사실상 재수 없는 13층과 다를 바 없어."

리키가 이상한 눈초리로 미첼을 쳐다보며 말했다. "설마 정말로 그렇게 믿는 건 아니지? 그렇지?"

"그건 나를 탓할 게 아니라 브레킨리지 박사를 탓해야 해." 미첼이 뾰로통하게 말했다. "우리 엄마가 정리 해고 당하고 건강보험을 상실하자마자 나의 강박증 치료를 중단한 건 바로 그 작자니까 말이야."

그때 내 휴대폰에 문자 도착 알림이 울렸다. 저넬에게서 온 문자였다. "어디?"

뭐라고 답해야 한담? 사실대로 답할 수는 없었으므로 '타이어 펑크'라고 회신했다. 저넬을 속인 내 자신이 싫었다.

"이것 참 따분하다." 씨제이가 말했다. "냉찜질을 언제까지 해야 하는 거야?"

"냉찜질 시작한 지 이제 겨우 30초 지났어." 에반이 엄살떨지 말라는 투로 답했다.

리키가 TV와 비디오 옆에 자리 잡은 구형 LP 전축을 향해 엉금엉금 다가갔다. "전에 이런 걸 본 적은 있는데, 도무지 어떻게 작동하는 건지 모르겠어."

리키가 LP판에서 원반형 음반을 꺼내 턴테이블 위에 올려놓고 전원 버튼을 눌렀다. 음반이 천천히 회전하기 시작했다. 하지만 그뿐이었다.

곧 우리 다섯은 모두 전축 앞에 모여 이 생소한 기계의 작동법에 대해 궁리했다.

"내 생각엔 팔처럼 생긴 저걸 이용해야 할 것 같은데." 에반이 턴테이블 옆의 바늘 달린 기계 팔을 빙글빙글 회전하는 음반 위에 얹었다. 그러자 바늘이 검은색 음반 위를 통통 튀기 시작하더니 스피커에서 지지직거리는 소리가 터져 나왔다. 바늘은 이내 질서 있는 움직임을 보였고, 스피커에서는 노래가 흘러나오기 시작했다.

"아, 나 이 노래 알아!" 내가 환호했다. "영화에서 들은 적 있어!"

"맞아." 미첼이 맞장구쳤다. "영화에서는 항상 옛날 음악이

깔리거든."

우린 퀸, 마이클 잭슨, 비지스, 프린스, 브루스 스프링스틴, 롤링 스톤스의 앨범을 틀었다. 비록 오래된 음악이었지만, 적어도 우리 다섯 중 한 명은 한 번쯤 들어 본 적 있는 노래들로 가득했다. 영화나 비디오게임에서 들어 본 노래도 있었고, 엄마 아빠나 할머니 할아버지가 흥얼거리던 노래도 있었다. 음반이 다 돌아가면 기계 팔이 바늘을 거두고 제자리로 돌아갔는데, 그때마다 우리는 마치 가장 위대한 문명의 이기를 발견한 양 한데 모여 그 놀라운 광경을 지켜보았다. 처음 그 광경이 펼쳐졌을 때, 미첼은 크게 탄성을 질렀다.

우리가 들은 음반 중에서 난 비지스가 가장 좋았다. 왜냐하면 춤추기 좋은 신나는 디스코 음악이었고, 평소 저넬이 내가 춤을 잘 춘다고 칭찬했던 게 떠올랐기 때문이다. 그런데 이 친구 녀석들은 내가 그 자리에서 디스코 동작을 선보이자, 구급상자 안에 있던 탄력 붕대를 내게 던지며 야유했다. 리키도 붕대를 던졌는데, 하필 코에 고정 클립이 달린 부분을 정통으로 맞았다. 우리 모임의 정식 구성원도 아닌 녀석이 한 짓이라서 짜증이 두 배로 났다. 나에게 리키는 그저 이 요새의 출입구를 발견했기에 어쩔 수 없이 우리 모임에 끼워 줘야 하는 이방인에 불과하다.

슬슬 배가 고파 오기 시작했다. 요새 안에는 먹을 게 쌓여 있었지만, 선불리 먹어 볼 엄두가 나지 않았다. 그 음식들이 적어도 40년은 이곳에 묵혀 있었을 텐데, 과연 먹어도 탈이 없겠는가.

우리는 저마다 휴대폰을 꺼내 검색을 시작했다. 그런데 미첼은 예외였다. 미첼의 삼성 폰은 액정이 깨져 화면이 보이지 않았기 때문이다. 우리는 동시에 같은 질문을 입력했는데, '아무 탈 없으니 먹어도 됨'부터 '죽고 싶으면 먹어도 됨'까지 서로 다른 답변을 얻었다.

조금 더 시간을 들여 검색한 뒤 다음과 같은 결론을 내릴 수 있었다. 기본적으로 통조림 음식은 영구히 안전함. 다만 한 가지 주의할 것은 음식을 담은 통이 완벽한 상태에 있는지를 확인해야 함. 약간이라도 구멍이 나 있거나, 외관이 조금이라도 부풀었거나, 진공 포장 부위가 조금이라도 파손된 통조림 음식을 먹는 건 청산가리를 먹는 것과 다를 바 없음.

미첼이 이런 말을 듣고 가만있을 리 만무했다. 미첼은 통조림을 손에 쥐고 하나씩 뚫어져라 쳐다보며 주도면밀하게 살피기 시작했다. 요새에 전자 현미경이 있었다면 그것마저 사용할 태세였다.

씨제이는 미첼이 들고 있던 라비올리* 캔을 뺏어서 공중에 몇 번 던져 보더니 말했다. "아무 이상 없어 보이는걸." 그러더니 통조림 따개를 홈에 밀착시켜 뚜껑을 따기 시작했다. 픽하며 뚜껑이 열리자, 씨제이가 안에 든 네모난 파스타를 집어 들더니 입안에 넣었다.

우린 모두 씨제이가 곧 폭발이라도 할 것처럼 우려 섞인 눈빛으로 말없이 그 모습을 지켜보았다.

씨제이가 입에 든 음식을 천천히 씹어 보더니 꿀떡 삼킨 후 말했다. "나쁘지 않은걸."

*사각형 형태의 파스타 반죽 사이에 고기, 치즈 등으로 속을 채운 이탈리아식 만두.

"얼마쯤 있으면 씨제이가 죽을까?" 뚫어져라 씨제이를 쳐다보는 우리를 향해 미첼이 물었다.

그에 답하듯, 씨제이가 라비올리 두 조각을 더 집어삼켰다.

"지저분한 손으로 먹지 마." 리키가 꾸짖듯 말했다. "여긴 완벽한 주방 시설을 갖춘 곳이라고. 음식을 담을 중국제 고급 도자기 접시도 있고. 또……." 주방 서랍을 열어 보며 말을 이으려던 리키가 갑자기 "윽." 소리를 냈다.

서랍 안에는 온통 검은색으로 된 포크와 나이프, 숟가락이 열을 맞춰 가지런히 놓여 있었다.

"베넷 델라미어 씨는 참 희한한 사람이구나." 에반이 말했다. "거금을 들여 최고급 시설로 도배된 완벽한 대피소를 구축해 놓고선, 나이프와 포크는 싸구려를 갖다 놨네."

"어쩌면 1970년대 부자들은 이런 취향이었는지 몰라." 미첼이 말했다. "알다시피, 검은색은 유행을 타지 않잖아."

"말도 안 돼." 내가 말했다. "우리 아빠가 아파트로 이사할 때 포크며 나이프며 가장 싼 걸로 샀는데, 차라리 그게 여기에 있는 것들보다 훨씬 좋아 보이는걸."

싸구려건 아니건 간에, 우린 서랍 속 식사 도구를 꺼내 물로 깨끗이 헹구었다. 그런 다음 라비올리, 소고기 스튜, 구운 콩을 요리용 가열기로 데운 후 우아한 중국 도자기 접시에 담아 검은색 포크로 찍어 먹었다. 이건 요새에서 먹은 첫 번째 간식이었는데, 개회식처럼 무언가를 처음 시작했다는 의미를 두었기 때문인지 마치 중요한 행사를 치른 기분이었다. 비록 40년이나 묵은 통조림이었지만, 여태 내가 먹어 본 음식 중에 최고로 맛있었다.

미첼의 강박장애가 우리에게 좋은 영향을 끼치는 부분이 있다면, 미첼은 지저분한 접시가 널려 있는 꼴을 못 본다는 것이다. 결국 설거지는 자연스레 미첼의 몫이 되었다.

소파에 드러누워 아이스 팩을 도로 이마 위에 올려놓고 냉찜질을 시작한 씨제이가 만족스러운 듯한 목소리로 말했다. "아, 여기에서 영원히 머무를 수 있다면 참 좋을 텐데."

우린 모두 씨제이의 말뜻을 정확히 이해했다. 부모님의 잔소리도, 선생님의 꾸지람도, 얽매일 어떤 규칙도 없는 나만의 장소.

하지만 여기에 머문 지 불과 몇 시간밖에 되지 않았음에도, 문자메시지 알림음이 쉼 없이 울려 대는 휴대폰을 무시할 수 없는 것이 우리의 현실이었다. 어디에 있니? 집에는 언제 오니? 별일은 없어?

"오, 이런, 저넬을 깜빡 잊고 있었네!" 내가 화들짝 놀라 천장에 머리가 닿을 정도로 자리에서 펄떡 일어섰다. 웬일인지 지하에서 머무는 시간은 지상에서 머무는 시간보다 더디 흐르는 것 같다. "저넬은 내가 아직도 자전거를 고치는 중이라고 생각하고 있을 거야! 난 이제 죽었다!"

친구란 놈들이 도움은 못 줄망정 배꼽이 빠져라 웃어 댔다. 요새를 공동으로 사용하는 사이라면 일종의 형제애가 있을 법도 한데, 이 녀석들한텐 어림없는 소리다. 곧이어 녀석들은 "로미오! 로미오!" 하며 떼창을 불렀다. 아직 나를 그렇게 부를 자격도 없는 리키조차 그 떼창에 가담했다.

사다리를 타고 요새 밖으로 나가는 중에도, 흩어진 나뭇가지를 다시 그러모아 출입구를 위장하는 동안에도 녀석들은 연호를 그치지 않았다.

“벌써 어두워지고 있잖아.” 내가 끙 앓는 소리로 말한 다음 씨제이를 쳐다보았다. “나랑 같이 저넬의 집에 가자. 저넬이 네 깨진 머리를 직접 본다면 내가 늦은 걸 별로 문제 삼지 않을 거야.”

씨제이가 씩 웃으며 말했다. “난 줄리엣에게 거짓말을 할 수 없어. 그렇게 할 수 있는 건 오직 로미오뿐이야.”

“누구, 나 좀 도와줄 사람 없냐? 에반? 미첼?”

미첼이 고개를 저었다. “안 돼. 이제 충분히 어두워졌으니 난 정원에 물 주러 가야 해.”

리키가 고개를 갸우뚱거렸다. “어둠 속에서 무슨 정원에 물을 준다는 거야?”

“재주 있으면 알아맞혀 봐.”

우린 미첼이 무슨 말을 하는지 알지만, ‘영재생’에게는 입을 다물 예정이다. 미첼에게 별난 구석이 있긴 하지만 녀석은 우리의 오랜 친구이다. 하지만 리키는 아니다.

“얘들아, 나중에 보자!” 나는 다른 아이들을 앞질러 뛰어갔다. 자전거를 타고 서둘러 저넬에게 달려가야 한다는 생각뿐이었다. 녀석들은 뒤에서 연신 “로미오!” 하며 외쳐 댔지만 거의 들리지 않았다.

이미 내 머릿속은 저넬에게 둘러댈 핑곗거리를 지어 내느라 분주했다.

에반

리키와 난 수학, 영어, 사회 수업을 함께 듣는다. 세 과목 중 리키가 가장 눈꼴사나울 때는 바로 수학 시간이다. 이 녀석은 수학 선생님보다 문제를 더 잘 푸는데, 어쩜 그렇게 문제를 잘 푸는지 물으면 전에 다니던 영재 학교에서 배운 것이라며 스스럼없이 대답한다. 월반한 7학년생이 이렇게 재수 없게 구는데, 8학년생 사이에서 밥맛 취급을 받는 건 당연하다. 아니, 도대체 왜, 우리 할머니는 몰리나 아줌마와 같은 직장에서 근무하는 거지? 이런 재수 없는 녀석과 요새를 공동으로 소유해야 한다는 건 정말이지 짜증나는 일이다.

"난 리키 녀석을 그 잘난 영재 학교 교복에 둘둘 말아서 브루클린 다리 아래에 매달아 버리고 싶어." 씨제이가 옆에서 중얼거렸다.

월요일 수업 시간 내내, 난 리키 생각을 머릿속에서 떨쳐 내고자 멍하니 시계만 바라보고 있었다. 시간이 어찌나 천천히 흐르는지 아주 환장할 노릇이었다. 씨제이도 시계를 바라보고 있었다. 녀석의 부푼 이마는 확실히 처음보다는 가라앉았는데, 이마에 붙은 반창고를 보니 또다시 리키가 떠올랐다. 그 녀석은 응급처치도 그 잘난 영재 학교에서 배웠을 테지.

아무튼, 학교 수업이 다 끝나려면 아직도 몇 시간이나 더 남았건만 내 마음은 이미 교문 밖에 있었다. 다른 녀석들도 마찬가지였다. 이윽고 3시 30분, 하교를 알리는 종이 울리자마자 우린 요새로 향하기로 했다.

"오늘 축구 연습은 없지만 저넬을 집까지 데려다줘야 해." 제이슨이 말했다. 자기 딴에는 속삭이듯 한 말이었지만, 녀석의 목소리가 워낙 크다 보니 속삭임 또한 컸다. 요새에 관한 비밀 이야기를 나눌 때도 마찬가지였다. "지난주에 저넬을 바람맞힌 대가를 치러야지. 되도록 빨리 갈 테니, 나 빼고 영화 보기 없기다."

지난번에는 요새에서 비디오테이프가 가득 담긴 상자 하나를 발견했는데 〈스타워즈〉 〈에일리언〉 〈죠스〉 같은 옛날 영화들이 가득 담겨 있었다. 그중에서도 〈죠스〉는 상어가 등장하는 영화 가운데 가장 훌륭하기로 정평이 나 있는 명작이다. 요새 안에 비치된 영화 및 음반을 모두 감상하고 통조림 음식까지 모두 먹어치우고 나면, 우리가 적어도 서른 살은 되어 있지 않을까 싶다.

점심시간, 급식실에서 만난 미첼은 온통 마음이 방과 후 계획에 사로잡혀 있었다. "〈죠스〉라는 영화, 꽤 무섭다던데."

"거대한 상어가 침몰하는 보트 주변을 돌아다니며 사람들을 먹어 치우는 영화라지?" 씨제이가 한참 뜸을 들인 후 말했다. "괜찮아, 하나도 안 무서울 거야."

씨제이의 대답으로는 성이 차지 않았는지 미첼이 다시 물었다. "그 영화가 엄청나게 무서운지, 보통으로 무서운지 말해 줄래?"

"우리도 그 영화를 본 적이 없는데 그걸 어떻게 아냐?" 내가 되받아쳤다.

제이슨이 어림짐작으로 말했다. "내가 추측하기엔 '보통'보다는 무섭고, '엄청'보다는 덜 무서울 것 같아."

"아무튼, 대신 불 끄고 보기는 없기다." 미첼이 말했다.

"그건 두말하면 잔소리지." 내가 말했다. "불을 끄려면 요새 전체 전원을 내려야 하는데, 그러면 비디오고 나발이고 아무것도 볼 수가 없잖아."

하교를 알리는 종이 울리자, 씨제이와 미첼과 나는 북적대는 복도의 약속 장소로 서둘러 발길을 옮겼다. 한시라도 빨리 요새에 도착하고 싶은 마음 때문이기도 했지만, 리키의 눈에 띄기 전에 학교를 빠져나가고 싶은 마음 때문이기도 했다. 리키에게 개인적인 감정이 있어서는 아니다. 요새를 리키와 공동으로 소유하기로 한 것은 우리 모두가 동의한 사항이니까. 하지만 그렇다고 해서 우리가 모일 때마다 리키와 함께 있을 이유는 없다.

"어쨌든 걘 요새에 나타날 거야." 출구 쪽으로 발길을 재촉하면서 씨제이가 자기 말이 맞나 틀리나 두고 보라는 듯 말했다.

"맞아, 공부하러 오겠지." 미첼이 '공부'란 단어에 힘을 주며 말했다. "걘 멋진 요새 안에서 그렇게 할 짓이 없나?"

학교 정문을 벗어나자마자 우린 그 자리에 얼어붙었다. 하교하는 아이들을 태우기 위해 늘어선 차량 대기 열에서 엔진 소리가 요란한 자동차 한 대가 사자처럼 으르렁대고 있었다. 미니밴과 SUV 차량 사이에서 예이거의 빨간 무스탕이 큼지막한 타이어를 뽐내며 공회전하고 있었다. 운전석에는 불량기 가득한 얼굴에 따분한 기색이 역력한 예이거가 앉아 있었고, 루크 형은 조수석에 앉아서 하교하는 아이들을 쓱 훑어보고 있었다.

"못 본 척하고 지나치자." 씨제이가 내 귀에 대고 속삭였다.

"소용없어." 내가 한숨을 쉬며 말했다. "분명 우리를 알아보고 따라올 거야. 그렇게 되면 놈들이 우리 요새의 위치를 알게 되는 건 시간문제겠지."

"그러면 어떡할 건데?" 미첼이 물었다.

"일단 너희 둘 먼저 가." 내가 말했다. "운이 좋으면 내가 저 둘을 빨리 따돌리고 요새에 도착해서 함께 영화를 볼 수 있을 거야."

"몸조심해." 씨제이가 염려하는 목소리로 말했다. "루크가 비록 네 형이라지만 지금은 예이거의 똘마니이니까."

"알았어."

"어, 이게 누구셔!" 내가 예이거의 차에 다가서자 루크 형이 실제로는 반갑지도 않으면서 과장된 웃음을 띠며 나를 반겼다. 나는 내키지 않았지만 뒷좌석에 올라탔다. 그래야만 그 자리를 벗어날 것이기 때문이었다.

"9교시 수업은 어쩌고?" 루크 형에게 물었다. 고등학생은 하교하려면 아직 20분이 더 남아 있었다.

"난 나만의 수업 시간표가 따로 있잖냐. 내 시계는 아침 식사를 마친 직후부터 1교시 타이머가 돌아가니까 이미 모든 수업이 끝난 셈이지."

"형은 이제 죽었다. 할머니가 이걸 알면, 그날이 형의 제삿날이 될 걸."

"행여 고자질할 생각은 안 하는 게 좋아." 예이거가 건들거리면서 말했다. 예이거와 루크의 차이점이 바로 여기에 있다. 예이거가 입을 열면 그건 말이라기보다 협박에 가깝다는 것.

우리 셋을 태운 차가 돼지 멱따는 듯한 굉음을 내며 차량 대기 열을 벗어났다. 무슨 심보인지 예이거는 케이넌 중학교 학부모 차량의 진로를 일일이 방해했고, 이에 부글부글 화가 난 학부모들은 신경질적으로 경적을 울려 댔다.

"어디로 가는 건데?" 학교에서 벗어나 일반 도로에 진입한 무스탕이 속도를 내자, 내가 물었다.

"설마 널 친절히 집에 데려다줄 거라고 생각한 건 아니겠지?" 루크가 말했다.

"우리에게 소소한 계획이 하나 있는데, 네가 실력 발휘 좀 해줘야겠어." 예이거가 부드럽게 말했다.

그 말을 듣고 있자니 왠지 불안해졌다. 우선 그것이 예이거의 입에서 나온 말이거니와, 내가 발휘할 그 실력이란 게 대체 뭔지 종잡을 수 없었기 때문이다.

"무슨 계획인데?" 루크 형에게 물었다. 난 예이거에게 직접 질문하지 않는다. 그래도 대부분의 답변은 예이거의 입에서 나오지만.

예이거의 무스탕은 '도일스 식당' 앞에서 멈추었다. 이곳은 작고 허름하지만 케이넌과 오랜 시간 역사를 함께해 온 유서 깊은 식당이다. 상호에서 짐작할 수 있듯 창업주의 이름은 도일이었을 텐데, 내가 기억하는 이 식당의 현재 주인은 '키리아코'라는 노인이다.

둘은 나를 끌고 식당 안으로 들어가 자리를 잡고 주문했다.
"콜라 세 잔이랑 그레이비소스를 올린 감자튀김 한 접시 주세요!"

"난 배 안 고파." 키리아코가 주문을 받고 뒤돌아 갈 때 내가 말했다.

"잠자코 있어." 루크가 사납게 말했다.

바로 그때 예이거가 그 계획이란 것에 대해 설명했고, 그 말을 듣자마자 난 몸속의 피가 얼어붙는 것만 같았다. "키리아코는 손님들에게 잔돈을 줄 때 항상 금전 출납기를 열어 둔단 말이야. 그러니 이따가 저기 뒷좌석 손님이 음식값을 치를 때 네가 계산대에 슬그머니 다가가서 출납기 안에 든 현금을 털고 재빨리 내빼는 거야. 우린 저기 한 블록 밑에 있는 세븐일레븐 편의점 앞에서 기다릴게."

"난 그따위 짓 안 할 거야!" 내가 목소리를 낮춰 강한 어조로 말했다. "하려면 형들이 직접 할 것이지 왜 날 시켜?"

그러자 이번에도 예이거가 답했다. "너는 아직 애잖아. 그러니까 설령 경찰에 붙잡히더라도 훈방될 거라고. 하지만 네 형과 난 달라. 우린 열여섯 살이 넘어서 성인과 마찬가지 처벌을 받을 거란 말이지."

"도대체 이런 짓을 왜 하려는 건데?"

"그만 좀 앵앵거려라." 루크 형이 비웃듯이 말했다. "도둑질 한 번 해 본 적 없는 것처럼 순진한 척하지 말고."

"난 도둑질 같은 거 해 본 적 없어!"

"다 너를 위해 이러는 거야." 또 예이거가 나섰다. "내가 너를 저 멀리 '플리머스 스프링스'에 휴대폰도 없이 떨궈 놓는다면 내 마음이 얼마나 아프겠니. 거기에서 고속도로를 따라 집까지 오려면 족히 24킬로미터는 걸어야 할 텐데. 게다가 날이라도 저물면 모기떼가 구름처럼 나타날 테고 말이야."

예이거는 얼굴에 상냥한 미소를 띤 채 매우 살가운 말투로 말했지만, 수틀리면 당장 그렇게 하고도 남을 인간이었다. 터무니없는 145킬로미터가 아니라 24킬로미터를 제시한 것도 다 이유가 있었다. 칠흑같이 컴컴한 어둠 속에서 고속도로의 갓길을 따라 24킬로미터 구간을 터벅터벅 걷다가, 대형 트럭이 굉음을 내며 옆을 스치고 달릴 때마다 온몸이 휘청거리는 그림은 내가 생각해도 충분히 현실성이 있는 공포 시나리오였다.

내가 루크 형 쪽으로 고개를 돌리며 말했다. "형은 이 말을 듣고도 잠자코 있을 거야?"

형은 불편한 기색으로 내 시선을 회피했다. 형의 행동은 휘황찬란한 전구로 화려하게 장식된 대형 전광판의 광고 문구보다 더 명확한 메시지를 전달했다. 엄마와 아빠가 우리를 버리고 떠난 뒤 할머니 댁에 얹혀살아야 하는 처지가 되었을 때보다 더 안 좋은 상황이 생길 거라고는 생각을 못 했다. 적어도 그땐 엄혹한 세상에 내팽개쳐진 게 나 혼자만은 아니었다. 힘든 시절 형과 나는 서로 의지했고, 우리 형제는 어느 때보다 가까웠다. 하지만 지금은 부모에게 버림받았던 그때보다 상황이 더 심각하다. 그야말로 최악이다.

"아무렴, 네 형인데 네가 곤경에 빠지길 원하겠니?" 예이거가 타이르는 듯한 목소리로 말을 이었다. "나도 너를 저 먼 곳에 두고 오자는 말은 하기 싫어. 그러니 눈 딱 감고 우리가 하라는 대로 해. 저기 봐. 다른 테이블 손님이 밥값을 계산하고 있잖아. 자, 이제 네가 나설 차례야."

처음에는 내가 앉은 자리에 접착제라도 붙은 듯 꼼짝도 할 수 없었다. 잠시 후 루크 형이 내가 앉은 의자의 다리를 걷어찼고, 넘어지지 않으려면 일어나는 수밖에 없었다. 결국 나는 멍하니 금전 출납기가 있는 계산대 쪽으로 다가가기 시작했다. 출납기는 예이거가 예측한 대로 열려 있었다. 그야말로 진퇴양난에 처해 버린 나는 넋이 빠진 표정으로 좀비처럼 걸음을 옮겼다. 돈을 훔칠 수는 없었다. 나는 도둑이 아니니까. 하지만 흘낏 마주친 예이거의 표정을 보아하니, 플리머스 스프링스에서 집까지 24킬로미터를 진짜로 걸을 생각이라면 모를까, 돈을 훔치지 않을 수도 없는 노릇이었다.

내키지 않는 발걸음을 최대한 질질 끌며 시간을 벌어 보았지만, 어느새 내 몸은 금전 출납기 앞에 다다라 있었다. 이제 내가 할 일은 몸을 굽혀 지폐 한 주먹을 움켜쥐고 냅다 뛰는 것이었다. 키리아코는 내게 등을 보인 채 식당 한편에서 손님들과 시시껄렁한 농담을 하고 있었다. 바로 지금이 기회였다.

결국 나는 팔을 뻗었다. 뭔가를 훔친다는 생각은 눈곱만큼도 해 본 적이 없었기에 대체 어떤 생각으로 그렇게 했는지 모를 일이었다. 어쩌면 본심과는 달리 정말로 팔이 뻗어지는지를 시험해 볼 생각으로 그렇게 했는지 모른다. 아니면 돈을 훔치지 않더라도 일단 팔을 뻗어 저들의 절도 계획에 가담한 것처럼 보여야, 나중에 작전 실패로 예이거와 루크 형에게 혼이 날지언정 최소한 시도는 했었다는 말은 할 수 있으리라 생각했을 수도 있다.

그때였다. 갑자기 식당 출입문이 열리더니 다름 아닌 리키가 함박웃음을 띠며 걸어 들어왔다. "안녕, 에반. 넌 줄 알았어!" 그렇게 말하는 리키의 시선이 내 손과 금전 출납기를 향했고, 웃음 띤 얼굴은 순간 아리송한 표정으로 바뀌었다.

나는 뻗은 손을 얼른 계산대 위 사탕 바구니 쪽으로 거두어 박하사탕 하나를 집어 들고 입에 쏙 집어넣었다. "리키, 여기서 나가자."

나는 서둘러 출입문 밖으로 리키를 밀쳤고, 그렇게 8초가량 계속해서 리키를 떠밀며 식당으로부터 멀리 벗어났다.

"안에 네 형이랑 형 친구가 앉아 있었던 거 아냐?" 리키가 왜 그러냐는 듯 물었다.

"둘은 아직 식사 중이야." 내가 설명했다. "나는 다 먹었거든." 리키가 등장해서 가장 다행스러웠던 건, 등을 돌리고 있던 키리아코가 우리 쪽을 쳐다보고 있어서 루크 형과 에이거가 콜라와 감자튀김 값을 치르기 전까지는 나를 뒤쫓을 수 없다는 점이다. 나중 일이야 어떻게 되든, 일단은 리키 덕에 곤경에서 벗어날 수 있었다. 머지않아 그 둘을 다시 맞닥뜨리게 되겠지만 적어도 대책을 세울 시간은 번 셈이다.

리키가 내 얼굴을 살피며 말했다. "저기, 아까 그 식당에서 널 처음 봤을 때 말이야, 계산대 금전 출납기 쪽으로 팔을 뻗고 있는 것 같았어."

내가 큰 소리로 웃어 젖혔다. "뭐? 미쳤냐? 내가 만약 그런 짓을 한 걸 우리 할머니가 알면 나를 죽이려 들 텐데." 나는 그 어느 때보다도 확실한 말투로 답했다. 금전 출납기 앞에 서 있던 기억은 내 머릿속에서 오래도록 사라지지 않을 것이다. 결단코 나는 그 돈을 훔칠 마음이 없었다. 하지만 그 앞에서 팔을 뻗은 것도 사실이다. 결국 난 돈을 훔치게 되었을까? 알 수 없는 일이다. 하지만 한 가지 확실한 건 리키가 아주 정확히, 제때 나타났다는 것이다.

나도 모르게 너무 빨리 걸었던 모양이다. 리키가 물었다. "왜 이렇게 서둘러? 우리 지금 어디 가는 건데?"

리키를 바라보며 말했다. "너 〈죠스〉라는 영화 본 적 있냐?"

우리는 〈죠스〉를 처음부터 끝까지 주욱 다 봤는데, 죽은 사내의 머리와 찢겨 나간 다리 중에 뭐가 더 끔찍한지 순위를 가리기 위해 다시 처음부터 돌려 봤다. 선장이 갑판 위에서 미끄러져 상어 아가리 속으로 빨려 들어가는 장면은 3위를 차지했다.

우리는 모두 저녁 식사 시간이 지나 집에 도착했는데 아무도 배가 고프진 않았다. 왜냐하면 피가 흥건한 영화를 정주행하면서 40년 묵은 칠리 통조림을 세 통이나 까먹었기 때문이다. 미첼은 결국 간이 화장실에서 토하고 말았다. 아무래도 영화가 끔찍하긴 했던 모양이다.

학교 숙제를 막 끝냈을 무렵, 창문 밖에서 에이거의 요란한 무스탕 엔진 소리가 들렸다. 몇 분 후, 루크 형이 방 안으로 들어왔다.

"너 크게 실수한 거야." 형이 심각하게 말했다. "에이거가 지금 엄청나게 열 받았거든."

"그러든지 말든지, 누가 신경이나 쓴대?" 말은 그렇게 했지만, 허풍이었다. 예이거는 생각만으로도 정말 무서운 존재였다. 예이거를 떠올리면 밤잠을 이룰 수 없을 정도였다.

"어련히, 퍽이나 그러겠다." 루크 형이 압박하듯 말했다. "예이거는 만만히 볼 상대가 아니야. 내가 너를 보호하는 데에도 한계가 있다고."

나는 형을 노려봤다. "예이거랑 짜고 나를 도둑으로 만들려고 했던 게 형이 말하는 보호야?"

"키리아코는 부자야." 루크 형이 코웃음을 치며 말했다. "식당 앞에 주차해 놓은 렉서스 차 못 봤냐? 그 사람은 평생 쓰고도 남을 정도로 돈이 넘쳐난다고!"

"그래. 그렇지만 그건 그 사람 돈이지, 예이거의 돈은 아니잖아. 엄마 아빠도 다른 사람의 돈에 손을 댔었지. 그렇게 훔친 돈으로 뭘 샀는지 형도 잘 알잖아."

그 순간 형의 얼굴이 벌겋게 달아올랐다. "그 일에 대해선 따로 말 안 해도 돼. 네가 아는 건 나도 다 아니까."

"그걸 잘 알고 있는 사람이 어쩌자고 그런 놈이랑 자꾸 어울리는 거야? 형도 엄마 아빠가 겪은 문제에 휘말리고 싶어?"

"난 네가 친구라고 부르는 얼간이들과 몰려다니는 걸 보고도 아무 말 안 하잖아." 형이 내 말을 되받아쳤다. "할머니 때문에 달고 다니는 그 리키라는 한심한 녀석도 마찬가지고. 그 녀석 때문에 넌 플리머스 스프링스 24킬로미터 도보 여행을 떠나야 할 신세가 되었단 말이야. 예이거가 한 말이 그냥 농담이라고 생각한 건 아니지?"

형은 화강암처럼 굳은 표정으로 긴장한 기색을 감추고 있었다. 하지만 내 눈은 못 속인다. 형의 오른쪽 뺨이 약간 씰룩거렸다. 나는 형을 몰아세우며 말했다. "형도 예이거를 무서워하는 거지?"

정곡을 찔렸는지 형이 갑자기 화제를 바꾸었다. "오후 내내 어디 있었던 거야?"

"집에."

"허튼소리 마! 너 찾으러 가장 먼저 들렀던 곳이 집이야. 지상에서 뿅 하고 사라진 것처럼 온 동네를 다 뒤져도 안 보였다고!"

형의 그 말은 사실이다. 그때 난 지하에 있었으니까. 내게 요새가 생겼다는 건 형과 예이거가 날 결코 찾을 수 없는 비밀 공간이 생겼음을 의미했다.

리키

요새를 발견한 첫날부터 궁금증이 풀리지 않아 좀이 쑤셨다. 대체 이 요새에는 어떻게 전기가 들어오는 걸까? 숲속으로 이어지는 전선도, 전선을 지탱하는 전봇대도 없는 데다, 매달 출입구 앞으로 전기 요금 청구서가 도착하는 것도 아니다. 설령 그렇다고 한들 도대체 주소는 어떻게 표기한단 말인가.

이에 대해 에반에게 묻자 돌아온 대답은 이랬다. "전기만 나오면 됐지, 전력의 출처는 알아서 뭐 하게?"

"너는 그게 궁금하지 않아?"

그랬다. 에반은 궁금하지 않았다. 다른 아이들도 마찬가지였다. 미첼이 별 얼간이 같은 놈 다 보겠다는 표정으로 날 바라봤다. 궁금한 건 못 참는 성격인지라 요새 이곳저곳을 돌아다니며 살펴보던 중, 소파 쪽 벽면 모퉁이 천장 아래에 두꺼비집이 있는 걸 발견했다. 그걸 뜯어서 보니 후면에 전선을 한데 그러모은 금속 도관이 보였는데, 이 도관이 요새 밖으로 뻗어 나가 지상으로 이어지는 구조였다. 허리케인이 불어닥친 다음 날 아침에도 요새에 불이 켜질 수 있었던 건 전선이 매립형으로 설치된 덕분이었다. 만약 전선이 공중에 설치됐더라면 돌풍에 날아다니던 부러진 나뭇가지들이 가만두지 않았을 것이다.

나는 도관이 뻗어 나간 방향을 어림짐작해 숲에서 시내까지 걸어가며 전력의 출처를 찾아 헤맸다. 아니나 다를까, 공립 도서관 바로 앞에서 요새에서 발견한 것과 똑같은 모양의 도관을 발견했다. 콘크리트 지면 밖으로 삐져나온 도관은 전봇대를 타고 올라 꼭대기 변압기에 연결되어 있었다.

"이제 알겠니?" 내가 녀석들에게 말했다. "우리 요새는 케이넌 도서관의 전력을 끌어다 쓰고 있고, 도서관은 그런 줄도 모르고 요새의 전기세를 대신 납부하고 있는 거라고!"

씨제이가 어깨를 으쓱하며 말했다. "그래 봤자 전구 몇 개 켜는 것에 불과한데 뭐."

"무슨 소리." 내가 조목조목 짚었다. "TV도 보고 전축도 듣잖아. 주방에서 물을 쓸 때는 또 어떻고. 우물물을 개수대까지 끌어오려면 펌프가 돌아가야 해."

녀석들이 내 말을 믿지 않는 건 아니었다. 다만 관심을 두지 않을 뿐이었다. 나로서는 답답한 노릇이었지만, 이 상황을 녀석들의 관점에서 이해해 보려 했다. 이를테면, 내가 가장 좋아하는 음식은 피자다. 하지만 피자를 먹을 때 토마토소스와 치즈와 빵이 입안에서 어떤 화학 반응을 일으키는지를 분석하지는 않는다. 그저 피자의 맛을 즐기면 그만이다.

우리의 요새는 피자와 같다.

“준비, 출발!”

요새의 지상 출입구에 도착하려면 아직 9미터는 더 가야 하는데도 제이슨의 시끌벅적한 함성이 들려왔다. 이 녀석의 목소리는 마치 록 콘서트장에 설치된 커다란 스피커를 타고 나오는 것 같다. 나 원 참, 이런 녀석들이 나더러는 요새의 비밀을 지키라고 신신당부하고 있으니!

나는 툴툴대며 사다리를 타고 바닥에 내려서서는 녀석들을 향해 소리쳤다. “너무 부주의한 것 아냐? 너희들 목소리가 인공위성에까지 들릴 지경이라고…….”

눈앞에 펼쳐진 광경에 순간 말문이 막혔다. 에반과 제이슨은 목이 터져라 환호성을 지르며 소파 위에서 방방 뛰고 있었고, 씨제이와 미첼은 뒷짐을 진 상태로 배를 바닥에 대고 엎드려 꿈틀꿈틀 기고 있었다. 코로 달걀을 밀면서 기어가는 두 녀석의 머리가 마치 피스톤처럼 위아래로 왕복 운동을 했다.

씨제이가 한쪽 벽면에 먼저 도착하자, 에반과 제이슨이 씨제이를 일으켜 세우고 축하한다는 듯 등과 어깨를 두들겼다.

나는 화가 잔뜩 난 채 잰걸음으로 다가가 외쳤다. “너희들 당장 목소리 낮추지 않으면 우리가 여기에 있는 게 다 들통날 거야. 그러면 요새와는 영영 작별일 테고.”

녀석들의 왁자지껄한 놀이가 일순간 멈추었다.

“오, 리키 왔구나.” 에반이 다소 소심하게 말을 건넸다.

“오솔길을 걸어오는 내내 너희 목소리가 들렸단 말이야.” 내가 에반을 타박했다. "도대체 여기에서 뭣들 하는 거야?"

씨제이의 얼굴이 푸르뎅뎅하게 멍이 든 부분을 제외하고 붉어졌다. "요새 올림픽을 치르고 있었어."

"올림픽?" 그러고 보니 씨제이와 에반, 제이슨의 목에 뜨개실로 엮인 종이 '메달'이 걸려 있었다.

미첼은 자기만 메달이 없어서인지 잔뜩 짜증이 난 표정이었다. "이거 다 엉터리야. 다들 속임수를 썼다고."

그제야 깨달았다. 녀석들이 당혹스러워한 건 한심한 올림픽에 나를 배제한 사실을 들켰기 때문이란 걸.

"리키, 미안해." 에반이 바닥을 내려다보며 웅얼거렸다. "너한테 말하려고 했는데, 그게 말이야……." 거짓말을 마무리 지을 수 없었던지 에반이 말끝을 흐렸다.

얼간이 올림픽에 초대받지 못한 것쯤이야 아무래도 상관없다. 다만, 생각할수록 괘씸했다. 애당초 요새의 출입구를 발견한 건 나였다. 내가 아니었으면 이 요새를 알지도 못했을뿐더러, 이 안에서 이렇게 신나게 놀 생각은 꿈에도 못 했을 것 아닌가?

"너무 기분 나쁘게 생각하지 마." 씨제이가 날 다독이듯 말했다. "아직 몇 종목이 남아 있어. 너, 사다리 체조에 참여할래?"

"야! 사다리 체조에서는 내가 우승하게 해 준다며." 미첼이 따졌다.

"아니면 정수리 격파 종목도 있어." 제이슨이 제안했다. "포도를 머리 위에 매달고 높이뛰기를 해서 천장에 뭉개면 되는 게임이야. 걱정 마. 포도하고 달걀은 우리가 직접 가져온 거니까. 통조림에서 빼낸 거 아냐."

이야기를 듣고 있자니 내심 관심이 생겼다. 정수리 격파는 천장이 낮아서 해 볼 만했다. "내가 이 중에서 키가 제일 작으니까 난이도 점수에서 핸디캡을 적용해 줄 거지?"

결국 나는 정수리 격파에서 은메달을 땄다. 금메달은 마치 캥거루처럼 뛰어오른 씨제이가 차지했다. 내 머리에 매단 포도가 으깨지고 과즙이 얼굴을 타고 흘러내릴 때, 난 제이슨보다 훨씬 더 크게 함성을 지른 것 같다.

미첼은 사다리 체조에서 금메달을 땄는데, 단독으로 출전한 결과였다. 에반과 제이슨은 수프 통조림 건너뛰기에서 공동 우승을 했다. 나는 마침내 LP 원반던지기에서 금메달을 획득했지만, 경기 도중에 핑크 플로이드 앨범 〈더 월〉의 두 번째 음반을 깨부수고 말았다. 그나저나 우리가 딴 메달은 '날달걀 정수리 격파'를 하다 달걀노른자가 잔뜩 묻어 버리는 바람에 결국 쓰레기통에 죄다 처박히는 신세가 되었다. 깨진 핑크 플로이드 음반과 통조림 건너뛰기를 하다 밟혀 살짝 찌부러진 수프 통조림 세 개도 같은 신세가 되었다.

나는 포도즙과 달걀노른자로 범벅이 되어 끈적이는 몸을 이끌고, 누가 보면 진짜 올림픽에라도 출전한 것처럼 땀에 흠뻑 젖은 채 집으로 향했다. 정말 즐거운 시간이었다. 하지만 막상 집에 도착해서는 오늘 오후에 요새에 가지 않았더라면 나 빼고 녀석들만 온갖 신나는 놀이를 즐겼을 거라 생각하니 기분이 씁쓸했다.

미첼

내가 가장 싫어하는 단어는 '적절한'이다.

이를테면 수업 시간에 교장 선생님이 나한테 행동이 '적절하지' 않다는 말을 할 때면 정말 짜증난다. 7학년 때는 '적절히' 처신하더니, 요즘 들어 '옛날 버릇'이 다시 튀어나오고 있다고 말씀하신다.

"옛날 버릇이라면 정확히 무엇을 말씀하시는 건가요?" 엄마가 교장 선생님께 물었다. 학부모 면담에서 내가 가장 질색하는 건, 나를 옆에 앉혀 두고 내 얘기를 서슴없이 한다는 점이다.

교장 선생님은 책상 위에 놓인 학생 기록부를 참조하며 답변했다. "가령, 심하게 발을 떤다거나, 수업에 집중하지 않고 다른 짓을 한다거나, 수시로 화장실을 들락날락하며 손을 씻는 행동 등이 그렇습니다."

"선생님은 학교에 세균이 얼마나 많은지 아세요?" 내가 끼어들었다. "위생을 청결히 하는 것도 문제가 되나요?"

"네 사물함에도 문제가 있단다. 문짝 여기저기 긁힌 자국이 잔뜩 난 데다가 군데군데 움푹 패어서 시설 관리 선생님이 무슨 일인가 하고 네 행동을 유심히 지켜봤는데, 문이 잘 닫히지 않는다고 함부로 다룬 모양이더구나. 그리고 애초에 사물함에 온갖 물건을 죄다 쑤셔 넣으면 문이 잘 닫힐 리 있겠니? 도대체 그런 물건은 다 어디서 구한 거니?"

"오, 미첼!" 엄마가 성난 표정으로 나를 사납게 째려보았다.

"나중에 다 쓸데가 있는 물건들인데, 어떻게 내다 버려요?"

"수학 선생님은 특히 애로 사항이 많단다." 교장 선생님이 말을 이었다.

엄마는 교장 선생님이 무슨 말씀을 하려는지 정확히 알고 있었다. "13은 누구나 다 사용하는 완벽하게 온전한 숫자란다."

"그 숫자 때문에 내가 죽는 일이 발생해야 그런 말씀을 멈추시겠어요?" 내가 사납게 대꾸했다. "더군다나 올 한 해는 영락없이 13세로 살아야 하는 최악의 시기를 겪고 있다고요."

교장 선생님이 한숨을 내쉬었다. "한동안은 미첼의 증세가 괜찮아졌다고 느꼈는데, 최근 들어 과거로 돌아가는 것 같습니다. 혹시 요즘 들어 가정에 큰 변화라도 생겼나요?"

엄마가 고개를 끄덕였다. "작년에는 전문적인 치료를 받았는데, 제 일자리에 변화가 생기면서 건강 보험 자격을 상실했거든요. 그 바람에 어쩔 수 없이 치료를 중단해야만 했어요."

'일자리 변화'라고? 어떻게 그렇게 아무렇지 않게 말할 수 있는지 기가 찰 노릇이다. 어른들의 말투는 늘 그런 식이다. 번듯한 직장을 잃고, 대신에 건강 보험 혜택도 받지 못하는 형편없는 일터를 세 군데나 힘겹게 전전해야 하는데도, 그저 번지르르한 말로 상황을 포장하기에만 급급하다. 브레킨리지 박사를 만나러 갈 수도 없는 상황이지만, 다시 치료받을 수 있다고 하더라도 그런 속물적인 인간과는 상종도 하기 싫다.

"충분히 이해합니다." 교장 선생님이 긴말 안 해도 알겠다는 듯 측은한 말투로 말했다. 케이넌 주민이라면 델라크래프트 자동차 부품 회사에서 해고된 주변 사람을 적어도 두서넛쯤은 알고 있다. 해고자들 대부분은 우리 가족과 사정이 비슷했다. "하지만 당분간 미첼은 어렵더라도…… 수업에 지장을 주지 않도록 행동을 조심할 필요가 있습니다."

이 말인즉슨, 전적으로 '내' 문제라는 것이다. 이런 교장 선생님과 면담하느니 차라리 벽에 대고 말하는 게 낫다.

면담이 끝나고 자리에서 일어나자 교장 선생님이 엄마와 내게 악수를 청했다. 교장실에서 나오자마자 난 화장실로 향했고, 손을 5분간 박박 씻었다.

"면담은 꽤 잘 진행된 것 같은데, 그렇지 않니?" 화장실에서 나오자 엄마가 물었다.

나는 순간 분노를 터뜨릴 뻔한 걸 간신히 참았다. 뭐 하나 마음에 드는 것 없는 내 인생에서 그나마 위안이 되는 건, 내겐 친구들이 있고 내키면 언제든 들를 수 있는 근사한 요새가 있다는 사실이다. 그리고 뭐 하나 마음에 드는 것 없는 이 학교에서 그나마 위안이 되는 건, 친구들도 이 학교에 다닌다는 사실이다. 그렇다고 수업을 함께 듣는 건 아니다. 걔들은 모두 나와 달리 우등반에 편성되었기 때문이다.

엄마에게 버럭 화를 내려다 엄마의 처진 어깨와 눈 밑에 짙게 드리워진 그늘을 보고 그만두었다. 게다가 엄마는 오늘 노인 돌봄 시설에서 야간근무를 해야 하는 날이라 다른 날보다 더 길고 고된 하루가 될 터였다. "면담하느라 애쓰셨어요, 엄마."

엄마는 오늘 늦을 테니 기다리지 말고 먼저 자라고 말했다. 그리고 냉장고에 있는 먹다 남은 피자를 꺼내 데워 먹으라고도 했는데, 그 피자를 먹을 일은 없을 것 같다. 요새에 있는 40년 묵은 스파게티와 미트볼 통조림을 벌써 찜해 두었기 때문이다.

숲에 거의 도착했을 즈음, 스멀스멀 일던 걱정이 안절부절 조바심으로 바뀌었다. 면담 때문에 빼먹은 수업이 방과 후에 보충으로 진행되었기에, 오늘은 내가 요새에 꼴찌로 도착하게 될 것만 같아 무척이나 초조했던 것이다. 만일 내가 찜해 둔 스파게티와 미트볼을 누가 먼저 먹어 버렸으면 어쩌지? 이 생각에 나무 기둥에 팔꿈치를 비빌 새도 없이 오솔길을 전력 질주 했다. 통조림에 내 이름을 써 놓을 걸 그랬나? 하지만 그러면 오히려 다른 아이들의 눈에 더 잘 띄었을지 모른다. 요새 규칙을 정할 때 통조림 음식에 대한 소유권도 정했어야 하는 건데. 거기까지는 미처 생각하지 못했다. 만일 통조림 소유권을 정한다 하더라도, 리키는 우리 모임에 꼽사리를 낀 아이에 불과하니까 제외해야 할 것이다. 그런데 리키가 자기는 소유권과 관계없으니 골탕 좀 먹어 보라는 심보로 아무 통조림에나 손을 대기라도 하면 어쩌지!

강박장애의 증상 중 하나는 뭔가에 생각이 꽂히면 좀처럼 거기서 헤어나지 못한다는 것이다. 생각하지 말아야지 하고 애쓸수록 더욱 집착하게 된다. 얼마나 조바심이 났던지 흰개미 떼가 파먹은 나무 그루터기에서 스물다섯 보나 스물일곱 보를 셌어야 하는데, 나도 모르게 스물여섯 보를 세고 말았다. 요새의 출입구에 도착해서도 다급한 마음에 허둥지둥 요새로 내려갔다.

그렇게 서둘렀건만 결과적으로는 운이 '안' 좋았다. 스타워즈 시리즈인 〈제국의 역습〉을 함께 보지 못했기 때문이다. 다른 아이들은 모두 가고 없고, 씨제이만 남아 있었다.

"다른 애들은 20분 전쯤에 갔어." 씨제이가 말했다. "난 여기서 저녁 좀 때우고 가려고 남았고."

"스파게티와 미트볼은 안 돼!" 내가 헐레벌떡 외쳤다.

"걱정하지 마. 내 취향은 돼지고기와 콩 통조림이니까." 씨제이가 답했다. "근데 아무래도 그냥 돌아가야 할 것 같아. 내 '자이갠타톤'에 돌멩이가 끼었거든."

"자이갠타톤이 뭔데?"

"왜 있잖아, 길이가 거의 스키만큼 긴 대형 롤러브레이드." 씨제이가 설명했다. "바퀴 사이에 큼지막한 돌멩이가 박혔는데, 그걸 빼내지 않으면 탈 수가 없어."

내 친구들 중 특히 씨제이는 끝내주는 놀이 장비들을 잔뜩 가지고 있다. 씨제이네 집이 특별히 부유한 건 아니지만, 새아빠인 마커스는 씨제이에게 선물을 사 주는 걸 마다하지 않는다. 진짜 좋은 분임이 틀림없다. 부러워하지 않으려 노력하지만, 우리 집이 늘 돈에 쪼들리다 보니 그러는 게 쉽지만은 않다. 만약 질투심을 갖게 된다면 씨제이가 미워질 텐데, 그건 생각하기도 싫은 일이다. 씨제이는 내 소중한 친구이니까.

아무튼 이상한 이름의 자이갠타톤을 내가 부러워할 일은 없을 것 같다. 어감이 왠지 위험하게 느껴지기 때문이다. 그런 걸 갖고 노니, 녀석의 몸에 피딱지와 멍 자국이 가실 날이 없는 것도 당연하다.

씨제이가 주방으로 걸음을 옮기더니 서랍을 열어 큼지막한 검은색 포크를 꺼냈다. "이걸 쓰면 되겠다."

내가 눈살을 찌푸렸다. "식사용 포크로 돌멩이를 파내려고? 집에 있는 드라이버 같은 공구를 사용하지 그래?"

씨제이의 표정이 굳어졌다. "난 마커스 물건은 안 써."

"네가 말하면 얼마든지 쓰게 해 주실 텐데."

"그게 뭐든 마커스 거라면 절대 사용하지 않아."

씨제이의 말투가 너무나 단호해서 더 이상의 대화는 의미가 없을 것 같았다. 아마도 녀석은 새아빠에게 이것저것 너무 많이 요구하다 보면 더 이상 선물을 받을 수 없을까 봐 염려하는 것 같다. 생각해 보니 내게도 그런 아빠가 있다면 나도 씨제이처럼 굴 것 같다.

스파게티와 미트볼이 먹고 싶어서 부리나케 달려왔지만, 왠지 혼자 요새에 남아 있고 싶지는 않아서 씨제이가 요새를 나설 때 나도 따라나섰다. 출입구는 나뭇가지로 철저히 위장했다. 강박증이 있어서 좋은 점이 있다면, 무슨 일이든 대충 허투루 하는 법이 없다는 것이다.

우린 씨제이 집에 도착했다. 씨제이가 차고에서 자이갠타톤을 가지고 나왔다. 실제로 보니 스키만큼 길지는 않았지만, 생김새는 정말 비슷했다. 그리고 씨제이의 말대로 왼쪽 바퀴 사이에

둥근 돌멩이가 박혀 있었다.

"잠깐만." 내가 걱정스럽게 말했다. "한쪽 스케이트마다 바퀴가 여섯 개인 데다가 돌멩이 하나가 껴 있으니 합치면 동그라미의 개수가 13이잖아."

씨제이가 요새에서 챙겨 온 포크를 꺼내 들었다. "하지만 우린 열세 번째 동그라미를 제거하는 작업을 할 거잖아. 안 그래?"

"그건 그래. 빨리 빼내."

바로 그때 현관문이 열리면서 마커스가 차고에 나타났다. "오, 안녕, 얘들아. 뭐 하고 있니?"

"나갈 거예요." 씨제이가 새아빠 쪽은 쳐다보지도 않고 무뚝뚝하게 말했다.

"아저씨가 사 준 롤러브레이드에 돌멩이가 박혀서 빼내려던 참이었어요." 내가 마커스의 갑작스러운 등장에 놀라며 말했다. 그 말을 듣고 마커스가 관심을 기울였다. "내가 도와주마."

"됐어요." 씨제이는 서둘러 왼쪽 스케이트를 챙겨 나를 데리고 차고 밖으로 나갔다.

나는 마커스에게 급히 인사하고 씨제이를 따라 주택 단지 끝에 있는 공원으로 향했다. 난 녀석이 온갖 근사한 선물을 사 주는 새아빠에게 왜 이렇게 정나미 떨어지는 행동을 하는지 몹시 궁금했다. 하지만 씨제이는 이 문제에 대해서만큼은 한사코 입을 열지 않고 대화를 거부하니 알 수 없는 노릇이었다.

씨제이가 포크로 작업을 시작했다. 돌멩이가 얼마나 단단히 박혔는지 좀처럼 빠질 기미가 없었다. 포크가 돌멩이를 긁는 소리는 마치 칠판에 분필로 글씨를 쓰는 것처럼 들렸는데, 강박장애가 있는 사람이라면, 혼이 쏙 빠지도록 기겁할 만한 소리였다.

온 힘을 짜낸 끝에 마침내 바퀴에서 빼낸 돌멩이가 쌩하고 벤치 뒤 산책로 쪽으로 날아갔는데, 하마터면 지나가던 아주머니가 돌멩이에 맞을 뻔했다.

"너희 이게 무슨 짓이니?" 아주머니가 호통을 쳤다.

씨제이가 화들짝 놀라서 벌떡 일어났고, 그 바람에 바닥에 떨어진 포크가 통통거리며 구르다 아주머니의 발치에서 멈추었다.
"오, 이런, 죄송합니다."

아주머니가 허리를 굽혀 포크를 집어 들고는 말했다. "어째서 이렇게 고급스러운 식사 도구로 스케이트 고칠 생각을 한 게냐?"

"고급스러운?" 내가 아주머니가 사용한 단어를 되풀이했다.

우리는 아주머니 손에 들린 포크를 유심히 바라보았다. 손잡이 부분은 거무튀튀한 게 여전히 볼썽사나웠지만, 돌멩이에 긁힌 포크 날 부분이 은색으로 빛났다.

"어, 색이 변했어! 이게 어떻게 된 일이지?" 씨제이가 고개를 갸우뚱거렸다.

"시간이 흘러서 검게 변색된 포크의 일부분이 벗겨져서 그런 거란다." 아주머니가 설명했다. "이 포크는 순은이야. 보렴. 무게감이 느껴지지 않니?" 아주머니가 포크를 씨제이에게 도로 건네주었다. "얼른 집에 가져가서 어머니 갖다 드려라. 모르긴 몰라도 값어치가 수백은 되어 보이는구나."

"수백…… 달러요?" 내가 불쑥 물었다.

"그럼, 물론이지. 거뭇하게 변색된 부위를 은빛이 드러나게 광택만 잘 내면 되겠는걸." 이 말을 끝으로 아주머니는 멀어져 갔고, 우리 둘은 입을 떡 벌린 채 제자리에 멍하니 서 있었다.

씨제이가 휘둥그레진 눈으로 나를 바라보았다. "우리 요새의 주방 서랍에 이런 게 한가득 있잖아!"

"아주머니 말이 틀리지 않았으면 좋겠다." 내가 기쁨에 겨운 신음을 냈다. "너 혹시 어떤 성미 고약한 아줌마가 여기저기 돌아다니면서 가난한 사람들에게 부자가 될 수 있다고 바람을 넣고 다닌다는 뉴스 들어 본 적 있냐?"

"이 물건의 값어치를 제대로 알아낼 방법이 분명히 있을 거야." 씨제이가 곰곰이 생각에 잠긴 채 말했다. "내일 회의를 소집해서 다른 녀석들의 말을 들어 보자."

씨제이와 나의 차이점은 이 부분에서 확연히 드러났다. 벼락부자가 될지도 모르는 상황에서 내일까지 기다려 보자고 말하는 건 나 같은 아이에게는 고문에 가깝다. 난 아주머니의 이야기를 듣고 난 다음, 줄곧 5초마다 은수저 생각이 떠올라 도무지 다른 일을 할 수 없었다. 돌멩이를 빼낼 때 썼던 은수저를 요새의 주방 서랍에 다시 가져다 놓을 때도 그랬고, 40년 묵은 스파게티와 미트볼을 먹을 때도 그랬고, 그날 밤 정원에서 화초의 잎사귀와 줄기가 물방울을 머금고 달빛 아래 은은하게 빛나도록 물을 줄 때도 그랬다.

에반

결국 은 포크를 전당포에 가져가는 일은 내 몫이 되었다.

그 일의 적임자는 나뿐이다. 녀석들 중 누가 나보다 전당포에 대해 더 많이 안단 말인가? 엄마와 아빠는 돈이 필요할 때면 거의 항상 형과 나를 전당포에 보냈다. 그때 심부름을 하도 많이 다녀서 동네의 전당포란 전당포는 죄다 꿰고 있었다.

이따금 전당포에 팔려던 물건 중에는 내가 처음 보는 것도 있었다.

"오, 이게 다락방에서 굴러다니더구나." 엄마는 이렇게 말하며 도자기 화병이나 크리스털 사발 같은 것을 건네곤 했다. 당시 난 너무 어려서 엄마의 말을 곧이곧대로 들었지만, 형은 달랐다. "우린 아파트에 사는데 다락방이 어디에 있냐, 이 바보야. 저 재떨이는 아빠가 훔친 거야. 그래서 처음 보는 거라고!

"형 말은, 아빠가 도둑질을 했다는 거야?"

"물론이지. 늘 하는 게 도둑질인걸!"

그 말을 들은 순간, 마치 퍼즐이 맞춰지듯 많은 것이 이해되기 시작했다. 당시 엄마 아빠는 케이넌에 있는 모든 전당포와 거래를 텄는데, 팔려는 물건이 장물일 때는 항상 우리를 11번가에 있는 T. K. 전당포에 보냈다. 언젠가 아빠에게 그 이유를 물었더니 이렇게 답했다. "거기 주인 토미는 입이 무겁거든."

내가 우리의 은 포크를 들고 찾아가야 할 전당포로 그곳을 떠올린 건 바로 그런 이유에서였다.

엄밀히 말하면 우리의 은 포크가 아니라 베넷 델라미어 씨의 은 포크이지만, 주인인 그가 이미 죽고 없는데 무슨 상관이란 말인가? 더군다나 그에겐 유산을 물려줄 자손이 없음이 분명했다. 리키가 인터넷으로 조사를 좀 해 봤는데, 델라미어 회장의 친척 중 아무도 유산 상속자로 나선 사람이 없었다고 한다. 델라크래프트 자동차 부품 회사는 지금도 여전히 운영되고 있지만, 근래에 이 회사는 수익보다 부채가 더 많다. 델라미어 회장이 살던 저택은 오래전에 폐허가 되었고 그마저 저당이 잡혀 있다. 따라서 델라미어 가문의 소유물 중 유일하게 가치 있는 것이 바로 요새이지만, 우리 말고는 그 존재를 아무도 모른다. 정확히 따지면 우리의 소유는 아니지만, 그렇다고 델라미어 일가의 소유도 아니다.

전당포는 케이넌에서도 후미진 동네에 자리 잡은 꾀죄죄한 점포였는데, 주인인 토미는 점포보다 더 꾀죄죄했다. 나는 뾰족한 코끝에 돋보기안경을 걸친 토미를 볼 때마다 항상 족제비가 떠올랐다. 하지만 지금 내 눈은 족제비 같은 토미의 얼굴을 향하고 있지 않다. 내가 바라보고 있는 건 통로 가운데 선반에 놓인 엑스박스 게임기였다. 한때 형과 내가 갖고 놀던 것과 같은 기종이었는데, 실제로 우리가 판 것일 수도 있고, 아니면 어느 딱한 어린이가 '가족의 생계에 보탬이 되고자' 마지못해 희생한 것일 수도 있었다.

토미의 입이 무겁다는 아빠의 말은 틀리지 않았다. 토미는 자신의 전당포에 적어도 열두 번은 다녀갔을 나를 보고도 아는 체하지 않았다. 조그만 녀석이 순은 포크를 어디에서 구했는지 궁금해하지도 않았다. 생전 처음 보는 리키를 보고도 누구냐고 묻지 않았다.

포크를 본 토미의 눈이 빛났다. 그럴 만도 한 게, 전당포에 오기 전 리키가 포크를 집에 가져가서 색이 검게 변한 부분에 광택을 냈기 때문이다. 때를 벗고 은빛으로 찬란히 빛나는 포크에는 고급스러운 문양이 가득했고, 얼마나 반들반들하게 윤을 냈는지 얼굴을 가까이 가져다 대면 마치 거울처럼 얼굴이 비쳤다.

토미가 손바닥 위에 포크를 올려놓고 잠시 무게를 느껴 보더니, 다시 저울에 얹어 중량을 쟀다. "아주 좋구나." 입이 무거운 토미가 마침내 입을 열었다. "20달러로 쳐 주마."

"그보다 훨씬 더 받아야 하는 물건이에요." 리키가 얼른 끼어들었다.

리키를 데려온 데에는 그럴 만한 이유가 있었다. 똑똑한 데다 상대를 가리지 않고 또박또박 자기 할 말을 하는 아이였으니까. 그래서 나와 내 친구들은 그런 리키를 늘 귀찮게 여기는데, 바로 지금, 이 전당포에서만큼은 리키가 다시 보이기 시작했다. 우리 중 노회한 전당포 주인에 맞서 흥정할 배짱이 있는 아이는 리키뿐이었다.

그렇지만 토미도 전당포 영업으로 잔뼈가 굵은 장사꾼인지라, 어린아이에게 쉽게 휘둘릴 정도로 그리 호락호락하지 않았다.

"뭐, 좋을 대로 하려무나." 토미는 싫으면 할 수 없다는 듯 어깨를 크게 으쓱하고는 포크를 되돌려 주었다.

"아저씨, 포크 손잡이 뒤에 9라는 숫자 세 개가 보이시죠?" 리키가 말했다. "그건 99.9퍼센트 순은이라는 뜻이에요. 게다가 포크에 새겨진 무늬는 어디에서도 볼 수 없는 독특한 문양이라 희귀품이기도 하고요. 우린 이런 걸 서랍 한가득 갖고 있는데, 우리 말고 이런 물건을 취급하는 사람을 또 만날 수 있을 거라 생각하세요?"

"30달러 쳐 주마." 토미가 값을 올려 제안했다.

30달러면 우리가 전당포의 문을 열고 들어갈 때 예상했던 가격보다 높은 금액이었기에, 난 그가 제시한 가격을 받아들일 준비가 되어 있었다. 하지만 리키는 생각이 달랐다. 녀석은 트로이 온스*가 어쩌고, 미국과 영국의 은세공 기술 차이가 저쩌고 하면서 일장 연설을 늘어놓았다. 리키의 장광설을 들으며 나 자신이 영재 학교 학생이 아닌 게 천만다행이라고 생각했다. 만약 이런 걸 죄다 알아야 한다면, 영재 학교에 입학했다 한들 난 얼마 못 버티고 학교를 그만두었을 것이다.

결국 우리의 흥정은 전당포 주인이 85달러를 외치고 나서야 끝이 났다. 그야말로 놀랄 노 자였다. 설령 리키가 콧구멍에서 돈을 꺼내는 묘기를 부린다 하더라도, 이보다 더 놀라울 수는 없었다.

T. K. 전당포를 나서며 난 뛸 듯이 기뻤다. 엑스박스 게임기는 더 이상 안중에도 없었다. "은에 대해서 모르는 게 없던데, 그

*귀금속이나 보석류의 무게 단위.

런 건 대체 어디에서 다 배운 거야?" 내가 물었다.

"너도 충분히 알 수 있었을 거야." 리키가 말했다. "구글에 다 나오거든."

아마도 이런 점이 리키와 우리 네 녀석 간의 차이일 것이다. 우리는 그런 정보를 검색할 수 있었던 아이인 데 반해, 리키는 실제로 그것을 검색한 유일한 아이였다.

"어쨌든, 거래는 잘 성사된 것 같아." 리키가 말을 이었다. "무게로 보자면 저 포크는 160달러 정도의 값어치는 돼 보였는데, 전당포 주인에게서 정상 거래가의 절반 이상만 받아 내도 그 거래는 성공한 거야."

씨제이와 제이슨과 미첼이 옆 골목에서 우리를 기다리고 있었다. 내가 한 손에 트럼프 카드를 펼쳐 잡듯 지폐를 쥐고 얼굴에 부채질했더니 녀석들이 야단법석을 떨었다. 우리 다섯의 마음은 모두 같은 곳, 바로 요새 주방의 서랍에 가 있었다.

"내 이럴 줄 알았다니까!" 씨제이가 기쁨에 겨워 외쳤다. "베넷 회장이 싸구려 물품을 가지고 있을 리가 없지! 서랍 안에 든 걸 모두 처분하면 람보르기니 슈퍼카를 사고도 남겠는걸!"

"그 돈이면 케이넌을 벗어나지 않는 가까운 곳에 우리 아빠의 거처를 마련해 줄 수도 있겠다!" 제이슨도 말을 보탰다. 은밀하게 조용히 나누어야 할 얘기이건만 녀석의 목소리가 쩌렁쩌렁 울렸다.

"난 그 돈으로 건강 보험료를 낼 거야." 미첼이 끼어들었다. "하지만 브레킨리지 박사에게 돌아가지는 않을 거야. 그 속물은 생각만 해도 역겨워!"

"워워, 진정들 해." 리키가 차분히 말했다. "내가 보니까 주방 서랍에 식사 도구가 한 100개쯤 있는 것 같던데, 한 번에 다량으로 내다 팔기에는 위험 부담이 크니 조심해야 해."

"왜지?" 내가 물었다.

"만약 어린 녀석들이 뭉쳐 다니며 갑자기 흥청망청 돈을 뿌리고 다니면 사람들은 분명 이상하게 생각할 테고, 또 그 많은 돈이 어디서 난 건지 캐묻기 시작할 거야." 리키가 냉철하게 말했다. "그러다가 돈의 출처라도 밝혀지는 날엔, 우린 그날로 요새와 작별 인사를 나눠야 할 거야."

미첼이 리키를 노려보며 말했다. "그게 말이 돼? 하늘에서 돈 다발이 떨어졌으면 냉큼 주워서 쓰고 싶은 데 써야 정상 아니냐고. 넌 원래 그렇게 분위기 깨는 데 선수인 거냐, 아니면 영재 학교에서 배우길 그렇게 배운 거냐?"

리키가 오해하지 말라는 제스처로 두 팔을 넓게 벌리며 말했다. "돈을 쓰지 말자고 얘기하는 게 아니야. 내 말은 그저 조심할 필요가 있다는 뜻이야."

포크를 처분해 번 85달러를 다섯 등분하면 일인당 돌아가는 몫은 17달러에 불과했다. 우린 푼돈을 나눠 갖기보다, 차라리 그 돈으로 미첼의 휴대폰 액정을 교체해 주기로 의견을 모았다. 물론 미첼만 덕을 보는 것처럼 느껴질 수도 있지만, 멀쩡한 휴대폰도 없는 친구와 비상 연락망을 구축할 수는 없는 노릇이었기에 사실 따지고 보면 그건 우리 모두에게 이득이 되는 일이었다.

리키도 찬성했다. "중요한 건 의사소통이야. 요새에 행여 문제라도 생기면 우린 서로에게 즉각 연락을 할 수 있어야 해."

미첼이 아니꼽다는 눈으로 리키를 째려보았다. "머리 좀 좋다고 잘난 척하는 모습이 꼴사납긴 하지만, 내 휴대폰 수리에 찬성했으니 이번만큼은 눈감아 줄게."

그 말에 리키가 약간 상처받은 듯 보였는데, 그건 리키가 우리처럼 미첼을 오래 보아 온 사이가 아니기 때문일 것이다. 미첼은 결코 상대방의 감정을 헤아려 말을 가려 하는 타입이 아니다.

알아보니, 휴대폰을 수리하는 데 드는 비용은 50달러였다. 그래서 나머지 35달러로는 요새에 돌아가 먹을 간식거리를 사기로 했다. 평생 40년 묵은 통조림만 까먹고 살 수는 없으니까.

우린 미첼이 휴대폰 수리점에 있는 동안 먹을 걸 사러 갔다. 피자 한 판과 감자 칩 세 봉지, 탄산음료 여섯 개들이 한 묶음을 사 들고 우리는 수리점으로 다시 발길을 돌렸다. 다들 배가 고픈 시간대이긴 했지만, 제이슨이 유독 군침을 흘렸다.

늘 그렇듯, 그 배경에는 저넬이 관계되어 있었다. "저넬은 거의 다이어트 전도사 수준이거든. 감자 칩과 탄산음료 근처에는 얼씬도 못 하게 한다니까." 제이슨이 넋두리를 늘어놨다.

"피자는 괜찮지? 피자 안 먹는 사람은 없잖아." 리키가 물었다.

제이슨이 고개를 저었다. "말도 마. 글루텐*이 들어 있지 않고, 식물성 비건 치즈를 사용한 피자만 겨우 먹을 수 있어."

"포크를 팔아서 먹을 걸 사 봐야 너에겐 그림의 떡이겠구나. 참 딱하게 사는구나, 로미오." 씨제이가 코웃음을 쳤다.

*곡류에 함유되어 있는 단백질의 혼합물.

휴대폰 수리점을 끼고 있는 모퉁이를 막 돌던 찰나에 고요한 오후의 정적을 깨는 요란한 엔진 소리가 들렸다. 귀에 너무나도 익숙한 그 소리에, 나는 황급히 팔을 뻗어 뒤에서 걸어오고 있는 아이들에게 멈추라는 신호를 보냈다. 케이넌에서 귀청이 떨어져 나갈 만큼 시끄러운 소리를 내는 자동차는 단 한 대뿐이었다.

발소리가 나지 않게 조심조심 앞으로 나아가 모퉁이 너머로 고개를 빼꼼히 내밀었다. 예이거의 빨간 무스탕이 휴대폰 수리점 앞에서 공회전하고 있었다. 미첼은 고친 전화기를 손에 쥐고 수리점 출입문 바로 앞에 서 있었다.

"어이, 미첼, 휴대폰 고쳤나 봐?" 루크 형이 말했다.

"그랬으면 어쩔 건데?" 미첼은 주먹질이라곤 한 번도 해 본 적이 없으면서도 늘 싸우고 싶어 안달이 난 듯 행동한다. 운전석에 앉은 예이거가 건들건들한 말투로 물었다. "수리비가 꽤 나왔을 텐데. 대체 돈이 어디에서 났을까?"

"나도 돈 있어."

예이거가 말했다. "이거, 좋게 말해선 안 되겠구나. 너랑 너희 엄마가 빈털터리라는 건 온 동네 사람이 다 알고 있는 사실이야."

"그렇지 않아!"

"……한 번만 다시 묻는다. 돈 어디에서 났어?"

자세히 보이진 않아도 미첼은 분명 땀을 삐질 흘리고 있을 것이다. 그렇다고 미첼이 우리 얘기를 할 일은 없었다. 미첼은 결코 친구를 팔아먹는 아이가 아니니까. 하지만 내 친구가 이런 불편한 상황에 처하게 된 데에는 내 탓도 있다. 예이거 같은 건달이 미첼의 집안 사정까지 꿰고 있는 건 형이 일러 주었기 때문일 테니까. 하지만 무엇보다 난감한 건 이 상황에서 당당히 모습을 드러내 미첼을 도울 수 없다는 것이다. 우리가 바리바리 산 간식거리는 또 어떻게 설명한단 말인가? 아무튼 예이거란 녀석은 돈 냄새만 맡았다 하면 결코 상대를 가만두지 않는다.

미첼이 어쩔 줄 모르고 쩔쩔매던 그때, 미첼의 휴대폰이 울렸다. 생각지도 못한 상황이었다. 미첼이 휴대폰을 고쳤다는 걸 아는 사람은 우리 말고는 아무도 없는데, 도대체 누가 전화를 걸었단 말인가?

내가 어리둥절하고 있던 그때, 리키가 휴대폰을 귀에 대고 있는 게 보였다. "우린 건물 모퉁이에 있어." 리키가 속삭였다. "내가 신호를 주면 무작정 달려!"

"뭐, 뭐라고?" 미첼의 당황한 목소리가 모퉁이 너머에서 들렸고, 리키의 휴대폰을 통해서도 들렸다.

"걱정하지 마." 리키가 말했다. "신호가 무엇인지는 곧 알게 될 거야."

리키는 대체 어떻게 그런 생각을 한 건지, 그다음에 벌어진 상황은 거의 액션 영화의 한 장면이었다. 마침 우리 뒤편으로 케이넌 시내버스가 으르렁거리며 다가오고 있었는데, 리키가 그걸 보더니 탄산음료 캔 하나를 꺼내 마구 흔들어 댔다. 그리고 버스가 모퉁이를 돌려던 바로 그때, 음료수의 꼭지를 따더니 화산이 폭발하듯 음료수가 뿜어져 나오는 탄산음료를 마치 폭탄을 투척하듯 버스가 달려오는 길 앞쪽으로 던지는 것이었다. 화들짝 놀란 버스 기사는 브레이크를 꾹 밟았고, 버스는 급정거했다. 버스가 멈춰 선 곳은 예이거의 무스탕 바로 뒤였다.

그것이 신호임을 알아챈 미첼이 휴대폰을 가슴에 품고 우리가 있는 모퉁이 쪽으로 냅다 뛰었다.

"도망쳐!" 내가 쉰 목소리로 외쳤고, 우리는 거리를 가로질러 있는 힘껏 내달렸다. 나는 피자 상자를 양손에 받쳐 들고 뛰었는데, 달리는 내내 상자 위에 놓인 감자 칩 봉지가 들썩들썩 춤을 추었다.

끼익 소리를 내며 급출발한 예이거의 무스탕은 요란하게 경적을 울리며 불법 유턴을 해 시내 한복판에 멈춰 선 버스를 지나쳤다. 숲에 다다를 때까지 우린 한 번도 쉬지 않고 달렸다.

"아까는 정말 기발한 생각이었어!" 내가 거친 숨을 몰아쉬며 리키를 칭찬했다.

그 말에 미첼이 칭찬만 할 일은 아니라는 듯 리키를 향해 손가락을 흔들었다. "하지만 감자 칩이 조각이라도 났으면 그건 다 네 탓이야."

"당연히 조각나 있지." 리키가 숨을 헐떡이며 되받아쳤다. "그래서 '칩'이라고 부르는 거잖아."

"네가 생각하는 그걸 말하는 게 아니잖아. 난 감자 칩이 바스러진 건 안 먹는단 말이야. 하지만……." 미첼이 내키지 않는 듯 말을 이었다. "……아깐 솔직히 대단했어."

"정말 대단했어!" 제이슨이 큰 소리로 말을 보탰다.

"너 진짜 천재다." 씨제이도 맞장구쳤다.

할머니가 리키 엄마와 함께 일하는 게 그리 나쁘지만은 않은 것 같다.

제이슨

오늘 오후, 내가 경찰에 연행되는 바람에 축구 연습이 중단됐다.

그렇다고 실제로 연행된 건 아니다. 경찰관 두 명이 내 진술을 듣고자 학교에 찾아와서 나를 운동장에서 불러 낸 걸 그렇게 표현한 것일 뿐이다. 기퍼드 코치님이 개인의 자유니 뭐니를 언급하며 경찰관에게 크게 항의하려던 걸 내가 허구한 날 일어나는 일이니 괜찮다고 말렸다.

코치님이 날 빤히 쳐다보았다. "정말 괜찮겠니?"

이건 엄마 아빠의 이혼과 관련된 문제다. 엄마 아빠가 서로를 못 견딜수록 양측의 변호사는 더 격하게 다투었고, 그러다 보면 어느 한쪽에서 경찰을 부르는 일이 생기곤 했던 것이다. 물론 경찰을 부를 만한 범죄 행위가 있었던 건 아니다. 사실 딱한 건 오히려 경찰관 쪽이다. 이 사람들도 어쩔 수 없이 이러는 걸 알기 때문이다. 신고가 접수되면 일단 출동해서 조사를 하는 게 그들의 임무이니 별다른 도리가 없다.

알고 보니 아빠가 몰래 숨겨 둔 돈이 있는지를 알아보기 위해 엄마가 사설탐정을 써서 뒷조사한 모양이었다. 문제는 엄마가 탐정을 고용한 비용을 나와 연관된 일에만 쓰기로 특별히 약속된 공동 계좌에서 지출한 것인데, 이건 엄연한 약속 위반이었다. 가장 우스꽝스러운 건 아빠에게 숨겨 놓은 돈이 있을 것이라는 발상 그 자체였다. 만일 아빠에게 그런 돈이 있다면, 어찌 케이넌에서 5킬로미터나 떨어진 허름한 아파트에서 지낸단 말인가?

아무튼 난 경찰관에게 내가 알고 있는 모든 걸 설명해야 했는데, 중학생이 경찰관을 상대하는 건 좀 겁나는 일이다. 게다가 내 이름이 저넬 아빠의 귀에 들어갈까 봐 여간 신경이 쓰이는 게 아니다.

경찰관이 돌아간 뒤 난 다시 축구 연습에 합류했는데, 이미 시간이 너무 지체된 상황이어서 땀이 좀 날 만하니까 연습이 종료되었다. 행여 엄마 아빠의 이혼 문제로 내가 축구팀에서 방출되기라도 한다면, 난 정말 화가 머리끝까지 치밀 것이다. 물론 내 친구들은 이런 사정을 모두 알고 있다. 저넬도 마찬가지이다. 사귀는 사이에 비밀 같은 게 있어서는 안 되니까. 아, 그러고 보니 비밀이 한 가지 있긴 하다. 요새 말이다. 하지만 그걸 말했다간 자칫 저넬이 경찰관 아빠 앞에서 말을 흘릴 수도 있기 때문에 어쩔 수 없이 비밀로 남겨 두어야 했다.

축구 연습 후, 땀에 젖진 않았지만 저넬의 집으로 곧장 가야 했기에 샤워를 했다. 깨끗이 씻고 평상복으로 갈아입은 다음 청바지 호주머니에 손을 넣었다. 그 속에 든 건 판매점의 로고가 새겨진 리본으로 예쁘게 포장된 보석함이었다. 최근 저넬과 함께 보내는 시간이 적어져 미안한 마음에 준비한 선물이었다. 난 늘 저넬에게 근사한 선물을 많이 사 주고 싶은데, 문제는 엄마와 아빠가 가진 돈을 변호사 비용으로 죄다 꼬라박다 보니 내게 그럴 만한 돈이 없다는 것이다. 그런데 요새 안에 있는 고급 식사 도구를 내다 팔기 시작하면서 늘 궁핍했던 나의 호주머니 사정은 꽤 만족스러울 만큼 호전되었다. 얼마 전, 수프 국자를 처분한 뒤 내 몫으로 받은 돈으로 사진을 넣을 수 있는 목걸이를 선물로 준비했다. 우리 둘의 익살스러운 표정이 담긴 셀카 사진도 붙여 두었다. 그렇게 해 두면 둘이 떨어져 있을 때도 늘 함께 있는 것처럼 느껴질 거란 생각에 마련한 선물이었다.

저넬의 집까지 쉬지 않고 뛰었더니 샤워한 보람도 없이 도로 땀이 났지만, 그깟 땀쯤이야 아무래도 좋았다. 예상대로 저넬은 선물을 매우 마음에 들어 했고, 그 자리에서 목에 걸었다.

"평생 지니고 다닐게!" 저넬이 약속했다.

친구들은 나를 로미오라고 놀리지만, 지금 이 순간만큼은 정말 로미오가 된 느낌이었다.

이 황홀한 순간에 눈치 없이 뒷주머니 속 휴대폰의 진동이 울려 댔다. 요새에 모여 있는 아이들이 문자메시지를 보낸 모양이다. 지금쯤 녀석들은 인디아나 존스 시리즈인 〈레이더스〉를 보고 있겠지. 나도 영화가 보고 싶었지만, 오늘만큼은 저넬과 함께 시간을 보내기로 작정한 터였다. 이렇게 근사한 선물을 안겨 주자마자 자리를 뜨는 건 아무래도 좋은 태도가 아닐 것이다. 여자 친구를 사귀려면 어느 정도의 희생은 불가피하다.

저넬과 시간을 보내고 있는 동안 휴대폰에서는 연신 진동이 울렸다. 요새에서 대체 무슨 일이 벌어지고 있는지 궁금해 죽을 지경이었지만, 저넬이 보는 앞에서 메시지를 확인할 수는 없었다. 마침내 저넬이 화장실에 간다며 자리를 비웠다.

급히 휴대폰을 꺼내 보니 무려 스물아홉 통의 문자메시지가 쌓여 있었다! 〈레이더스〉가 아무리 좋은 영화라지만, 이건 좀 심했다!

빠른 속도로 메시지 내용을 훑어 내려갔다. 녀석들은 영화를 본 게 아니었다. 씨제이가 옆구리를 부여잡고 통증에 신음하며 요새에 나타났다는데, 새로 선물 받은 호버보드를 타고 방과 후에 그 미련한 불사조놀이를 하다가 떨어졌다는 거였다. 녀석들은 다친 씨제이를 케이넌 종합 병원의 응급실로 곧바로 데리고 갔는데, 리키 말로는 씨제이의 갈비뼈가 부러졌을지도 모른다고 했다. 씨제이의 엄마와 새아빠도 연락을 받고 응급실에 와 계시고, 다들 엑스레이 촬영 결과를 기다리고 있다고 했다.

저넬이 내 뒤에 다가와 말했다. "어, 함께 있을 때는 휴대폰 보지 않기로 전에 약속했던 것 같은데."

웃지 마시라. 그건 정말로 요새 규칙만큼이나 철석같이 지켜야 할 우리의 원칙이다. 그러니 계속 울려 대는 휴대폰 진동에 내가 얼마나 힘들었겠는가.

"미안해." 내가 변명했다. "하지만 문자메시지가 쉴 새 없이 울려서 어쩔 수 없었어. 씨제이가 병원에 있대! 불사조놀이를 하다가 크게 다친 모양이야. 갈비뼈가 부러졌을지도 모른대!"

저넬이 흥분한 내 어깨에 손을 올리고 나를 진정시켰다. "병원에 가 보는 게 좋겠어, 제이슨."

"그렇지만 오늘은 우리가 함께 있기로 한 날인데……."

"친구들이 모두 거기에 있을 텐데, 오빠도 함께 있어 줘야지. 우리 둘이 함께 보낼 시간은 오늘 말고 앞으로도 많잖아."

정말이지 저넬이 내 여자 친구라는 게 감격스러웠던 적이 한두 번이 아니다. 저넬은 한마디로 이해심이 넓다. 내 목소리가 너무 크다며 다들 손가락질을 할 때도, 저넬은 목소리가 큰 건 장점이라며 나를 두둔한다. 저넬은 그걸 두고 내가 '세상에 자신의 흔적을 남기려는 듯' 말한다고 표현하는데, 나는 그 표현이 너무 좋다!

무엇보다 중요한 건, 엄마 아빠가 이혼 문제로 지독하게 싸우고 있는, 가뜩이나 고달픈 상황에서 친구들이 내게 아주 큰 위안이 되고 있음을 저넬이 이해한다는 것이다.

"그런데 이상한 게……." 저넬이 말했다. "내가 오늘 학교에서 씨제이를 봤는데, 그때도 어딘가가 안 좋아 보이더라고. 한 손으로 옆구리를 붙잡고 식수대에 상체를 구부린 채 기대고 있었는데, 걸어갈 때도 구부정하게 걷던걸."

"그건 아마 다른 문제 때문이었을 거야." 내가 말했다. "녀석한테 사고가 난 건 방과 후였으니까. 아마도 음식을 잘못 먹어서 배가 아프거나 했던 걸 거야."

이를테면 40년 묵은 라비올리를 잘못 먹고 탈이 난 것이었을지도 모른다. 그런데 요새의 비밀 저장고에서 음식을 꺼내 먹은 건 씨제이뿐만이 아니었다. 다들 멀쩡한데 녀석만 배탈이 나다니. 생각해 보니 이상한 일이긴 했다.

씨제이

내 갈비뼈는 부러진 게 아니라 타박상을 입은 거라고 했다.

골절이 아니라니 다행이었지만, 통증만큼은 골절과 다를 바 없었다. 옆구리에 포탄을 맞은 느낌이라고나 할까. 슈퍼맨이라면 이 정도에도 끄떡없겠지만 난 슈퍼맨이 아니다.

의사 선생님이 옆구리 여기저기를 누를 때에는 아파 죽는 줄 알았는데, 옆구리에 붕대를 단단히 감아 주자 한결 나아졌다. 지금껏 불사조놀이를 해 오면서 통증이란 통증은 모두 겪어 봤다고 생각한 나였건만 웬걸, 이번이야말로 전에는 느껴 본 적 없는 최악의 통증이었다.

"자, 다 됐다." 의사 선생님이 말했다. "이틀 정도는 푹 쉰 다음에 학교에 나가도록 하렴. 그리고 호버보드 탈 때는 특히 조심하고. 그나마 이만하길 천만다행이다."

진찰실에 함께 있던 엄마가 나의 안색을 살폈다. 엄마는 내가 호버보드를 타다가 소화전에 부딪힌 게 아니라는 걸 아는 유일한 사람이었다. 이건 엄마와 나 사이의 일종의 비밀 같은 거였다. 우리 둘조차도 서로 언급을 피할 정도로 꼭꼭 숨기고 있는 기밀 사항이다 보니, 다른 사람에게 털어놓지 못하는 것은 두말하면 잔소리였다. 내가 다쳐서 병원에 갈 때마다 의사 선생님들은 어떻게 된 일인지를 물으셨지만, 그때마다 내가 둘러댄 이야기가 아주 그럴싸했는지 별다른 의심 없이 귀를 기울였다.

내게 벌어지고 있는 일의 실체를 알고 있는 유일한 사람은 엄마였다. 요즘에는 차라리 세상 사람들이 나에 관한 일을 다 알게 되면 엄마에게도 좋지 않을까 하는 생각을 해 보는데, 글쎄 잘 모르겠다.

대기실 밖으로 나가자 친구들이 보였다. 병원에 실려 온 지 세 시간이나 지났건만 다들 자리를 뜨지 않고 있었다. 심지어 제이슨마저 그 자리에 있는 걸 보니 저넬을 또 바람맞힌 게 분명했다. 로미오가 나 때문에 줄리엣과 보내는 시간을 연거푸 포기하다니, 가슴이 뭉클해질 지경이었다.

녀석들 옆으로 마커스도 보였다. 190센티미터가 넘는 거구 옆에 있는 친구들이 마치 유치원생처럼 작아 보였다. 무슨 내용인지는 알 수 없었으나 마커스가 우스운 소리라도 건넨 건지 녀석들이 무릎을 치며 깔깔거리고 있었다. 특히 제이슨의 웃음소리가 우레와 같이 컸다.

엄마가 내 반응을 살피며 말했다. "마커스가 재미있는 이야기를 들려준 모양이구나."

"마커스의 이야기를 듣느니 차라리 귀머거리가 되는 게 나아요." 내가 중얼거렸다.

마커스가 나를 보더니 울컥하며 물었다. "얘야, 괜찮니?" 어렵쇼, 실제로 목이 멘 듯한 목소리였다.

나는 마커스를 무시한 채 친구들을 보며 말했다. “여기서 내내 기다리고들 있었던 거야? 안 그래도 됐는데.”

에반이 어깨를 으쓱하며 말했다. “너 빼고 우리끼리 노는 건 의리가 아니잖아.”

아직 그럴 만한 사이라고 할 수 없는 리키마저도 나의 부상을 염려하며 함께 자리를 지키고 있었다.

“이제 씨제이를 집으로 데려가야겠구나.” 마커스가 우스갯소리를 섞어 말을 이었다. “씨제이에게 장작 패는 일 따위는 시키지 않겠다고 내 약속하마.”

“호버보드도 절대 못 타게 하세요.” 미첼이 말했다. 그 말에 멋쩍은 웃음이 새어 나왔다. 하지만 난 웃지 않았다. 의사 선생님은 나보고 적어도 이삼 일간은 웃지 말라고 했다.

그거야 식은 죽 먹기다. 내 인생에서 깔깔거릴 만큼 재미있는 일이라곤 없으니까 말이다.

병원에서 집까지는 2.5킬로미터 정도 떨어져 있어 차를 타고 가면 금방 도착할 거리였지만, 마커스는 내게 플레이스테이션 게임기를 사 주겠다며 집 대신 쇼핑몰로 차를 몰았다. 플레이스테이션도, 엑스박스도 이미 다 집에 있는데 이번에 최신판이 출시되었다며 막무가내였다.

나는 정말로 내키지가 않았다. 필요 없기 때문이기도 했지만, 무엇보다 마커스가 사 주는 물건이기 때문이었다. 설령 마커스가 금괴로 가득 찬 007 가방을 내게 내민다 해도 받을 생각이 없다.

그날 밤 꿈을 꿨다. 내가 6번가를 따라 호버보드를 타고 있었는데, 소화전 위를 풀쩍 뛰어넘다가 그만 소화전 꼭대기에 걸려 고꾸라지는 꿈이었다. 꿈에서 깼을 땐 온몸에 식은땀이 줄줄 흐르고 있었고, 갈비뼈 부위는 불에 덴 듯 화끈거렸다. 나는 몸속에 난 불을 급히 끄기라도 할 듯이 침대 머리맡에 놓인 물통을 집어 들어 정신없이 벌컥벌컥 들이켰고, 단 세 모금 만에 통 속의 물을 바닥냈다.

거친 호흡이 마침내 다스려지자 머릿속에 의문이 들기 시작했다. 왜 내가 꾸며 낸 이야기가 꿈속에 나타난 걸까? 왕 주먹이 내 얼굴을 향해 날아오는 걸 몸을 움츠려 간신히 피했지만, 험악한 무릎이 이때를 놓치지 않고 가슴팍을 힘껏 파고들던 장면이 꿈에 나타나야 하는 거 아닌가? 바로 그게 실제로 벌어진 일이었으니까 말이다.

다음 날 아침, 집에서는 나의 등교를 말렸다. 그렇다고 나더러 집에만 있어야 한다고 말한 건 아니었기에, 엄마와 마커스가 출근하자마자 주섬주섬 옷을 챙겨 입기 시작했다. 아직도 옆구리가 미친 듯이 아팠기 때문에 옷도 조심스럽게 입어야 했다. 그러고 나선 어제 사 놓고 포장지를 뜯지도 않은 새 플레이스테이션과 주변에 눈에 띄는 케이블 연결선을 모조리 챙겨 숲으로 향했다. 요새는 너무나 훌륭했지만 부족한 게 하나 있다면, 그건 비디오 게임이다. 케이블을 이것저것 챙긴 건 현대식 게임기를 40년 전 구형 TV에 연결하는 게 쉽지는 않을 것 같았기 때문이었다.

타박상을 입은 갈비뼈를 부여잡고 걸음을 옮기는 건 무척 고통스러운 일이므로, 생각 끝에 호버보드를 타고 이동하기로 했다. 하하. 포장도로에서 호버보드는 그야말로 완벽한 탈것이다. 하지만 숲에 도착해서는 한 손엔 플레이스테이션을, 다른 한 손엔 호버보드를 들고 터벅터벅 걸어야 했다. 또 요새 앞에 도착해서 그 무거운 쇠붙이 출입구를 열려고 힘을 쓰다 보니, 다친 옆구리가 터져 버릴 것만 같았다.

어렵사리 출입구를 연 뒤에, 성치 않은 몸을 이끌고 온갖 준비물을 챙긴 나는 천신만고 끝에 사다리를 타고 내려가는 데 성공했다. 베넷 델라미어 회장은 이 요새를 지을 때 자신이 핵 공격으로 다칠 일은 없을 것이라 확신한 게 틀림없다. 부상의 가능성을 염두에 두었다면, 승강기나 적어도 휠체어용 경사로를 설계에 포함했을 테니 말이다.

그렇다고 불평하는 건 아니다. 마침내 소파에 편히 드러누워 핑크 플로이드의 1973년도 음반을 듣고 있자니, 그야말로 천국이 따로 없었다. 갈비뼈에 타박상을 입고 난 이후 처음으로 즐기는 느긋한 여유였다. 내 몸의 절반이 욱신거린다 한들 무슨 상관이란 말인가. 여기가 바로 내 쉴 곳, 내 집인걸.

잠시 낮잠을 잔 후, 플레이스테이션 설치를 시도했다. 생각보다 어렵지 않았으므로 리키의 도움을 빌릴 필요도 없었다. 구식 TV 세트였지만, 다행히 빨간색, 노란색, 흰색 케이블을 TV 뒤에 붙어 있던 어댑터에 연결할 수 있었다.

설치 후 테스트해 보니 화면 해상도가 형편없었다. 하지만 그건 TV의 문제일 뿐 연결의 문제는 아니었다. 다음번에 마커스는 또 내게 손찌검할 테고, 그 죗값으로 선물을 사 주려 할 텐데, 그

땐 새 모니터를 얻어 내야겠다.

그런 생각을 하고 있자니 갑자기 비싼 선물을 안겨 주는 마커스가 너그럽고 인자하게 느껴졌다. 얼토당토않은 생각을 떨쳐 내려, 족히 천 번은 주문처럼 외우다시피 한 말을 나는 또다시 되뇌었다. '마커스한테는 아무것도 받고 싶지 않아.'

더군다나 우린 이제 마커스건 누구건 간에 남의 돈이 필요치 않다. 우리에게는 주방 서랍 안에 당장 현금화할 수 있는 물건이 수북이 쌓여 있다. 리키가 동의한다면 좀 더 내다 팔아서 그깟 모니터쯤은 금방이라도 살 수 있다. 그러고 보니 리키는 우리와 어울린 지 얼마 되지도 않았으면서 이미 상당한 결정권을 갖고 있음이 분명했다.

점심으로 콘 비프 해시* 통조림 하나를 따서 데워 먹었다. 처음 먹는 거였는데 꽤 맛이 있었다. 식후에는 본격적으로 비디오게임에 돌입했다. 녀석들도 이걸 보면 엄청나게 좋아하겠지! 비밀 아지트와 비디오게임의 조합이라니. 나만의 은밀한 장소에서 비디오게임을 즐기는 건 삶에서 누릴 수 있는 가장 완벽한 즐거움이다. 비밀 아지트도 비디오게임도 없는 아이들에게 물어보면 내 말에 무조건 공감할 것이다.

전투 게임인 '콜 오브 듀티'와 '헤일로'를 차례로 마치고 미식축구 게임인 '매든'으로 넘어갔는데, 그건 적어도 지금의 나에겐 다소 위험이 따르는 선택이었다. 심판이 터무니없는 판정을 내릴 때면 난 늘 화가 치밀었는데, 이 게임을 하는 도중에 또 성질이

*소금에 절여 잘게 다진 쇠고기 요리.

나면 멍든 갈비뼈에 좋을 게 없기 때문이었다. 용케 1쿼터를 무사히 마쳤을 때 요새의 쇠붙이 출입구가 철커덩 열리더니 녀석들이 사다리를 타고 내려오는 소리가 들렸다.

에반이 나를 보더니 경악했다. "야, 너 여기서 뭐 하고 있는 거야?"

함박웃음을 띠며 내가 답했다. "뭐 하긴. 3열의 3번 공격수에게 태클을 걸려는 중이지."

녀석들이 무슨 헛소리냐는 듯 벙찐 표정으로 바라보았다.

"짜잔, 비디오게임 중이었다고!" 녀석들이 계속 어리둥절해 있기에 알아듣게 설명했다. "집에 안 쓰는 플레이스테이션이 있어서 가져와서 연결해 봤어!"

"아니, 도대체 네가 왜 여기에 있는 거냐고." 제이슨이 따졌다. "어제 이맘때 넌 병원에 있었잖아!"

내가 다치지 않은 옆구리 쪽의 어깨를 으쓱하며 말했다. "의사 선생님이 학교에 가지 말고 쉬라고 해서 이렇게 쉬고 있잖아. 오늘 학교에서 나 본 사람 있어?"

미첼이 사다리 옆 철벽에 기대 둔 호버보드를 가리키며 말했다. "너 저거 또 탄 거야? 저 물건 때문에 네가 죽은 거잖아!"

"죽다니, 나 안 죽었어."

"아직은 그렇지!" 미첼이 소리를 꽥 질렀다. "네 사망 소식이 전해지기라도 하면 그날 이후로 난 평생 죄책감에 시달릴 거야. 왜냐하면 네가 다치던 날 내가 거울을 깨트린 것 같았거든!"

"그러니까 내가 죽고 사는 건 결국 너한테 달린 거네." 내가 비꼬듯 응수했다.

소파 가장자리에 앉아 있던 리키가 말했다. "우리가 하려는 말은 네가 너무 걱정된다는 거야. 네가 하는 불사조놀이는 점점 위험해지고 있어. 게다가 병원에서 나온 지 하루 만에 다친 몸으로 다시 돌아다닌다는 건 보통 심각한 일이 아니야. 놀라 자빠질 일이라고."

내가 짜증스레 쏘아붙였다. "알게 된 지 이제 한 달밖에 안 되는 녀석이 뭘 안다고 내 일에 이러쿵저러쿵 참견질이야!"

"아냐, 리키 말이 옳아." 에반이 조용히 말했다. "여기에 오는 건 좋은 생각이 아니었어, 씨제이."

"마커스가 나더러 하루 종일 침대에 누워 있으라고 했어. 난 마커스가 하라는 건 절대 하지 않아."

"마커스에게 도대체 왜 그렇게 못되게 구는 거야?" 제이슨이 따져 물었다. "우리 아빤 떨어져 살고, 미첼은 아빠 자체가 없고, 에반은 아빠를 언제 다시 볼지 모르는 상황이잖아. 우리에 비하면 넌 좋은 아빠를 둔 거야. 그러니까 넌 행운아라고!"

난 대답하지 않았다. 내 친구들만큼은 내가 빠진 진흙탕 속에 끌어들이고 싶지 않았기 때문이다. 이건 내 문제이지, 녀석들의 문제가 아니었다.

나는 화제를 전환하려고 말을 돌렸다. "플레이스테이션을 가져왔는데 도로 가져가길 바라는 거야?"

작전 성공이었다. 얼마 안 있어 제이슨과 미첼이 내가 하고 있던 '매든' 게임을 차지했고, 마커스와 관련된 대화는 이내 쏙 들어갔다.

그로부터 몇 분 후, 나는 마커스의 전화를 받았다. 마커스란 걸 알고 받은 건 아니었다. 집 번호로 연락이 와서 엄마일지도 모른다는 생각에서 받은 전화였다.

"아가, 어디니? 엄마가 네 걱정에 병이 날 지경이란다!"

내가 세상에서 가장 끔찍하게 여기는 게 있다면, 그건 마커스에게 '아가'라고 불리는 일이다. "전 괜찮아요." 내가 퉁명스럽게 답했다. "엄마는 조금 있다 뵐게요." 엄마라는 말에 다소 힘을 주어 말했다. '아빠는 조금 있다 뵐게요.'라고 할 수도 있겠지만, 그건 나로서는 생각도 하기 싫은 말이다.

"아니, 그런 대답이 어디 있니?" 마커스가 훈계하듯 말했다. "그런 몸 상태로 돌아다녀선 안 돼! 엄마가 경찰을 부르자는 걸 간신히 말렸단다."

내가 태연하게 말했다. "어차피 경찰은 못 부를 거잖아요."

그럴 거란 건 누구보다 마커스 자신이 더 잘 알고 있었다. 물론 엄마도 마찬가지였다.

경찰이 우리 집에 찾아오는 건 마커스가 극도로 경계하는 상황이니까 말이다.

리키

예전에 살던 도시인 하버필드에서 내가 영재 학교 입학 허가를 받은 사실은 실로 대단한 일이었다. 우리 가족은 바비큐 파티를 성대히 열고 온 동네 사람을 초대했다. 어떤 이웃 어른은 장하다며 나를 껴안아 주었고, 또 어떤 분은 언젠가는 내 밑에서 일할 날이 올 테니 미리 잘 부탁한다고 너스레를 떨기도 했다.

이곳 케이넌의 아이들은 나를 '똘똘이' 또는 '똑똑이' 아니면 그냥 '영재생'이라 부르는데, 그 말투에는 왠지 영리한 건 부끄러운 일이라는 듯한 비아냥거림이 묻어 있다. 심지어 이 동네에선 그런 태도가 전혀 문제 될 것 없다는 분위기다. 하버필드도 딱히 부유한 도시는 아니었지만, 케이넌은 경제적 형편이 안 좋은 집들이 꽤 많다. 듣기로는 지역 주민 대부분이 델라크래프트 자동차 부품 회사에서 근무한 이력이 있다고 한다. 그 정도로 지역에서 큰 영향력을 행사해 온 이 회사가 일곱 차례에 걸쳐 정리해고를 단행하고 있다. 미첼의 엄마도 그렇게 직장을 잃게 되었고, 지금은 시간제 일자리 세 군데를 전전하며 생계를 꾸려 나가고 있다. 물론 이건 직접 들은 이야기는 아니다. 다른 녀석들이 한 말을 토대로 그 사정을 파악한 것이다. 미첼은 내게 별로 말을 하지 않는데, 그나마 자주 하는 말이 있다면 "꺼져."이다.

그렇다고 미첼을 비난할 생각은 없다. 얘는 강박장애가 있는 데다 학업 성적도 좋지 않아서 기본적으로 학교생활이 쉽지 않다. 또한 뭔가에 한번 꽂히면 눈앞에서 다이너마이트가 터진다 해도 관심을 준 대상에게서 마음을 떼지 않는다. 게다가 미첼은 저기 어딘가에 한밤중에만 물을 주는 비밀의 정원도 있다. 대체 미첼은 정원에서 무얼 키우는 것일까? 심술을 잘 부리는 녀석이니까 심술을 키우는 건 아닐까?

미첼이 가장 심한 반응을 보일 뿐이지, 사실 다른 녀석들도 나를 굴러 온 돌 취급하기는 마찬가지였다. 앞으로 60년 후에 우린 모두 실버타운에서 시간을 보내게 될 텐데, 그때조차도 녀석들은 자기네 실버타운에 오기 전에 영재 학교 출신 실버타운에 있다 온 녀석이라며 날 여전히 따돌리려 할 것이다.

학교에서의 상황은 훨씬 심각하다. 난 모든 수업을 8학년생들과 함께 듣는다. 그들 입장에서는 아무래도 한 살 어린 학생이 형들 반에 끼어서는, 마치 '나는 영재입니다!'라고 적힌 머리띠를 두르고 자신들 앞을 활보하는 것과 같은 꼴이지 않을까. 그렇게 생각하니 나 하나로 인해 다른 8학년생들이 죄다 딱한 신세가 된 것 같아 여간 신경 쓰이는 게 아니다. 게다가 담임 선생님이 계시는 7학년 교실에서는 제이슨의 여자 친구인 저넬과 한 반이다 보니 여기에서도 긴장을 늦출 수가 없다. 최근 들어 저넬은 제이슨이 자기랑 함께 있지 않을 때 어디에 가는지를 내게 묻기 시작했다. 답할 수 없는 질문을 받는 건 무척 곤혹스러운 일이다.

에반과는 세 과목을 함께 듣고, 제이슨과 씨제이와는 두 과목을 함께 듣는다. 미첼과 함께 듣는 수업은 없다. 씨제이는 가장 호기심을 자극하는 아이다. 분명 뭔가 사연이 있는 것 같은데, 그게 뭔지 도무지 종잡을 수가 없다. 씨제이는 네 녀석들 중에서 돈 문제로 걱정할 필요가 없어 보이는 유일한 아이기도 하다. 미첼은 경제적으로 늘 쪼들리고, 에반은 조부모님 댁에 얹혀살고, 이혼 소송 중인 제이슨네는 엄마 아빠가 서로 한 푼이라도 더 챙기려고 혈안이 되어 있는 반면, 씨제이는 집에 플레이스테이션이 남아도는 데다 자전거며 노트북에 태블릿까지 죄다 최신식이다. 어디 그뿐인가. 스케이트보드에 롤러브레이드에 호버보드까지, 정말로 없는 게 없다. 무엇보다 녀석에게는 뭐든 자기 뜻에 따르는 새아빠와 엄마가 있다. 그런데도 이따금 녀석의 표정에는 뭔가 절망적인 기운이 감돌곤 한다.

"씨제이가 머릿속으로 대체 무슨 생각을 하는지 궁금했던 적 있어?" 한번은 에반에게 이렇게 물었다. 그랬더니 에반이 대수롭지 않게 대꾸했다. "네 일이나 신경 써, 리키. 걔 머릿속에서 벌어지고 있는 일이야 빤하지 않겠어? 또 다음 불사조놀이를 구상하고 있겠지."

불사조놀이. 과연 씨제이를 둘러싼 알쏭달쏭한 분위기는 이것과 연관되어 있을까?

물론 이와는 다른 접근도 가능하다. 어쩌면 씨제이는 원하는 모든 것을 가졌기 때문에 삶을 따분하게 여기고 있는지도 모른다. 또는 그냥 관심을 끌고 싶어서일 수도 있다. 아니면 정말로 위험 애호 유전자를 타고난 별종일 가능성도 있다. 오토바이 스턴트맨인 에빌 나이벨이나 옛날 세계무역센터의 쌍둥이 빌딩 사이를 외줄 타기로 횡단한 필리프 프티처럼 말이다.

지금까지 녀석을 살펴본 바로는, 이 가운데 하나에 해당하는 것 같다.

난 프리포트 지역 영재 학교 입학시험을 준비하고 있다. 한동안은 방해받지 않고 조용히 공부하기 위해 요새를 찾았으나, 요새에서 책을 보는 건 접어야 했다. 녀석들이 좋아하지 않기 때문이었다. 하지만 그건 피차 손해 아닌가? 걔들은 내가 자기네 학교에 다니며 자기들과 함께 수업을 듣는 걸 싫어한다. 그런데 자기네 학교에서 사라져 주려고 노력하는 나를 방해하는 건 또 무슨 경우인가. 학교 안에서나 밖에서나 녀석들에게 난 케이넌 중학교를 우습게 여기는 재수 없는 똑똑이일 뿐이다.

그래서 난 그냥 집에서 공부하기로 했다. 공부할 땐 귀마개를 착용하는데, 그걸 끼고 있으면 우리 집 꼬마가 시끄럽게 우는 소리, 그 녀석을 재우려 엄마가 자장가를 부르는 소리, 그리고 그걸 못 견디고 제발 좀 조용히 해 달라고 사정하는 아빠의 투정이 들리지 않는다. 아빠가 그럴 수밖에 없는 건 내가 아빠의 귀마개를 사용하고 있기 때문이다. 귀마개의 성능이 얼마나 좋은지, 내 방 창문에 작은 돌멩이 한 줌이 부딪혀 튕겨 나가는 소리도 듣지 못했다.

두 번째로 날아오는 돌멩이가 또다시 창문을 두드릴 때에 맞춰 내가 책에서 잠깐 눈을 떼지 않았더라면, 난 아마 세상모르고 계속 고요의 바닷속에 빠져 있었을 것이다. 깜짝 놀란 나는 보고 있던 수학책을 덮고 황급히 창가로 다가갔다. 돌풍에 날린 나뭇가지에 박살 난 유리창을 보수한 지 얼마 되지도 않았는데 다시 깨지기라도 한다면, 엄마 아빠는 경악을 금치 못할 게 분명했다.

앞마당 쪽을 내다보았다. 밤 열 시에 나를 향해 손을 흔드는 저 형체는 에반인가? 여기까지 걸어오기에는 야심한 시각이었다. 눈을 몇 번 깜박이고 다시 봤다. 아니었다. 에반이라기에는 키가 너무 큰 데다 얼굴에는 듬성듬성 고르지 못한 턱수염이 나 있었다. 그 형체는 에반의 형 루크였다. 집 앞 연석에는 토마토처럼 빨간 무스탕이 주차되어 있었다. 루크 뒤로 몇 미터 떨어진 나무에 기대 있는 건, 아니나 다를까 예이거였다. 우리 집 주소는 대체 어떻게 알아낸 걸까? 아마도 엄마와 함께 일하는 에반의 할머니를 통해서겠지. 다른 녀석들처럼 나 역시 저 예이거란 놈이 여간 신경이 쓰이는 게 아니었기에 내가 사는 곳을 모르길 바랐건만, 글러 먹었다.

"밖으로 나와." 루크가 말했다. "할 말이 있어."

어둠의 장막 아래 두 사람과 나누는 대화에는 털끝만큼도 관심이 없었다. "안 돼. 이렇게 늦은 시간엔 밖에 못 나가."

"이런 겁쟁이를 봤나!" 루크가 코웃음을 쳤다. "좋은 말 할 때 내려와!"

루크의 엄포는 그다지 위협적이지 않았지만, 문제는 예이거였다. 놈은 아무 말도 하지 않은 채 바닥으로 손을 뻗더니 멜론 크기만 한 돌덩이를 주워 들고는 당장이라도 창문에 집어 던질 듯한 자세를 취했다.

"잠깐!" 나도 모르게 말이 튀어나왔다. "나갈게."

현관으로 내려가는 길에 아빠 방에 들러 잠깐 밖에서 '친구'와 이야기 좀 나누고 들어오겠다고 말했다. 아빠가 인상을 찌푸렸다. "이 시간에?"

어깨를 으쓱이며 답했다. "에반 도널리의 형인데, 좀 보재요."

질문을 더 받기 전에 서둘러 아빠 방에서 나왔다.

"잠깐 나오는 게 그렇게 힘드냐?" 내가 걸어 나오자 예이거가 야들야들한 목소리로 나를 반겼다. 현관 앞에 서서 내가 물었다. "원하는 게 뭐야?"

예이거가 양손을 들고 아무런 흑심도 없다는 제스처를 취하며 말했다. "짜증 내지 마. 그냥 뭐 좀 물어보려는 것뿐이니까."

"뭔데?"

"너희 다섯 얼간이, 대체 숲에서 뭣들 하는 거냐?" 루크가 물었다.

"숲이라고?" 당황한 티를 내지 않기 위해 애를 쓰며 말했다. "아무것도 안 해."

"허튼소리 집어치워!" 루크가 사납게 받아쳤다. "너희가 눈에 띌 때마다 지켜봤는데, 언제나 숲속으로 걸어 들어가거나 숲에서 걸어 나왔어. 아니면 숲길 초입에서 서성이며 서로를 기다리기 일쑤였고. 대체 숲속에 무슨 대단한 걸 숨겨 놨기에 다섯 녀석이 늘 거기에 붙어사는 걸까?"

나는 잠시 머뭇거렸다. 머릿속에는 아무것도 모르는 척해야 한다는 생각부터 들었지만, 루크와 예이거가 틈만 나면 토마토색 자동차를 몰고 동네 여기저기를 어슬렁어슬렁 돌아다니는 것을 잘 알고 있었기에, 우리가 숲속에 여러 차례 들락날락했다는 걸 봤다는 말은 괜히 떠보는 소리가 아닐 가능성이 컸다.

얼른 생각을 정리한 나는 어깨를 으쓱하며 답했다. “날씨가 계속 좋으란 법은 없잖아. 그래서 아직 따뜻할 때 숲에서 충분한 야외 활동을 즐기는 중이야.”

순간 예이거가 나를 베어 버릴 듯 날카로운 눈초리로 쏘아보았다. “너, 아주 영리한 아이라고 하던데, 설마 내가 그런 허무맹랑한 이야기에 넘어갈 거라고 생각하는 건 아니겠지? 좋아. 네 말대로라면 너희는 숲에서 자연과 대화를 나눈단 말이지? 새들이 지저귀는 소리에 귀를 기울이고 싱그러운 소나무 향을 맡으면서 말이야. 그래, 그것 참 보기 좋은 그림이긴 한데, 내가 궁금한 건 이거야. 그래서 그 돈은 어디서 난 건데?”

“돈이라니, 무슨 돈?”

“어제 내 동생 청바지 호주머니에 50달러짜리 지폐가 들어 있는 걸 봤어.” 루크가 가세했다. “걔 말로는 거리에서 주웠다던데, 그런 행운이 우리 집안에 일어날 리도 없거니와 이 동네에 50달러를 흘리고 다닐 사람이 있기나 할 것 같아?”

“너희 다섯 명, 요즘 들어 씀씀이가 꽤 커졌던걸.” 예이거가 특유의 건들거리는 말투로 덧붙였다. “그 아무짝에도 쓸모없는 미첼이라는 녀석도 휴대폰을 고치고 말이야. 걔네 집에 땡전 한 푼 없는 건 온 동네 사람이 다 아는 사실이잖아.”

“그래, 그렇지만…….”

“그리고 내 동생은 요 근래 저녁을 먹는 둥 마는 둥 하고 있어.” 루크가 말을 이었다. “식탁 다리까지도 뜯어먹을 기세로 밥을 먹던 녀석이 변했다고. 답은 하나야. 어디 딴 데에서 군것질하는 게 분명해. 그 먹을거리 살 돈은 또 어디에서 난 거지?”

순간 마음이 분주해졌다. 머릿속에는 완벽한 대답이 들어 있지만 그걸 꺼낼 수가 없는 게 문제였다. 돈은 베넷 델라미어 회장의 은으로 만든 식사 도구를 T. K. 전당포에 팔아서 생긴 것이요, 군것질거리는 비밀 저장고에 쌓인 40년 묵은 통조림 음식이라는 것. 우리가 숲속에서 많은 시간을 보내는 이유로써 이보다 더 단순 명쾌한 대답은 없을 테지만, 요새 이야기를 외부에 발설하는 건 철저한 금기 사항이었다. 특히 이 두 불한당에게 비밀을 털어놓는다는 건, 결코 있을 수 없는 일이었다.

나는 그야말로 궁지에 몰린 쥐 신세였다. 비밀을 털어놓을 수는 없는 노릇이지만, 이 둘은 이미 그동안의 우리 행적에 대해 너무 많은 걸 알고 있었다. 분명 뭔가 낌새를 챈 것이다. 에이거에게는 거짓말이 안 통한다. 몸속에 거짓말 탐지기라도 들어 있는 건지, 상대방이 진실을 말하는지 허튼소리를 내뱉는지를 귀신같이 알아맞힌다. 에반은 에이거가 고등학교를 중퇴했다고 말하던데, 내가 보기엔 중퇴는커녕 영재 학교 학생이라 불러도 좋을 만큼 머리가 비상하다. 그 좋은 머리를 나쁜 방향으로 굴리는 게 탈이지만 말이다.

그때였다. 뒤에서 아빠의 목소리가 들렸다. “너희들, 무슨 얘기 중이니?”

난 아빠를 참 좋아하는데, 이 순간만큼은 곱절로 좋았다.

“루크가 동생 에반의 숙제를 도와주고 있는데요, 리키가 에반과 같은 수업을 듣는다기에 뭘 좀 물어보는 중이에요." 에이거가 교묘히 둘러댔다.

아빠의 시선이 우리 셋의 손에 차례로 머물렀다. 숙제라면 손에 노트 같은 것이라도 들려 있어야 했다. "그래, 숙제 이야기는 이미 끝난 것 같은데. 그럼 잘 가거라. 리키 너도 어서 들어오고. 밤이 늦었다."

"네, 저희 이만 가 볼게요. 안녕히 계세요, 몰리나 아저씨. 리키, 또 보자."

집 안으로 들어서자 아빠가 내 눈을 똑바로 바라보며 물었다. "저 애들이 너를 괴롭히고 있던 거야, 리키? 에반은 착한 애라는 걸 알고 있지만, 에반의 형과 그 친구 녀석은 약간 불량스러워 보이더구나."

아빠는 절제된 표현을 썼지만 제대로 본 게 맞다. 인터넷에 '불량스럽다'라는 말을 검색하면 에이거의 사진이 그 예시로 등장해도 될 정도였으니까. 하지만 난 아빠에게 아무 말도 할 수 없었다. 아빠와 대화하다가 행여 요새 이야기가 툭 튀어나올까 봐 입을 꽉 다물었다.

그날 밤 잠자리에 들어서도 에이거가 끝으로 남긴 '또 보자.'라는 말이 머릿속에서 계속 맴돌았다.

루크와 에이거가 우리를 주시하고 있다는 걸 녀석들에게 알려야만 한다. 녀석들이 아무리 날 아웃사이더로 취급할지라도 요새를 수호하는 일에서만큼은 난 백 퍼센트 인사이더다.

에반

루크 형과 예이거가 우리를 주시하고 있다는 이야기를 듣고도 난 놀라지 않았다. 이 둘은 늘 동네의 모든 사람을 살피고 다녀서 별로 특별할 것도 없었다. 허구한 날 하는 짓이라고는 무스탕을 몰고 케이넌 이곳저곳을 돌아다니며 훔칠 걸 찾거나, 지난번 도일스 식당 금전 출납기에 손을 대려던 것처럼 얄팍한 계획으로 손쉽게 돈을 거머쥘 기회를 노리는 일이다. 그러니 예이거가 고등학교에서 퇴학당한 건 당연한 일이었다. 루크 형은 학교에 다니고 있긴 하지만 성적 평균이 '디 마이너스'로 낙제를 겨우 면한 신세였다.

두 사람의 감시가 나에겐 그리 놀랄 만한 일은 아니라도 요새가 발각되지 않도록 촉각을 곤두세울 필요는 있어 보였다. 비밀이 탄로 나는 순간, 그들은 우리를 쫓아내고 요새를 자신들의 소유로 삼을 것임은 불 보듯 뻔한 일이었지만, 그보다 더 신경 쓰이는 건 주방에 있는 귀중품이었다. 리키의 말에 따르면, 은으로 된 포크나 수저도 값비싸지만 그릇과 접시 같은 도자기 식기류는 그보다 훨씬 더 값이 나갈 거라고 했다. 우린 주방의 귀중품을 팔아 마련한 돈을 피자나 과자를 사 먹는 것 말고는 꼭 필요한 데에만 지출하고 있다. 가령, 미첼은 휴대폰을 고쳤고, 씨제이는 자전거 헬멧을 장만했으며, 제이슨은 수면 안대를 샀다. 안대가 필요한 이유는 제이슨의 아빠가 사는 아파트 창문에 햇빛을 가려 주는 블라인드가 아직 없기 때문이었다. 난 루크 형이 더 이상 내 돈에 손을 대지 못하도록 잠금장치가 달린 조그만 금고 하나를 샀다. 지난번 청바지 호주머니에서 사라진 50달러의 행방을 물었을 때 형은 모른다고 시치미를 뗐는데, 나도 형이 그 돈을 가지고 있으리라고는 생각지 않는다. 내 돈을 슬쩍하자마자 예이거에게 갖다 바쳤을 테니까.

진짜 문제는 루크 형과 예이거가 요새를 접수하면 하루 만에 모든 귀중품을 팔아 치울 테고, 그렇게 마련한 돈을 금세 써 버리고 말 거라는 점이다. 엄마와 아빠가 재활원 신세를 지기 전, 가지고 있던 모든 돈을 약물을 구하는 데 탕진했던 것처럼 말이다. 그건 예이거와 어울려 다니는 루크 형에게 일어날 수 있는 최악의 상황이다. 큰돈을 쉽게 손에 쥐면 악마 같은 예이거는 엄마 아빠가 빠졌던 타락의 늪으로 형까지 끌고 들어갈 게 뻔했다.

"지금 우리에게 필요한 건 철저한 보안이야." 리키가 회의의 결론을 내듯 말했다.

"보안?" 미첼이 따졌다. "우린 고작 중학생이야! 총칼이라도 가지고 다니잔 말이야?"

"미첼." 내가 녀석의 말을 끊었다. "끝까지 들어 보자. 리키 말대로 해서 잘못된 적은 아직 없었잖아."

우린 리키를 따라 요새 밖으로 나와 출입구 주위를 순찰하듯 크게 돌았다. 리키가 나무 하나를 골랐다. 키가 큰 나무는 아니었지만 튼튼하고 굵직한 가지가 사다리의 가로대처럼 고른 높이로 뻗어 있었다. “이 나무를 우리 망루로 삼자.” 리키가 설명했다. “요새에 들어가기 전에 먼저 이 나무를 3미터 정도 타고 올라가서 망을 보는 거야. 도보 여행자나 산책객이 있을 땐 사람들이 시야에서 사라질 때까지 매복하는 거야.”

망루를 정한 우린 요새의 출입구로 되돌아왔다. 그리고 출입구의 뚜껑을 연 다음 사다리에 발을 딛고 내려서면서 뚜껑을 닫을 때 그 위를 나뭇가지로 덮어 위장하는 연습을 번갈아 가며 했다. 왼손으로 무거운 쇠붙이 뚜껑을 지탱하는 동시에 오른손으로는 열린 틈으로 뚜껑 위에 나뭇가지를 올려놓는 일은 생각보다 훨씬 어려웠다. 미첼은 자신의 뜻대로 잘 되지 않자, 주먹으로 철문을 쾅쾅 두드리며 평소 브레킨리지 박사에게 퍼붓던 욕을 내뱉으면서 성질을 냈다.

“여긴 지난 40년간 아무에게도 발각되지 않은 곳이야.” 씨제이가 못마땅한 듯 말했다. “그런데 왜 이제 와서 이렇게까지 해야 하는 거지?”

내가 답했다. “그 오랜 세월 동안 사람들 눈에 띄지 않은 건 출입구 주변이 위장물로 철저히 가려져 있었기 때문이야. 하지만 허리케인이 휩쓸고 지나간 다음에는 상황이 완전히 달라졌어. 바로 다음 날 우리 눈에 발각될 정도로 보안이 취약해진 거지. 그러니 루크 형과 예이거가 마음먹고 들쑤시고 다닌다면 여길 찾아내는 건 시간문제일 수도 있어. 이미 숲을 드나드는 우리를 수상히 여기기 시작했으니 그럴 위험성은 더욱 커진 거야.”

루크 형 이야기가 나오자 리키가 기발한 아이디어를 내놓았다. 우리 형제의 휴대폰은 같은 기종이니 '위치 검색' 앱을 통해 형의 동선을 추적할 수 있으리라는 것이었다. 리키는 즉시 내 휴대폰에 앱을 깔아 주었다. 이로써 형의 위치를 실시간으로 확인할 수 있게 되었다. 그리고 형이 가까이에 있다면 예이거도 그와 멀지 않은 곳에 있음을 짐작할 수 있으니 일거양득이었다.

"그 앱은 우리가 전당포에 갈 때도 유용하게 쓰일 거야." 리키가 덧붙였다. "만약 우리가 전당포에서 거래하는 걸 녀석들에게 들키는 날에는 돈으로 바꾼 그 물건이 어디에서 난 건지를 꼼짝없이 실토해야 할 텐데, 이제 루크의 위치를 파악할 수 있게 된 이상 그럴 위험은 없어진 거지."

의사소통에는 보안이 필요했다. 미첼이 휴대폰을 다시 쓸 수 있게 되었기에 우리 다섯은 단톡방을 만들어 요새 안에 누가 있고, 또 누가 요새에 가는 길인지를 확인하는 한편, 서로 알아야 할 특이 사항을 수시로 공유하기로 했다.

"단톡방에서는 요새라는 말을 써선 안 돼." 리키가 말했다.

"왜지?" 내가 물었다.

"너무 위험해. 만약 루크가 네 휴대폰으로 우리끼리 요새 이야기를 한 걸 훔쳐보기라도 한다면 대번에 알아챌 테니까. 우리에겐 암호가 필요해."

"어떤 암호?" 제이슨이 물었다.

"요새와 전혀 관계없는 말이라면 뭐든 상관없어." 리키가 답했다. "사실 요새의 반대말이라면 그게 가장 완벽한 암호일 거야."

리키의 말이 끝나기가 무섭게 미첼이 말했다. "페루 어때?"

내가 어안이 벙벙한 얼굴로 물었다. "왜 하필 페루야?"

"우리 요새는 세상에서 가장 대단한 거잖아." 미첼이 설명했다. "그러니 요새의 반대말은 세상에서 가장 형편없는 것일 테고, 그건 바로 '리마 콩'*이지. 그런데 리마는 페루의 수도잖아."

물론 이것은 미첼의 머릿속에서만 말이 되는 소리였지만, 그렇기에 이보다 완벽한 암호는 없었다. 미첼처럼 생각하는 사람은 세상 어디에도 없으니까. 그렇게 우리 요새는 페루가 되었다.

리키는 보안을 위해 한 가지를 더 제안했는데, 그건 눈속임 요새를 만들자는 거였다.

리키가 설명했다. "조만간에 루크와 예이거는 숲속으로 걸어 들어와 우리를 찾아다닐 거야. 우리 요새를 쉽게 발견하지는 못할 테지만, 그렇다고 찾지 못하란 법도 없지. 그래서 말인데, 눈에 쉽게 띌 만한 유인용 요새를 따로 만드는 게 어때? 그 둘이 그걸 발견하면, 숲속을 수색하는 일은 더 이상 없을 거야."

"지하에 요새를 하나 더 만들자는 말이라면 관둬." 씨제이가 말했다.

리키가 고개를 저었다. "꼭 근사한 공간이 필요하단 건 아냐. 볼품없는 아지트처럼 보인다면 그걸로 충분해. 두 녀석은 우리가 뭔가 대단한 걸 숨기고 있다고 생각하는 모양인데, 그런 게 아니란 걸 보여 주자는 거야."

"허리케인에 초토화되었던 우리의 원래 요새는 어때?" 제이슨이 제안했다.

*남아메리카 페루에서 최초로 재배되었다고 추정되는 콩과 식물의 하나.

리키가 고개를 가로저었다. "거긴 여기랑 너무 가까워. 우리의 진짜 요새 주변으로는 아무도 발을 못 붙이게 해야 해."

가짜 요새를 만들기에 적절한 지점을 물색하느라 우리는 오후 내내 답사를 다녔다. 숲속 오솔길을 따라 여기저기를 부지런히 돌아다녔는데, 씨제이가 다친 옆구리가 다시 아파 오기 시작했다며 걸음을 멈추고 길옆의 널찍하고 평평한 바위 위에 걸터앉았다. 바로 그때, 이거다 싶은 생각이 들었다. 씨제이가 앉은 바위는 마치 원탁처럼 크고 둥글었다. 우리는 바위 둘레의 덤불을 말끔히 제거하고 누군가 전기톱으로 썰어 낸 주변의 나무 둥치 다섯 개를 바위 주위에 끌어다 놓았다. 그런 다음 뒤로 물러나 다섯 '의자'가 놓인 우리의 바람잡이 요새를 감상했다. 이거야말로 세상에서 가장 자연스러운 회의실처럼 보였다.

"아서왕과 원탁의 기사들만 있으면 딱 맞겠는걸." 씨제이가 찬탄을 금치 못했다.

미첼이 나무 둥치 하나를 골라 앉더니 만족에 겨운 한숨을 내쉬며 말했다. "이건 내 자리야."

"여기에 네 자리는 없어." 리키가 말했다. "우리도 마찬가지고. 이건 그냥 눈속임 요새일 뿐이니까."

"그러면, 이건 나의 눈속임용 자리야." 미첼이 억지를 부렸다.

우리는 이곳에 사람이 드나든 흔적을 남기기 위해 주변의 생풀과 잡초를 발로 쿵쾅거리며 밟아 댔다. 더욱 그럴싸하게 보이기 위해 우리는 숲에서 나와 마을로 들어가서는 가장 처음 눈에 띈 쓰레기통에서 탄산음료 캔과 물병 몇 개를 집어 들었다. 그리고 다시 숲속의 가짜 요새로 돌아가 챙겨 온 쓰레기를 바위 원탁 위에 흩뜨려 놓았다.

“완전 난장판이 됐네.” 미첼이 침울한 목소리로 말했다.

“바위 위의 쓰레기는 바람이 불면 날아갈 테니 며칠마다 새로운 쓰레기를 공급해 줘야 해.” 리키가 말했다.

제이슨이 똥 씹은 표정으로 얘기했다. “저넬이 이걸 알면 가만있지 않을 거야. 걔는 7학년 환경부장이거든.”

“그건 걱정할 것 없어.” 씨제이가 재빨리 응수했다. “저넬이 우리의 가짜 요새에 대해서 한마디라도 들을 일은 없을 테니까. 안 그래, 로미오?”

“적어도 저넬은 주위 사람들에게 이래라저래라 명령하지는 않아.” 제이슨이 아니꼽다는 눈으로 리키 쪽을 바라보며 중얼거렸다.

일리 있는 말이었다. 실제로 리키는 우리 위에 다소 군림하려는 경향이 있었다. 하지만 나는 다른 아이들이 느끼는 것만큼 리키의 행동이 거슬리거나 염려스럽지는 않았다. 난 예이거가 우리 형을 얼마나 쉽사리 자기 손아귀에 휘어잡았는지를 지켜보았다. 예이거의 영향력은 바퀴벌레의 번식력을 닮았다. 주변에 바퀴벌레 몇 마리가 돌아다닌다 싶으면 얼마 지나지 않아 녀석들이 사방에 쫙 깔리듯, 예이거 같은 놈과 조금씩 어울리다 보면 어느새 녀석의 손아귀에서 옴짝달싹 못 한 채 지배당하고 마는 것이다.

루크 형과 예이거가 행여나 우리의 진짜 요새를 발견한다면, 정말 끝장이다.

"동생, 왔는감." 그날 오후, 집에 들어서자 들려온 나긋나긋한 목소리는 루크 형이 아니었다. "오랜만이야."

예이거였다. 놈은 거실에서 할아버지가 가장 아끼는 의자에 드러눕듯이 앉아 아이스크림 한 통을 제법 기다란 주머니칼로 떠먹고 있었다.

"루크 형, 할머니 할아버지는 어디 계셔?" 내가 물었다.

형이 원숭이처럼 바나나를 까먹으며 주방에서 어슬렁어슬렁 걸어 나왔다. "난들 아냐? 뭐 그런 걸 신경 써? 때 되면 오겠지."

"그 말, 너희 엄마 아빠가 안 보일 때 쓰던 말 아니냐?" 예이거가 건들거리며 말했다.

정말이지 저 예이거란 놈, 상종 못 할 인간이다! 아이스크림을 먹을 때만 칼을 쓰는 놈이 아니다. 수틀리면 언제든 등에 칼을 쑤셔 박는 악질이다.

순간 루크 형의 눈에서 분노의 불꽃이 일었다. 하지만 형이 예이거에게 대들 리 만무했다. 오히려 입가에 비굴한 미소를 지으며 피식 웃어 보였다. "네 말이 맞아. 우리 엄마 아빠라…… 거, 재밌네."

"재밌긴 뭐가 재밌어." 내가 이를 악물고 말했다.

"이거 왜 이러셔. 재밌잖아." 예이거가 강요하듯 말했다.

"에반, 너는 유머 감각을 좀 길러야 해." 루크 형이 충고하듯 말했다.

부모님이 관계된 일에 유머 따위는 없다. 그건 루크 형이 나보다 훨씬 잘 알 것이다. 엄마 아빠가 우리를 내팽개치고 떠나 버리기 전에 형은 나보다 4년 더 부모님과 함께 살았으니 말이다.

"동생이 요새 어째 우리를 슬금슬금 피하는 것 같아." 에이거가 내게 인상을 쓰며 말했다.

"난 네 동생이 아니거든."

"도일스 식당 이후로 넌 줄곧 우리를 피해 왔어." 루크 형이 끼어들었다.

"형도 내 돈 50달러 훔쳤잖아. 그걸로 우린 비긴 거야." 내가 쏘아붙였다.

"식당 금전 출납기에는 50달러보다 훨씬 많은 돈이 들어 있었지." 에이거는 내게서 겁먹은 표정을 읽었다는 듯 말을 이었다. "그렇다고 너무 걱정하지는 마. 내게 빚진 차액을 탕감해 줄 방법이 있으니까. 뭐 대단한 걸 바라는 건 아냐."

"난 네게 빚진 거 없어."

대답 대신 에이거는 의자에서 일어나더니 꾸부정한 자세로 벽난로를 향해 걸어갔다. 난로 위 선반에는 할머니가 애지중지 수집한 장식용 도자기 인형들이 놓여 있었다. 에이거는 손에 든 아이스크림 통을 입에 대고 녹은 아이스크림을 후루룩 마시더니 빈 통을 거꾸로 뒤집어 선반 위 발레 무용수 인형에 덮어씌웠다.

"인형들 가만 놔둬!" 내가 명령하듯 외쳤다.

에이거 같은 녀석에게 그렇게 말해선 안 될 일이었다.

"이게, 어디서 대장질이야." 에이거가 주머니칼로 선반 위에 뒤집힌 채 놓인 아이스크림 통을 밀어 버렸다. 통과 함께 그 속에 있던 도자기 인형이 벽난로 돌바닥에 떨어져 산산이 조각났다.

루크 형도 이번에는 꽤 놀란 눈치였다. "야, 그거 할머니가 모으는 것들이야!"

"호들갑 떨지 마."

"그래도 그건 좀……."

예이거가 칼날을 다른 인형의 뒤에 갖다 대자 루크 형의 말이 멎었다. 예이거의 위협은 분명했다. 할머니의 수집품 전체가 파편이 되어 벽난로 돌바닥에 뒹굴 수도 있었다. 예이거의 행동을 막기 위해 형과 내가 할 수 있는 일이라곤 없었다. 상황에 대한 통제권은 예이거가 쥐고 있었다.

"그만두는 게 좋을 거야." 내가 경고했다.

"안 그러면 어쩔 건데?" 예이거가 무척 흥미롭다는 듯한 표정을 지었다. "궁금하니까 어서 말해 봐."

"경찰을 부를 거야!"

"그래? 어디 한번 불러 봐." 예이거는 오히려 나를 부추겼다. "너와 네 한심한 친구들에게 현금이 넘쳐나게 된 이유를 뭐라고 설명할지 듣고 싶어 견딜 수가 없으니까."

그 말에 나는 꿀 먹은 벙어리가 되고 말았다. 할머니의 도자기 인형보다 요새의 비밀을 지키는 게 우선이었다. 서약서에 서명까지 하며 친구들과 철석같이 약속하지 않았던가!

그때였다. 할아버지의 낡아 빠진 자동차의 요란한 엔진 소리가 그토록 반가울 수가 없었다. 조금 있다가 현관문이 열리는 소리는 아름답기까지 했다.

예이거는 손에 쥔 주머니칼을 냉큼 숨기고 벽난로에서 멀찌감치 떨어졌다. 그와 동시에 할머니 할아버지가 식료품 봉지를 잔뜩 들고 집 안으로 들어섰다. 예이거가 얼른 다가가 할머니 손에 들린 무거운 짐 꾸러미를 넘겨받으려 했다. "할머니, 제가 도와드릴게요."

할머니의 얼굴이 돌처럼 굳어졌다. "일없다."

참으로 희한한 점이 있다면, 쫙 깔린 경호원들 앞에서 대통령에게 가운뎃손가락을 날리고도 아랑곳하지 않을 안하무인이 우리 할머니 앞에서는 설설 긴다는 것이다. 어쩌면 그건 할머니가 남들처럼 예이거를 피하지 않고, 있는 그대로 혐오감을 드러내기 때문일지도 모른다. 할머니는 판단력이 정확하신 분이다. 아들과 며느리가 망가지는 걸 직접 지켜보셨으므로, 그와 똑같은 일이 루크 형에게 벌어지기 시작했음을 모르실 리 없었다. 그 말인즉, 고래가 탭댄스를 추지 않는 한 예이거가 할머니의 눈에 들 일은 결코 없으리라는 것이다.

"어, 저는 이만 가 볼게요. 두 분을 뵙게 돼서 반가웠습니다." 예이거가 싹싹하게 말했다.

만일 예이거가 "나도 반가웠다."라는 대답이 돌아오기를 기대했다면, 분명 하염없이 기다려야 할 터였다. 할머니는 말할 것도 없거니와 할아버지도 예이거를 못마땅하게 여겼기 때문이다.

할머니가 손에 든 꾸러미를 거실 테이블 위에 내려놓고 벽난로 쪽으로 걸어갔다. "이게 대체 무슨 일이냐?" 할머니는 바닥에 무릎을 꿇고 도자기 인형의 잔해를 뚫어져라 바라보았다.

예이거가 한 짓이라고 말하려 할 때, 루크 형이 애원하는 듯한 눈길로 나를 뚫어지게 바라봤다. '그래 봐야 소용없어, 형. 그런 양아치를 감싸기 위해 거짓말을 하지는 않을 거야.' 그러다 퍼뜩 형의 눈길에 담긴 건 예이거에 대한 의리가 아니라 두려움이라는 생각이 들었다. 예이거를 경멸하는 할머니는 사건의 전말을 알고 나면 경찰을 부르고도 남을 분이셨다. 또 그걸 예이거가 가만히 두고 보지 않으리란 건 불 보듯 뻔한 일이었다. 루크와 내게 복수하는 것은 물론이요, 우리 집에도 해코지하고, 어쩌면 할머니에게까지 앙갚음할지 모를 일이었다.

내가 앞으로 나섰다. "제가 그랬어요. 우리가…… (할머니가 늘 쓰는 말로 표현하자면) '정신 사납게' 놀다가 그랬어요."

"제 잘못이기도 해요. 우리 둘이 돈을 모아서 새 걸로 사 드릴게요." 루크 형이 말을 보탰다.

할머니가 우리를 빤히 바라보았다. "고맙구나. 다음에는 조심하거라."

"그럴게요." 내가 약속했다.

그렇게 우리는 가까스로 위기를 넘겼다. 위기라고는 했지만, 표현이 좀 거창한지도 모르겠다. 결국 할머니가 아끼는 도자기 인형 하나 희생시키고 상황이 종료된 셈이니까. 어쩌면 할머니는 모든 상황을 짐작하고도 모른 척 눈감아 주셨을지도 모른다.

새삼 형과 내가 이렇게 호흡을 맞춘 게 얼마 만인지 생각했다. 형이 예이거와 어울려 다니기 시작한 이래 처음 있는 일이었다.

씨제이

마커스와 우리가 진짜 한 가족처럼 지낼 수 있으리라는 엄마의 기대는 좀처럼 무너지지 않는다. 소풍, 바비큐 파티, 주말여행 등을 거듭하다 보면 언젠가는 마커스와 내가 사이좋은 부자 관계를 이룰 거라고 생각한다.

이번 주 일요일만 해도 그렇다. 엄마가 아이스하키 표를 구했는데, 토론토 팀에 맞서 싸우는 허리케인스 팀의 경기를 관람하기 위해 노스캐롤라이나 롤리까지 편도 160킬로미터나 되는 거리를 온종일 차를 타고 이동했다. 거기에 안 갔더라면 친구들과 요새에서 영화 〈대지진〉을 볼 수 있었을 텐데 말이다.

영화 그 자체보다 더 재미있는 볼거리는 미첼이 영화를 보면서 무섭지 않은 척하는 모습을 지켜보는 것이었다. 이런 즐거움을 포기하고 마커스와 같은 공간 안에서 수 시간을 함께 있어야 한다고 생각해 보라. 차가 밀리거나, 속도위반 단속에 걸리거나, 앞 차량에 붙은 범퍼 스티커 문구를 보고 심기가 불편해지기라도 하는 순간, 언제 폭발할지 모르는 시한폭탄 같은 사람이 모는 차를 타고 말이다.

사실 마커스는 오늘 기분이 대단히 좋아 보였다. 미네소타가 고향인 사람답게 아이스하키를 무척 좋아하기 때문이었다. 고속도로에 접어들자 마커스는 잔뜩 흥에 겨워 수다를 떨었다. 엄마는 이따금 뒷자리에 있는 나를 돌아보며 한껏 들뜬 목소리로 물었다. "아빠 얘기 재밌지 않니?"

호응을 유도하려는 엄마의 의도를 내가 모를 리 없었다. 그럴 때마다 "네, 재밌어요."라고 들릴 듯 말 듯 나직이 답했다. 난 정말이지 뼛속까지 마커스가 싫다. 얼마나 혐오스러운지 그 존재 자체를 인정하기 싫을 정도다. 마커스는 내게 투명 인간이나 다름없다. 내 눈에는 고속도로를 이동하는 지금 이 순간에도 운전석에는 아무도 없다.

마침내 허리케인스의 홈구장인 PNC 아레나 경기장에 도착했다. 도착하자마자 마커스는 입장권에 웃돈을 붙여 더 좋은 관람석을 확보했다.

"내 가족에겐 최상의 것만을!" 마커스가 한껏 기분이 들떠서 구호를 외치듯 말했다.

그런데 엄마의 기분이 썩 좋아 보이지는 않았다. 마커스가 새로 산 표는 엄마가 애초에 샀던 것보다 훨씬 비쌌다. 우린 그렇게 비싼 돈을 주고 표를 살 정도로 부자가 아니다. 비록 마커스는 돈을 아낌없이 써 대며 자신이 얼마나 '멋진' 가장인지 과시하는 걸 좋아하지만 말이다. 우웩.

업그레이드된 좌석에 앉자 엄마의 마음도 풀어진 듯했다. 우리 좌석은 하키장의 정중앙이 내려다보이는 12열의 전망 좋은, 그야말로 최고의 자리였다. 케이넌 같은 촌동네에 살면 이렇게 큰 스포츠 경기를 현장에서 직접 관람할 기회가 많지 않은데, 좌석까지 훌륭하니 아주 금상첨화였다. 한 가지 옥에 티가 있다면 엄마가 날 마커스 옆에 앉힌 것이다. 엄마는 우리가 꼭 붙어 있다 보면 사이가 돈독해질 것으로 기대하는 모양이지만, 그건 엄마의 희망 사항일 뿐이다.

2회가 끝난 후 휴식 시간에 우려했던 일이 벌어질 뻔했다. 마커스가 우리에게 핫도그를 사 줬는데, 마커스의 핫도그에는 매운 맛 겨자 소스가 아닌 보통 맛 소스가 뿌려져 있었던 것이다.

마커스는 길길이 날뛰며 도저히 용납할 수 없는 만행을 저지른 핫도그 판매원을 찾아 경기장을 이 잡듯이 뒤졌다.

정말 아무것도 아닌 일이었지만, 엄마는 이 상황이 마커스에게 미치는 파급력을 그 누구보다 잘 알고 있었다. 엄마가 마커스에게 다가가 어깨에 손을 얹으며 말했다. "진정해요, 여보. 내가 매점에 가서 다른 걸로 바꿔 올게요."

마커스가 엄마의 손을 뿌리치며 소리쳤다. "제 밥벌이도 제대로 못 하는 그깟 얼간이 때문에 당신이 수고할 필요는 없어!"

마커스는 늘 이런 식으로 돌변한다. 핫도그에 잘못 뿌려진 겨자 소스, 새로 산 스니커즈 신발에 난 흠집, 휴대폰 소프트웨어 업데이트 오류 등 그는 늘 지극히 사소한 일로 불같이 화를 내곤 했다. 그러다 보니 분노의 폭풍우가 한 차례 지나가고 난 뒤에는 도대체 그를 분노케 한 원인이 무엇이었는지 가늠하기 어려울 정도이다.

하지만 운이 좋았다. 마커스의 뚜껑이 열리려던 그 순간, 선수들이 마지막 3회 경기를 위해 아이스링크에 돌아왔고 마커스도 이내 겨자 소스 사건을 잊었다. 엄마가 나를 향해 우스꽝스럽다는 듯 익살스러운 웃음을 지어 보였다. 하지만 난 하나도 재미있지 않았다. 만약 상황이 조금만 틀어졌더라면 열차의 탈선만큼이나 심각한 사고가 벌어졌을 것이다.

결국 캐롤라이나 허리케인스 팀이 토론토 팀을 4대 2로 이겼고, 마커스는 만족스러운 결과에 한껏 들떴다. 그랬던 그의 얼굴에 웃음꽃이 사라진 건 주차장에 도착해서였다. 마커스는 차를 주차한 위치가 27-G인지, 27-J인지를 기억하지 못했다. 먼저 27-G에 가 보았지만 차는 없었다. 27-J에도 차가 없자 마커스는 이내 씩씩대기 시작했다. 주차장을 꽉 메웠던 차량 중 80퍼센트가 경기장을 빠져나갈 때까지도 우린 여전히 차를 찾아 헤매 다녔고, 마커스의 숨소리는 점점 거칠어졌다.

그 순간, 나는 문득 차가 주차된 곳은 27구역이 아니라 17구역의 K라인이었음이 기억났다. 우린 그 즉시 발길을 돌렸고, 아니나 다를까 그 자리에 차가 있었다. 입을 꽉 다문 마커스의 얼굴이 차갑게 굳어 갔다. 폭풍 전야의 바로 그 모습이었다. 이 침묵이 끝나고 나면 곧바로 폭풍우가 몰아칠 것이었다.

"왜 아무도 이걸 처음부터 기억해 내지 못한 거지?" 마커스가 마침내 폭발했다. "왜 이런 건 죄다 내 몫이어야 하는 거야?"

"여보, 제발 이러지 마요……." 엄마가 애원하기 시작했고 결국 사달이 벌어졌다.

마커스가 엄마의 머리칼을 한 움큼 그러쥐더니 그대로 엄마를 들어 올렸다. 머리채를 휘어 잡힌 엄마는 발이 바닥에서 떨어진 채 허공에서 버둥거렸다.

폭력이 시작될 거란 건 애초부터 알고 있었지만 눈앞에 벌어진 모습은 가히 충격적이었다. "엄마를 놔 줘!" 내가 소리쳤다. "엄마를 놔 주란 말이야!"

하지만 마커스는 들은 체도 하지 않았고, 내 고함을 듣고 달려와 줄 사람도 주위에 없었다. 어떻게든 엄마를 구해야 한다는 마음에 차 트렁크에서 타이어를 조이는 쇠막대를 꺼내 야구 방망이처럼 쥐어 잡고 필사적으로 외쳤다. "엄마를 놔 줘. 안 그러면 가만 안 둘 거야!"

"씨제이, 어서 그거 치워!" 엄마가 외쳤다.

이게 도대체 말이나 되는 소리인가? 정육점 갈고리에 걸린 쇠고기처럼 허공에서 버둥대는 자신을 구해 주려는 내게 되레 물러서라고 하다니.

마커스조차도 이런 터무니없는 상황에 어이가 없었는지 입을 뗐다. "좋아, 이쯤에서 그만두지." 그러더니 엄마를 바닥에 내려놓고는 자신이 세상에서 제일 예의 바른 신사인 것처럼 엄마가 차에 타는 걸 에스코트했다.

나도 쇠막대를 트렁크에 다시 집어넣고, 차를 타기 위해 뒷좌석 쪽으로 이동했다. 그때였다.

마커스가 웃음기 하나 없는, 무섭도록 차가운 얼굴로 내 뺨을 후려쳤다. 눈앞에 별이 보일 정도로 강력한 타격에 나는 휘청거리며 저만치 나가떨어졌고, 그 바람에 사이드미러에 부딪히면서 귀밑이 찢어졌다.

조수석에 앉아 있던 엄마는 고개를 숙인 채 자기 신발을 내려다보고 있었다. 내가 맞는 걸 못 본 모양이었다. 엄마가 봤든 못 봤든 난 더 이상 마커스에게 저항하지 않았다. 그냥 뒷좌석 문을 열고 들어가 아무 말 없이 드러누웠다.

차를 타고 침묵 속에서 10분가량 달렸을 즈음, 운전석에서 흐느껴 우는 소리가 리드미컬하게 새어 나오기 시작했다. 그는 차디찬 바다에 빠진 선원이 구명줄에 필사적으로 매달리듯, 운전대를 꽉 부여잡고 온몸을 들썩이며 흐느꼈다. 덩치만큼이나 큰 닭똥 같은 눈물이 뺨을 타고 흘러내렸다.

"미안해!" 마커스가 울먹였다. "본심은 그게 아니었어! 난 우리 가족을 정말 사랑해! 오늘만큼은 최고로 행복한 날이 되기를 바랐는데, 내가 망치고 말았어! 내가 나쁜 놈이야!"

"당신은 나쁘지 않아요." 엄마가 마커스를 달랬다. "당신은 좋은 남편이자 멋진 아빠예요. 그리고 당신 덕분에 우리 모두 오늘 근사한 시간을 보냈잖아요! 얼마나 즐거웠는지 몰라요!"

눈 뜨고 볼 수 없는 삼류 드라마 속 한 장면이 펼쳐졌다. 마커스는 계속 울먹이며 사과를 거듭했고, 책 속에 등장하는 모든 악당의 이름을 입 밖에 내며 자신을 책망했다. 또 엄마는 마커스가 얼마나 좋은 사람인지를 강조하며 자책하는 남편을 달랬다. 헐크로 변한 새아빠와 울먹이며 사과하는 새아빠. 남편에게 폭행당하는 엄마와 자신을 무참히 폭행한 남편을 위로하는 엄마. 새아빠에게 두들겨 맞는 나와 엄마의 바람대로 저항하지 않는 나. 이러한 양면성 가운데 내가 더 혐오하는 모습이 무엇인지 나도 잘 모르겠다.

그로부터 45분쯤 지났을 무렵, 연신 사과하던 마커스가 비로소 진정한 듯 보였다. 그러더니 순간적으로 눈이 뒤집혀서 벌어진 일회성 실수일 뿐이라며, 다시는 이런 일이 없을 거라고 또 거듭 약속하기 시작했다.

내가 겪은 것만 해도 서른 번이 넘는데, 뭐, 일회성이라고? 누웠던 몸을 일으켜 상처 부위를 만져 보았다. 다행히 피는 멎은 듯해서 응급실에 갈 필요까지는 없었다.

나는 목을 주욱 빼고 룸미러를 통해 다친 데를 살펴보았다. 귀밑에서 뺨 쪽으로 3센티미터 남짓 찢어져 피가 고인 상처 부위가 보였다. 멍까지 들어서 상처 주변이 자주색 빛을 띠고 있었다.

이 상처를 친구 녀석들에게 설명하려면 또 한 번 창의적인 불사조놀이를 떠올려야만 할 것이었다. 새로 산 자전거 헬멧을 썼더라면 다칠 리 없는 부위였기에, 헬멧 쓰는 걸 왜 깜빡했는지에 대한 그럴싸한 변명도 필요했다. 다른 녀석들은 무난히 속일 수 있었지만, 문제는 리키였다. 녀석은 지난번 갈비뼈에 타박상을 입었을 때도 내가 지어 낸 이야기에 완전히 수긍하지는 않는 듯 보였다. 의심의 눈초리로 대하는 리키를 특별히 조심해야만 했다.

집에 도착하자 차에서 내린 엄마와 새아빠가 서로 손을 잡고 현관문 쪽으로 걸어갔다. 엄마는 경기장 주차장에서 있었던 일을 그새 까맣게 잊어버리기라도 한 듯, 내 얼굴의 찢어진 상처와 붓기를 보고 충격을 받은 듯 보였다.

엄마, 정말로 잊은 건 아니죠? 그동안 숱하게 겪었던 일이잖아요. 앞으로도 숱하게 겪어야 할 일이고요.

미첼

난 우리의 가짜 요새가 진짜 요새만큼이나 마음에 든다는 걸 녀석들에게 말하지 않았다.

별난 놈이 또 별난 소리를 한다고 할까 봐. 물론 객관적으로 비교하더라도 진짜 요새가 더 좋긴 하다. 여기 가짜 요새에는 TV도, 영화도, 음반도 없을뿐더러 먹을거리도 없다. 제법 큰 돈으로 바꿀 수 있는 고급 주방용품이 있는 것도 아니다. 더군다나 여긴 지하 시설이 아니라서 폭우라도 내리는 날엔 물에 빠진 생쥐 꼴을 면치 못할 것이다.

하지만 그런 건 별로 상관없다. 여긴 묘하게 끌리는 구석이 있다. 백만장자가 지은 요새처럼 화려하진 않지만, 이곳은 애당초 인위적으로 지을 필요가 없는 천연의 요새이다. 원탁 바위는 널찍한 데다 촉감도 매끄럽다. 게다가 바위 위에는 내 엉덩이에 딱 맞게끔 홈이 파여 있어서 일찌감치 내 자리로 찜해 두었다. 여긴 참 평화롭다. 솔방울을 따다가 안에 든 씨앗의 개수를 세기에도 안성맞춤이다. 지난번에 세어 보니 92개던데, 이건 정말 대박이다. 그 몹쓸 숫자의 배수가 아니기 때문이다. 간발의 차로 13의

7배수인 91을 피하긴 했는데, 솔방울 안에 91개의 씨앗이 들어 있을 리는 만무하다. 솔방울의 비늘 한 개마다 두 개의 씨앗이 들어 있기 때문이다.

주말에 엄마가 아침 7시 근무를 위해 일찍 집을 나서면 난 이곳을 찾는다. 녀석들이 진짜 요새에 모이기에도 이른 시간에 나 홀로 가짜 요새에 자리를 잡고 앉아 온 정신을 집중해서 솔방울을 까는 게 나는 참 좋다. 비늘을 하나씩 하나씩 벗겨 내며 안에 든 씨앗을 바위 탁자 위에 펼쳐 놓고 있노라면, 나 자신이 마치 과학자가 된 듯한 느낌이 든다. 뚱딴지같은 소리로 들릴 수도 있겠지만, 내 딴에는 대단히 영특한 일을 하는 중이다. 내가 어른이 될 때쯤이면 이 지역에는 소나무가 즐비하게 될 테니까 말이다. 왜냐하면 나는 솔방울을 다 까서 소나무 씨앗의 숫자를 모두 센 다음에는 늘 그 씨앗들을 날려 보내는데, 바람에 실려 여기저기 고르게 흩날려 퍼져 나간 씨앗들이 땅에 떨어져 뿌리를 내릴 것이기 때문이다.

"저기 미첼 아니야?" 어디선가 소녀의 목소리가 들렸다.

내가 깐 씨앗의 절반이 한 차례 불어 온 바람에 실려 나선형으로 공중제비를 돌며 날아가던 모습을 지켜보던 그때, 목소리가 들리는 쪽으로 시선을 돌렸다.

제이슨과 저넬이 원탁 바위 너머 오솔길에 서 있었다. 제이슨은 내가 아끼는 친구이므로 녀석을 만나는 건 늘 즐거운 일이다. 하지만 나만의 개인적인 용무를 보고 있는 지금 같은 상황에 녀석과 마주치는 건 그다지 즐겁지 않다. 바보 같은 짓을 하고 있다가 들킨 기분이랄까.

"여기서 뭐 하고 있는 거야?" 제이슨과 내가 동시에 물었다.

바람이 원탁 바위 위의 씨앗 몇 개를 더 흩날렸고, 그중 하나가 내 콧잔등에 앉다시피 했다.

"브런치 먹으려고 숲으로 소풍 왔어." 저넬이 밝은 목소리로 말했다. "세 명이 먹어도 충분해."

저넬은 유아용 그림책에서나 볼 법한 아기자기한 소풍용 도시락 바구니를 들고 있었다. 엄마가 항상 일에 치여 살다 보니 소풍을 여러 번 가지도 못했지만, 그나마 소풍을 갔다 하더라도 늘 갈색 종이 봉지에 음식을 싸 갔지, 이런 바구니는 한 번도 구경해 본 적이 없었다.

저넬이 빨간색과 하얀색이 조합된 격자무늬 테이블보를 원탁 바위 위에 펼쳤다. 그러자 아직 바람에 날리지 않은 소나무 씨앗들이 테이블보 밑에 깔려 버렸다. 아래에 깔린 씨앗의 숫자가 제발 13이 아니길 바랐다. 만일 13개라면 우린 모두 도시락을 먹고 살모넬라균에 감염되어 목숨을 잃을지도 모를 일이었다.

"저넬을 여기에 데려오지 않기로 약속했잖아!" 저넬이 바구니에서 잘게 썬 베이글과 크림치즈 통을 꺼내는 사이, 나는 최대한 목소리를 낮춰 제이슨을 타박했다.

"여긴 괜찮아." 제이슨이 속삭였다. "여긴, 페루가 아니잖아."

제이슨이 속삭이는 소리를 들었는지 저넬이 웃으며 말했다. "너희 참 웃긴다. 여긴 당연히 페루가 아니지. 아, 그리고 모르고 있을까 봐 얘기하는데, 여긴 화성도 아니야. 이리 와서 도시락이나 먹어."

비록 둘의 소풍이었지만 나를 끼워 줘서 한편으로는 기뻤다.

베이글 한 조각을 집어 먹고 오렌지 주스 한 잔을 마셨다. 집에서 먹는 주스는 브랜드도 없는 싸구려라 오렌지 맛보다 물맛이 더 났는데, 오랜만에 과즙이 잔뜩 함유된 진짜배기 주스를 맛보니 참 좋았다.

그렇게 흐뭇한 시간을 보내고 있는데, 제이슨이 계속 내게 눈치를 주며 이제 그만 저 너머 오솔길을 따라 사라져 달라는 신호를 보냈다. 우리가 제이슨의 연애담에 관심을 두지 않듯, 제이슨도 자신의 데이트에 친구들이 끼어드는 걸 원치 않았다. 하지만 지금 이 상황은 여자 친구를 우리의 가짜 요새에 데리고 온 제이슨의 잘못이지, 내 잘못이 아니었다. 제이슨은 저넬이 옆에 앉아 있다 보니 속 시원히 말도 못 하고 끙끙거리며 내게 눈치만 줄 따름이었다. 내가 베이글 한 조각을 더 집어 들고 그 위에 딸기잼을 바른 후, 이건 디저트라는 느낌으로 입에 넣었다. 제이슨이 나를 발로 뻥 차서 식탁 아래에 처넣을 기세로 따가운 눈총을 주었다. 하지만 아쉽게도 우리의 식탁은 단단한 바위라 내가 굴러 들어갈 공간 따위는 없었다.

마침내 저넬조차도 내가 그만 꺼져 주기를 바라는 눈치여서 이윽고 자리에서 일어났다. "베이글 감사히 잘 먹었어."

"천만에." 저넬이 활짝 웃으며 화답했다. 저넬에 대해서는 잘 모르지만 진짜 친절하고 상냥한 아이였다. 무엇보다 오렌지 주스를 고르는 취향이 아주 훌륭하다. 제이슨은 자리를 뜨는 내게 아무 말이 없었다.

오솔길을 향해 발길을 떼려던 그때, 나는 다시 뒷걸음질을 쳐야 했다. 나무들 사이로 키가 큰 녀석 두 명이 난데없이 나타나 우리의 가짜 요새 쪽으로 다가오고 있었기 때문이다. 루크와 에이거였다.

"여기가 너희 아지트인 모양이구나, 머저리." 에이거는 건물을 보러 온 감정인처럼 주위를 찬찬히 둘러보다 도시락 바구니와 테이블보에 시선을 멈추었다. "나 먹으라고 베이글도 남겨 뒀네!" 그러더니 바위 가장자리에 자리를 잡고 앉아 베이글 한 조각을 집어 들고 크게 한 입 베어 물었다.

이거야말로 놀라운 일이었다. 일단 루크와 에이거가 내가 애지중지하는 장소를 발견했다는 데 놀랐고, 두 건달 녀석이 우리의 진짜 요새를 찾지 못하도록 가짜 요새를 만들어 눈속임하자는 계획이 들어맞았다는 데 또 한 번 놀랐다. 리키는 여러모로 짜증 나는 구석이 있지만, 머리가 비상한 아이라는 것만큼은 인정해야 했다!

"이봐, 그건 너 먹으라고 남겨 둔 게 아니야!" 제이슨이 성난 목소리로 소리쳤다.

"거참, 인심 한번 야박하구먼." 에이거가 투덜거리며 베이글을 씹더니 저넬이 앉아 있는 쪽으로 몸을 기울이며 말했다. "우린 서로 초면인 것 같은데."

"얘는 야브로스키 경감의 딸이야." 루크가 목이 메는 소리로 귀띔했다.

그 순간 에이거는 불에 데기라도 한 듯, 저넬을 향해 구부정하게 기울어져 있던 몸을 화들짝 바로 세우며 말했다. "정말이야? 네 아빠한테 안부나 전해 주렴."

저넬은 정말로 만만히 볼 상대가 아니었다. 에이거에게 잔뜩 겁먹을 만도 했지만, 저넬은 전혀 주눅 들지 않고 녀석에게 자기 휴대폰을 건네며 대꾸했다. "안부는 직접 전하지 그래?"

"실례가 많았네." 예이거가 중얼거리듯 말했다. "우린 이만 가 봐야겠어."

"내 동생 보거든 전해 줘." 루크가 말을 보탰다. "너희 아지트가 썩 마음에 든다고 말이야."

예이거는 특유의 건들건들한 걸음으로 느릿느릿 자리를 떴는데, 오솔길에 접어들면서 걸음을 재촉하는 게 느껴졌다.

"에반에게 굳이 루크의 말을 전할 필요는 없을 것 같아." 둘이 사라지고 난 뒤 내가 입을 열었다.

저넬이 인상을 찌푸렸다. "에반의 형은 알겠는데, 그 옆에 있던 건 누구야? 무척 소름 끼치던데."

"예이거 데블린이라고, 보는 사람마다 다들 그렇게 말해." 제이슨이 답했다.

"혹시 걔들이 너희 괴롭히는 거야?" 저넬이 물었다. "내가 아빠에게 말해 줄까?"

"우리 스스로 감당할 수 있는 문제야." 제이슨이 용감하게 답했다.

아니야, 우린 감당 못 해! 내가 속으로 고래고래 외쳤다. 예이거를 감옥에 가두어 세상과 격리시킬 절호의 기회인데, 그 기회를 날려 버리겠다고? 하지만 다시 생각해 보니, 제이슨이 단순히 여자 친구에게 강해 보이고 싶어서 저러는 건 아닌 것 같다는 생각이 들었다. 큰 비밀을 감추고 있는 지금 우리의 상황에 케이넌 경찰서가 개입되어서 좋을 건 없었기 때문이다.

얼마 안 있어 제이슨이 나를 다시 쫓아내려는 듯 말했다. "있잖아, 너 어디 가 볼 데 있다고 안 그랬냐?"

"어디?" 나는 일부로 못 알아들은 척하며 되물었다.

저넬이 내 편을 들어 주었다. "그냥 여기에 우리랑 좀 더 있는 게 좋겠어. 조금 전 두 녀석을 숲에서 다시 마주치기라도 하면 곤란하잖아."

그래서 그곳에 20분가량을 더 붙어 있었는데, 약이 바짝 오른 제이슨의 모습을 지켜보는 게 무척 재미있었다. 제이슨이 내게 못되게 굴수록 저넬은 내게 더욱 친절히 대해 주었다. 저넬은 내게 오렌지 주스 한 잔을 새로 따라 주었는데, 과육이 적절히 섞인 주스 맛은 정말이지 일품이었다.

예이거 일행을 마주칠 위험도 줄어든 데다 주스를 많이 마셔서 지하 요새에서 볼일도 봐야겠기에 그만 자리에서 일어났다. 저넬에게 인사를 하고 단톡방에는 '페루에 가는 길'이라고 메시지를 남긴 후, 오솔길을 따라 걸었다. 혹시나 미행하는 사람은 없는지 계속 확인하며 최대한 조심스럽게 이동했다.

내가 발길을 처음 멈춘 곳은 요새의 출입구가 아니라 망루 역할을 하는 나무 앞이었다. 나는 나무에 올라 360도로 빙 둘러보며 숲의 사방을 살폈고, 루크와 예이거가 숲속 어디에도 없다는 확신이 들 때까지 기다렸다가 나무에서 내려와 요새의 출입구에 다가섰다.

연습했던 대로 신속하게 출입구에 몸을 집어넣은 나는 머리 위로 쇠붙이 뚜껑을 닫는 동시에 위장용 나뭇가지를 그러모아 뚜껑 위에 얹었다.

지하에는 이미 불이 켜져 있었다. "누구야?" 내가 물었다.

"어쩐 일이야?" 씨제이의 목소리였다.

사다리에서 성큼 뛰어내리고는 요새 내부로 들어서며 내가 따지듯 말했다. "너 이러기야?"

씨제이가 뜬금없다는 표정을 지으며 되물었다. "내가 뭘?"

"내가 '페루에 가는 길'이라고 문자를 남겼으면, 너는 이미 와 있다고 답장을 보냈어야지." 지키기로 한 규칙을 누군가 어긴다는 건 강박증이 있는 나로서는 견디기 힘든 일이다. 설령 그 규칙을 정한 게 리키라고 해도 말이다.

"깜빡 졸았나 봐. 네 문자를 못 봤어."

씨제이의 머리에 까치집이 지어진 걸 보니 자다가 방금 깬 모양이긴 했다. 얼굴 한쪽 측면에는 깊은 상처와 함께 얼룩덜룩한 멍 자국도 있었다. "얼굴은 왜 그래? 설마 또 불사조놀이를 하다 그런 건 아니겠지?"

씨제이가 어깨를 으쓱하며 답했다. "스카이 콩콩을 타다가 다쳤어. 땅으로 폴짝 내려올 때 글쎄, 이 나뭇가지가 헬멧을 파고 들었지 뭐야."

"어제 아이스하키 경기 보러 간 줄 알았는데."

"이건 경기 보고 돌아와서 다친 거야. 온종일 차에만 있었더니 좀이 쑤셔서 운동 좀 해 보려다가 그렇게 됐어."

"로미오와 저넬이 가짜 요새에서 데이트하고 있거든. 그런데 누가 나타난 줄 알아? 루크와 예이거야."

씨제이가 몸을 당겨 앉으며 말했다. "우리 뒤를 쫓은 거로구나. 우리가 전당포에 은식기류를 너무 많이 내다 팔았나 봐. 돈 냄새를 맡고 저러는 거겠지.”

그 말에 속이 쓰렸다. 티스푼이든 뭐든 하나 꺼내서 전당포에 팔자는 말을 입 밖에 내려던 참이었기 때문이다. 끼니도 거른 채 아침에 마시는 커피 한 잔에 기대어 하루 종일 일에 파묻혀 지내는 엄마가 너무 안쓰러워서 선물을 사 드리고 싶었다. 선물로 찜해 둔 건 ‘세상에서 가장 훌륭한 엄마’라는 글귀가 적힌 머그잔이었다. 비록 형편상 많은 시간을 함께 보내지 못하지만, 내겐 그 누구보다 훌륭한 엄마였다. 머그잔은 15달러였다. 내 용돈으로는 버거웠지만, 베넷 델라미어 회장의 은식기류 값어치에 비하면 그 정도는 약과였다.

물론 이기적인 생각이란 건 나도 안다. 오로지 개인적으로 사용할 목적이니 당연히 그럴 것이다. 하지만 엄마에게 마지막으로 깜짝 선물을 안겨 드린 게 언제인지 기억조차 나지 않았다. 엄마가 유일하게 깜짝깜짝 놀랄 때는 공과금 청구서가 날아올 때다. 돈을 내라는 종이 쪼가리의 깜짝 안내가 반가울 리 만무하다. 더구나 학업 성적표라도 추가로 날아오는 날에는 엄마의 표정이 더욱 시무룩해진다.

그것도 그렇지만 다른 녀석들도 전당포를 통해 마련한 돈으로 각자 필요한 걸 사지 않았던가. 물론 새아빠를 통해 필요한 건 뭐든 얻을 수 있는 씨제이는 예외로 치더라도 말이다. 그래도 전당포에서 마련한 돈으로 산 피자, 나초, 닭 날개 튀김, 과자 같은 간식은 씨제이도 함께 나눠 먹으니 완전히 예외는 아니다.

아무튼 루크와 예이거가 먹이를 찾아 허공을 맴도는 굶주린 독수리처럼 눈을 치켜뜨고 우리를 주시하고 있는 이상 추가 지출은 당분간 삼가야 할 테고, 엄마에게 줄 선물도 당연히 미뤄야 할 수밖에 없었다. 원하는 모든 걸 구할 수 있게 해 주는 세상에서 가장 근사한 우리 요새가, 바로 그 점 때문에 위험에 빠질 수도 있다는 건 참으로 고약한 일이다.

귀중품이 가득한, 세상에서 가장 근사한 요새를 가졌다 한들 그 귀중품을 내다 팔지 못한다면 대체 무슨 소용이란 말인가?

주말에 학교에 안 가는 것 빼고 내가 가장 좋아하는 건 요새에서 친구들과 하루 종일 함께 노는 것이다. 화질은 별로지만 재미있는 비디오게임도 하고, 오래된 LP 음반도 들으며 시간을 보내던 나는 잠시 밖으로 나가 숲에서 야생화를 꺾어 왔다. 제이슨이 저넬과 데이트를 끝내고 돌아올 때가 되면 요새 안에 몰래 숨어 있다가 사랑에 빠진 로미오의 얼굴에 꽃 폭탄을 던지며 놀려 줄 생각이었다. 잠시 후 누군가 사다리를 타고 내려오는 소리가 들리기에, 나는 계획한 대로 숨어 있다가 기습적으로 야생화 다발을 던졌다. 그런데 내 앞에 서 있는 건 제이슨이 아닌 리키였다. 녀석은 꽃가루 알레르기가 있다면서 끊임없이 재채기를 해 댔는데, 그 모습이 정말 웃겼다. 얼마 후 내 진짜 표적이었던 제이슨이 모습을 드러냈을 때, 우린 다시 한번 꽃 폭탄 던지기를 하며 놀았다.

그러고는 날이 저물 때까지 영화를 봤다. 영화를 다 보고 나니 요새 안에는 리키와 나만 남아 있었다. 짜증 나는 아이이긴 했지만, 어두운 숲속을 혼자 걷는 것보단 그래도 녀석과 동행하는 편이 차라리 나았다.

마을로 접어들어 보도에 발을 내딛자 리키가 말했다. "야, 너희 집 이쪽 아니야?"

"정원에 물 주러 가야 하거든."

"무슨 말이야? 대체 정원은 뭐고, 왜 한밤중에 물을 준다는 거야?"

내가 돌처럼 굳은 표정으로 녀석을 쳐다보며 말했다. "넌 몰라도 돼."

리키가 항복을 선언하듯 양손을 머리 위로 들어 올리며 말했다. "내 질문이 불쾌했다면 미안해. 네 사생활에 간섭할 생각은 아니었어. 그냥 순전히 궁금해서 물어본 거야."

"넌 영재생이잖아. 직접 알아맞혀 봐."

리키와 다른 방향으로 멀어져 가면서 난 녀석이 수학 공식 따위를 총동원해서 비비 꼬인 내 인생의 실타래를 보기 좋게 풀어내는 상상을 했다. 다른 아이들의 말처럼 녀석이 그토록 영리하다면, 어쩌면 델라크래프트 자동차 부품 회사에 엄마가 재취업할 방법을 알고 있을지도 모른다. 좋은 머리는 그렇게 쓰라고 있는 것인데, 녀석은 공연히 우리한테만 상대적 열등감을 느끼게 할 따름이다.

엄마는 아직 식당에서 일하고 있을 시간이라 집은 비어 있을 것이다. 하지만 괜찮다. 내게도 아직 할 일이 남아 있으니까.

내가 찾아갈 집은 케이넌 전원주택 단지 내에 있다. 이곳은 내가 사는 데에 비하면 아주 부유한 동네다. 죄다 이층집으로 집집마다 넓은 마당에 화려한 조경, 그리고 은은한 실외 조명까지 갖추고 있었다. 단지를 이루는 모든 집이 이런 윤택한 분위기를 풍기고 있어서 마치 할리우드의 주택가를 연상시켰다. 이 중 나의 목적지는 높다란 벽돌집으로, 마당의 문패에는 다음과 같이 적혀 있다.

에드워드 H. 브레킨리지
정신 의학 박사

예전에 박사에게 진료를 받았을 때, 자신의 허브 정원을 한참 동안 자랑하던 게 기억난다. 정원을 어찌나 애지중지하던지 환자보다 더 많은 애정을 쏟는 것 같았다. 정원은 건물 뒤편에 있었는데, 나무로 만들어진 출입구는 늘 잠겨 있어서 울타리를 타고 넘어야만 했다.

나는 브레킨리지 박사의 자랑이자 기쁨인 허브 정원 한가운데에 자리를 잡고 섰다. 허브 향이 얼마나 강한지 눈 감고도 정원을 찾을 수 있을 정도였다. 허브의 이름이 적힌 씨앗 봉지가 아이스 바의 손잡이만 한 나무 막대에 스테이플러로 고정된 채 정원 여기저기에 세워져 있었는데, 파슬리, 민트, 세이지, 타임, 바질, 로즈마리, 고수 등 다양한 향초가 정원 가득 자라나고 있었다.

나는 창문 쪽을 바라보며 누가 쳐다보지는 않는지 살폈다. 무단 침입을 했으니 경계를 늦출 수 없었다. 게다가 정원에 물 주는 나의 모습을 타인에게 아무렇지 않게 보여 주기엔 난 너무 수줍음이 많다. 내가 주는 물은 진짜 물이 아니니까 말이다.

단도직입적으로 말하자면, 나는 브레킨리지 박사가 예전 주치의가 된 이래로 그가 소중히 아끼는 허브 정원에 오줌을 누고 있다. 이런 행동이 자랑스러운 건 아니지만, 그렇다고 수치스럽지도 않다. 브레킨리지 박사는 이렇게 당해도 싸다. 심지어 난 한번 작심한 일은 빈틈없이 처리하지 않으면 못 배기는지라 정원 전체에 고루 물을 주기 위해 여기 오기 전 탄산음료와 주스를 잔뜩 마셨다. 바로 이것이 강박증 환자가 밝히는 정원 물주기의 전모이다. 브레킨리지 박사처럼 형편없는 의사라 할지라도, 정신의학 박사라면 나의 이런 행동을 이해하고도 남을 것이다.

정원의 모든 허브가 촉촉이 물기를 머금은 걸 확인한 나는 다시 울타리 밖으로 나왔다. 집에 가는 내내 얼굴에서 미소가 떠나지 않았다. 꼭 해야 할 중요한 일을 성공적으로 마쳤기 때문이었다.

씨제이

아침에 휴대폰 알람이 울리면 늘 똑같은 행동을 반복한다. 조금 더 자고 싶은 마음에 알람 시간을 늦추려고 몸을 틀어 휴대폰을 향해 팔을 뻗는다. 하지만 침대가 아닌 소파이다 보니 등받이의 반대쪽으로 몸을 돌리는 순간 귀리 포대처럼 바닥에 쿵 떨어지고 만다. 충격이 상당하지만 정신이 바짝 드는 게 잠을 깨는 데에는 이만한 게 없다.

눈을 깜박이며 주위를 둘러봤다. 낯익은 서부 개척 시대 양식의 가구도, 벽면에 잔뜩 붙여 둔 연예인 화보도 보이지 않았다. 대신에 눈에 띄는 건 철벽과 구형 TV, 그리고 아담한 주방이다.

요새였다. 난 요새에서 잠들었던 것이다. 이번에도 말이다.

휴대폰을 살펴봤다. 부재중 전화만 마흔한 통에 소설 한 권은 될 만한 분량의 문자메시지가 잔뜩 쌓여 있었다. '방해 금지' 상태로 해 두지 않았으면 어쩔 뻔했는가!

메시지의 발신자는 엄마와 새아빠였다. 어디니? 집에 언제 오니? 두 사람은 번갈아 가며 나의 행방을 물었다.

밤은 깊어져 가는데 내게선 아무런 답장도 없어서인지 메시지 속 말투는 조금씩 애원하는 조로 바뀌었다.

"제발 이러지 말자꾸나. 엄마가 네 걱정에 발을 동동 구르고 있단다!" 밤 10시 45분에 새아빠가 보낸 문자였다.

"도대체 왜 이러는 거니?" 이건 새벽 12시 2분에 엄마가 보낸 문자다.

왜 이러느냐고? 답을 뻔히 알면서 이런 질문을 하다니, 어처구니가 없었다. 내가 이러는 까닭은 얼굴에 생긴 찰과상이며, 머리에 생긴 혹이며, 갈비뼈에 생긴 타박상이 자전거 점프나 스케이트보드 묘기 같은 불사조놀이와는 아무런 상관도 없기 때문이다. 내 몸에 생긴 모든 상처는 엄마가 재혼하는 바람에 원치도 않는 새아빠가 된, 어떤 몹쓸 사내 때문에 생긴 것이다.

마커스를 떠올리는 것만으로도 온몸이 분노로 부풀어 올랐다. 기관총을 난사하며 온 동네를 쑥대밭으로 만들어야 비로소 이 걷잡을 수 없이 치솟는 분노가 한풀 꺾일 것만 같았다. 하지만 그런 생각도 잠시, 불같이 타오르던 적개심은 어느새 자취를 감추고, 대신 극심한 죄책감이 밀려들면서 나는 소파에 도로 풀썩 주저앉고 말았다. 엄마가 그 작자 옆에 무방비 상태로 홀로 남겨져 있는데, 엄마를 보호해야 할 나는 대체 여기에서 무얼 하고 있단 말인가!

몸을 잔뜩 움츠린 채 아무도 찾지 못할 요새의 지하 공간에 혼자 꼭꼭 숨어 있는 건 비겁한 행동이 아니라고 말할 수 있을까?

아무튼 엄마는 지금쯤 출근하는 중일 테니, 적어도 앞으로 몇 시간 동안은 마커스의 위협으로부터 안전할 터였다. 나도 늦지 않게 등교하려면 이만 요새 밖으로 나서야 했다. 등교? 그렇다. 집을 나오긴 했지만 학교는 여전히 잘 다니고 있다. 왜 그런지는 나도 잘 모르겠다. 그 누구보다 학교에 다니기 싫어하는 미첼은 나의 이러한 행동을 도무지 납득하지 못할 것이다. 집에는 안 들어가면서 학교에는 꼬박꼬박 나가는 까닭은, 나도 남들처럼 평범한 일상 하나쯤은 간직하고 싶기 때문일지도 모른다. 더군다나 학교에 모습을 나타내지 않는다면 친구 녀석들은 나의 부재를 대번에 알아차릴 것이고, 어찌 된 영문인지 물으면 결국 집에서 벌어지고 있는 지저분한 일을 녀석들에게 전부 까발려야 할 텐데, 그러긴 정말 싫었다.

요새 밖으로 나와 출입구 위를 철저히 위장했다. 베넷 델라미어 회장의 공습 대피소에서 밤을 지새워야 하는 나의 처지가 딱하기도 했지만, 한편으로는 잔소리하는 부모님도 없고 지켜야 할 어떤 규율도 없는 곳에 살면서 느끼는 해방감과 희열감도 만만치 않았다. 그 누구의 눈치를 볼 필요도 없이 하고 싶은 대로 하며 시간을 보낼 수 있는 나만의 공간, 40년 묵은 통조림이 잔뜩 구비된 숲속의 지하 아파트에서 홀로 산다는 건 정말이지 끝내주는 일이다.

오솔길에 접어들자 속도를 내 뛰다시피 했다. 바로 그때였다. 겨드랑이를 타고 고약한 냄새가 솔솔 풍겼다. 그 악취의 원천은 숲이 아니라 나였다. 암내는 아니고, 사흘 동안 옷을 갈아입지 않아서 나는 일종의 고린내였다.

휴대폰으로 시간을 확인했다. 딱 좋은 타이밍이었다. 마커스는 지금쯤 출근하고 집에 없을 터였다. 서두른다면 집에 들러 샤워를 한 다음 새 옷으로 갈아입고 학교로 출발해도 1교시 시작 전까지는 도착할 수 있었다.

집 현관문을 열고 2층으로 뛰어 올라가 부리나케 샤워하고 편안한 운동복으로 잽싸게 갈아입었다. 두어 벌의 옷도 별도로 챙겨 가방 안에 쑤셔 넣었다. 요새 안에서는 싱크대에서 세수는 할 수 있을지언정 샤워는 할 수 없었기에 오래 버티려면 갈아입을 여벌의 옷이 필요했다. 그렇게 모든 볼일을 마치고 1층으로 내려오던 때였다. 갑자기 현관문이 벌컥 열리더니 마커스가 안으로 들어왔다. 현관 옷걸이에 걸려 있는 바람막이 옷을 집어 들던 마커스가 너무 당황한 나머지 계단 중간에서 얼어붙은 나와 눈이 마주쳤다.

"씨제이……."

나는 순간 불사조놀이를 하듯 날다시피 한달음에 1층에 착지한 다음 180도로 방향을 틀어 뒷문을 향해 냅다 뛰었다.

마커스는 나를 향해 느린 속도로 달려왔지만, 보폭이 넓어서 한 번 내딛는 걸음이 내 두 걸음과 맞먹었다. 결국 나는 주방에서 덜미가 잡혔고, 마커스는 내 어깨를 꽉 잡은 채 날 돌려세웠다.

모든 걸 체념한 나는 그다음에 벌어질 일을 기다렸다. 솥뚜껑만 한 주먹에 나가떨어지거나 몸이 으스러져라 벽에 처박힐 게 뻔했다. 어쩌면 자기 겨드랑이 사이에 내 머리를 끼우고 뇌가 뒤죽박죽되도록 세차게 흔들어 댈 수도 있었다.

하지만 내 예상은 빗나갔다. 마커스는 나를 숨이 막히도록 와락 껴안더니 자신과 엄마가 얼마나 걱정했는지, 내가 마음을 고쳐먹고 집으로 돌아와서 얼마나 다행인지 등을 주저리주저리 늘어놓았다.

나는 곰 같은 마커스의 품에서 버둥대다 안간힘을 써서 겨우 그를 밀쳐 내고는 말했다. "학교에 늦겠어요."

"아, 맞다! 학교에 가야 할 시간이지! 내가 태워다 줄게!"

"걸어가도 돼요."

"나가면 바로 차가 보일 거야. 출근길에 점퍼 안에 사원증을 두고 온 게 기억나서 다시 집으로 돌아온 거거든. 나 참 멍청하지 않냐?"

난 아무런 대꾸도 하지 않았다. 하지만 마커스를 꾸미는 말로 '멍청한'이라는 수식어보다는 악랄한, 위험한, 통제 불능인, 불안정한 등의 단어가 더 잘 어울렸다.

내 손을 꽉 잡은 채 현관문 쪽으로 서둘러 이동하던 마커스는 자기 때문에 생긴 내 뺨의 멍 자국이 마음에 걸렸는지, 현관 탁자 위에 놓인 엄마의 색조 화장품 앞에서 걸음을 멈추더니 화장용 스펀지를 꺼내 내 뺨에 발라 댔다.

탁자 위에 놓여 있던 엄마의 화장품 파우치를 본 내 얼굴이 순간 붉으락푸르락 변했다. "엄마를 또 때린 거야?"

"뭐?" 마커스가 억울하다는 표정으로 답했다. "그럴 리가 있겠니! 왜 그런 생각을 한 거야?"

"현관문 옆에 화장품 파우치가 왜 있겠어? 엄마도 당신에게 얻어맞아 생긴 멍 자국을 감추려고 했던 거겠지!"

"절대 아니야!" 마커스가 가슴에 성호를 그으며 자신의 결백을 맹세했다. 그러더니 휴대폰을 꺼내 내게 내밀며 말했다. "정 못 믿겠거든 엄마에게 직접 물어보렴!"

"물어보나 마나 아니라고 둘러대며 당신을 감싸고 돌 텐데, 뭘." 내가 매몰차게 말했다. "엄마가 당신한테 수도 없이 폭행당한 사실을 숨겨 온 걸 내가 모를 것 같아?" 마커스를 경찰에 신고해 봐야 아무 소용이 없을 거라 생각한 이유가 바로 이것이었다. 이 작자가 무슨 짓을 하든 간에 엄마는 결코 자신이 당했던 끔찍한 사실을 경찰에 털어놓지 않을 것이다.

마커스가 나를 차가 있는 곳으로 끌고 갔지만 나는 한사코 차에 타기를 거부했다. "걸어가겠다고 했잖아."

"내가 태워다 준다고 했잖아."

마커스의 목소리에 날이 서 있었다. 금방이라도 야수로 돌변할 듯한 그의 기세에 눌린 나는 어쩔 수 없이 조수석에 들어가 앉았다. 마커스가 조수석 문을 세차게 쾅 닫았다. 차의 앞 유리가 산산조각 나지 않은 게 다행이었다. 가방을 문 옆에 두지 않았더라면 아마 차 문짝에 어깨가 바스러졌을 것이다.

운전석으로 돌아와 자리에 앉은 마커스는 다시 자상하고 온화한 모습으로 돌아와 있었다. "네가 집에 돌아왔다고 말하면 엄마가 무척 기뻐할 거다. 걱정이 이만저만이 아니었거든. 물론 나도 마찬가지였고. 오늘 저녁엔 폰타나 레스토랑에서 이탈리아 음식을 시켜 먹자꾸나. 네가 그 식당 음식을 가장 좋아하잖니."

마커스가 즐거운 가족 모임 이야기로 이러쿵저러쿵 수다를 떠는 사이에도 내 눈앞에는 현관 탁자에 놓여 있던 엄마의 색조 화장품만이 어른거릴 뿐이었다.

이자가 엄마를 구타했다면…… 이자가 엄마를 구타했다면……. 당장 차에서 내리지 않으면 머릿속이 폭발할지도 몰랐다.

저 앞에 학교가 보였다. 등하교 차량 대기선이 보일 때쯤 차가 밀렸다. 바로 지금이 기회였다. 마커스가 브레이크를 밟으며 속도를 줄일 때, 내가 조수석 문을 확 열어젖혔다. 그러고는 가방을 꽉 쥔 채 길바닥으로 몸을 날렸다. 차의 속력은 시속 25킬로미터 정도일 뿐이었는데도 마치 마천루에서 추락한 듯 엄청난 충격이 느껴졌다. 지면에 몸이 닿자마자 본능적으로 도보 쪽으로 몸을 굴렸는데, 예상치도 못한 누군가의 앙상한 두 팔이 내 양쪽 겨드랑이를 파고들더니 안전한 연석 위로 내 몸을 잡아끌었다.

리키가 걱정스러운 눈으로 내 얼굴을 유심히 살폈다. "씨제이?"

차로 쪽을 바라보았더니 조수석의 열린 유리창 사이로 분노와 당황이 뒤섞인 마커스의 얼굴이 보였다. 나를 다시 잡아끌고 차에 태워야 할지 말아야 할지를 고민하는 것 같았다. 하지만 내 옆에 있는 리키가 자신의 이후 행동에 대한 목격자가 될 것임을 의식했는지, 팔을 뻗어 열린 조수석 문을 당겨 닫고 차량들 사이에서 미끄러지듯 빠져나와 빠른 속도로 사라졌다.

"방금…… 무슨 일이야?" 리키가 충격에 휩싸인 얼굴로 물었다.

나는 서둘러 몸을 추스른 다음 손으로 옷에 묻은 먼지를 털며, 방금 새로 생긴 타박상과 찰과상으로 인한 고통을 애써 무시한 채 말했다. "최신판 불사조놀이야. 어때, 맘에 들어?"

"너 움직이는 차 안에서 뛰어내렸어!"

"나름 멋있지 않았니?"

"살아 있는 게 천만다행이지! 네 아빠는 어떻게 너의 그런 행동을 가만히 보고만 있는 거야?"

내가 굳은 표정으로 말했다. "마커스는 우리 엄마의 남편이지, 내 아빠가 아니야."

리키가 내 얼굴을 빤히 쳐다보았다. "얼굴에 화장은 왜 한 거야?"

"화장 안 했어." 내가 거짓말을 했다.

"안 하긴. 스카이 콩콩 타다가 멍든 부위에 온통 분이 묻었는데."

"화장을 한 게 아니라 소독약을 바른 거야."

미첼과 다른 아이들이 리키에 대해 불만을 터트릴 때도 난 늘 리키를 옹호했지만, 지금 이 순간만큼은 녀석의 멈출 줄 모르는 질문 공세에 넌더리가 나기 시작했다.

때마침 수업 시작을 알리는 종이 울렸고, 우리는 뛰기 시작했다. 앞서 달리는 내 등 뒤로 똘똘이 리키가 두 눈을 부릅뜨고 내 뒤통수를 뚫어져라 쳐다보는 게 느껴졌다.

루크

난 더 이상 학교에 꼬박꼬박 나가지 않는다. 학교에서는 딱히 배울 게 없다. 가령 사인, 탄젠트, 코사인 같은 삼각 함수는 죄다 쓰레기다. 그까짓 걸 배운다고 내 문제가 풀리기나 한단 말인가? 부모 노릇보다 약물에 취하는 걸 더 중요하게 생각하던 엄마 아빠가 있을 때, 이 문제를 어떻게 풀어야 할지 수학책은 그 해답을 알려 주지 않았다.

사회 과목은 인생의 교훈이 될 만한 내용이 담겨 있어서 그나마 배울 만했다. 칭기즈 칸, 카이사르, 히틀러, 스탈린, 마오쩌둥 같은 역사상 최악의 폭군에 대해서도 배웠다. 하지만 이러한 독재자들도 우리 할머니에게는 상대가 되지 않는다. 제기랄, 할머니는 나를 무척 싫어한다! 할머니는 마치 엄마와 아빠가 벌인 나쁜 짓이 모조리 내 탓인 양 여기는 것 같다. 엄마 아빠가 약물 중독 재활원 신세를 지고, 끝내 우리를 버리고 떠나게 된 데에도 내게 일말의 책임이 있다고 생각하는 것인지 사사건건 트집을 잡는다. 성적이 왜 이렇게 엉망이니? 머리를 왜 그렇게 지저분하게 기르고 다니니? 옷차림이 그게 뭐니? 행동이 왜 그리 무례하고 건 방지니? 글솜씨가 왜 이렇게 형편없니? 형이 그딴 식으로 행동하면 동생이 뭘 보고 배우겠니?

그렇다고 오해는 하지 말라. 어쨌든 난 우리를 버리고 떠난 엄마와 아빠를 대신해 보호자 역할을 자처한 할머니와 할아버지에게 감사하고 있으니. 특히 할아버지는 썰렁한 농담과 마늘 냄새가 나는 구취를 빼면 매우 좋은 분이다. 할아버지를 보면 참 안쓰럽다는 생각이 든다. 그도 그럴 것이 할머니와 장장 40년을 함께 살고 있으니 말이다. 물론 할아버지는 나만큼 심하게 구박받지는 않지만, 가끔 할머니의 마음에 들지 않는 행동을 한다 싶으면 여지없이 쓴소리가 이어진다. 쓰레기통 뚜껑을 제대로 닫지 않거나, 밥 먹을 때 심하게 쩝쩝거린다거나, TV를 보다 잠들어 코를 골기라도 하는 순간, 할아버지도 할머니의 잔소리 융단 폭격을 피할 수는 없다.

그런데 할머니가 잔소리를 늘어놓지 않는 딱 한 사람이 있다. 바로 에반이다. 그건 에반이 완벽해서가 아니다. 오히려 결함이 있기 때문이다.

언젠가 할머니가 할아버지에게 하는 말을 엿들은 적이 있다. "딱하기도 하지. 부모에게 버림받았으니 그 심정이 오죽하겠어요. 에반 생각만 하면 내 가슴이 미어져요."

맞는 말이다. 하지만 부모에게 버림받은 건 에반뿐만 아니다! 아마도 내가 에반보다 네 살 더 많으니까 다 큰 사내처럼 씩씩하게 이겨 낼 수 있으리라 생각하시는 모양이다. 글쎄, 사실 처음에는 쉽지 않았지만, 지금은 그래도 이겨 낸 것 같다. 그건 모두 예이거 덕분이다.

예이거는 강인한 친구이자, 내게 강인함을 가르치는 선생이기도 하다. 그래, 내겐 강인함이 필요하다. 썩어 빠진 이 세상을 살아가려면 자신을 보호할 수 있어야 하니까. 그렇지 않으면 짓밟히는 게 세상의 이치다.

예이거는 학교가 쓸모없다는 걸 오래전에 깨닫고 바로 결단하여 행동에 옮겼다. 수업 시간에 땡땡이를 치는 수준이 아니라 아예 학교를 그만둔 것이다. 뭔가 마음에 들지 않으면 과감히 떨쳐 낼 수 있는 예이거의 용기가 난 부럽다.

학교의 많은 아이들은 예이거를 불량배 취급한다. 하지만 사실 그 아이들은 예이거의 멋진 차와 그가 누리는 완벽한 자유, 그리고 자신이 원하는 대로 사는 삶의 방식을 시샘하는 것뿐이다. 아이들 말대로 예이거가 불량배라고 치자. 그러면 또 어떤가? 강한 자만이 살아남아 세상을 주무를 수 있는 법이다.

이따금 친구인 나도 예이거에게 겁을 먹을 때가 있지만, 그건 아직 내가 충분히 강인하지 않기 때문이지 예이거를 탓할 일이 아니다. 강인함을 필요로 하는 내게 예이거는 더할 나위 없는 친구이다. 그러니 예이거를 친구로 둔 나는 정말 행운아다. 지금껏 행운과는 거리가 먼 삶을 살았으니, 나도 이 정도는 누릴 만하지 않은가.

단, 예이거의 행동 가운데 이해가 되지 않는 한 가지가 있다면, 우리 할머니에게 잘 보이기 위해 무지하게 애쓴다는 점이다. 남들의 시선에는 일절 관심도 없는 녀석이 유독 우리 할머니가 주위에 나타나기라도 하면 엄청 공손한 자세로 어떻게든 도움을 드리고자 노력한다. 우리 할머니는 한번 눈 밖에 난 사람에게는 얄짤없기로 유명하다. 예이거도 그걸 모를 리 없을 텐데, 왜 굳이 할머니의 마음을 얻기 위해 애쓰는 건지 더더욱 이해가 가지 않는다. 설령 예이거가 천사의 모습으로 나타나 할머니에게 100만 달러의 현금을 건넨다고 해도 할머니에게는 여전히 '저 몹쓸 놈'일 뿐이다.

내가 예이거에게 말했다. "혹시나 해서 말해 두는데, 너 시간 낭비하고 있는 거야. 아무리 애써 봐야 한번 돌아선 할머니의 마음을 되돌릴 순 없어. 원래 그런 분이거든."

예이거가 어깨를 으쓱하며 말했다. "시간 낭비라 해도 그건 내 시간이니 상관 마." 그러면서 고개를 뒤로 젖히고는 카페에서 훔친 시럽 통을 입에 대고 안에 든 단물을 벌컥벌컥 들이켰다.

우리 둘은 무스탕의 지붕을 연 채 차 안에 앉아 있었다. 밤공기가 쌀쌀해 온몸이 오슬오슬 떨렸지만, 예이거는 찬바람이 정신을 맑게 해 준다며 오히려 서늘함을 즐겼다.

우리가 차를 받쳐 둔 곳은 저가 상품을 취급하는 잡화점의 뒷골목이었다. 예이거는 잡화점의 뒷문이 낡고 허름해서 쉽사리 문을 따고 들어갈 수 있으리라 여기고 이곳을 노렸다. 이런 점도 예이거에게 배워야 할 부분이다. 예이거는 매의 눈을 가졌다. 기회를 포착하는 데 매우 능하다.

잡화점을 예의 주시 하고 있던 그때, 조그만 체구가 골목을 가로질러 반대편 동네로 재빨리 건너가는 것이 눈에 띄었다.

운전석에 앉아 있던 예이거가 고개를 앞으로 죽 빼며 말했다. "저거 네 동생 얼간이 친구 아니냐? 그 미치광이?"

내가 고개를 끄덕였다. "맞아, 아무짝에도 쓸모없는 미첼. 근데 이 밤중에 어디 가는 거지?"

예이거는 차에 시동을 걸었고, 우리는 골목을 벗어나 큰 도로로 나왔다. 미첼은 케이넌 전원주택 단지의 중앙 출입로를 지나 단지 안으로 걸어 들어가고 있었다.

예이거가 어리둥절한 듯 얼굴을 찡그렸다. "저 녀석, 설마 이 동네에 사는 거야? 찢어지게 가난한 줄 알았는데."

"그건 말도 안 돼." 내가 확신에 찬 목소리로 말했다. "도대체 여기엔 웬일이지?"

우리는 미첼의 뒤를 밟았다. 예이거의 무스탕은 멋지긴 해도 조용하지는 않았기에 미첼이 미행당하고 있음을 알아차리지 못하도록 멀찌감치 떨어져 움직여야 했다. 그런데도 바보가 아닌 이상 무스탕의 엔진 소리를 알아채지 못할 리 없었지만, 다행히도 녀석은 자기가 하는 일에 완전히 집중해서인지 아무 소리도 들리지 않는 듯 보였다.

미첼은 조경이 멋들어진 큰 집에 다가가더니, 울타리를 훌쩍 넘어 내부로 들어갔다.

직접 보고도 믿을 수 없었다. "집을 털려는 거야? 새우처럼 조그만 저 녀석 혼자서?"

"네 동생과 걔 얼간이 친구들이 어디에서 돈이 났는지 이제야 알겠는걸."

할머니의 사랑을 독차지하는 내 동생 에반이 강도단의 일원이라니, 상상이 되지 않았다. 요전 날 도일스 식당 금전 출납기 앞에서도 벌벌대던 녀석이었다. 하지만 사람 일은 모르는 법이다. 나도 예이거랑 어울려 다니면서 그전에는 생각조차 해 본 적 없던 일을 실제로 하고 있으니까 말이다.

우리는 저만치 아래에 차를 세우고 미첼이 울타리를 넘은 집 쪽으로 걸어갔다. 마당 표지판에 집주인의 이름이 적혀 있었다.

에드워드 H. 브레킨리지
정신 의학 박사

"에드워드 브레킨리지가 누구야?" 내가 속삭였다.

예이거가 어깨를 으쓱했다.

우리 둘은 울타리로 다가가 밑단에 발을 딛고 서서 담장 너머 안쪽을 빼꼼히 들여다보았다. 난 예이거가 이렇게 웃음이 많은지 미처 몰랐다. 예이거는 터져 나오는 웃음을 참느라 안간힘을 쓰고 있었다. 도대체 무슨 장면을 본 건지 궁금해진 나는 실눈을 뜨고 어둠 속 울타리 안을 살폈다. 미첼이 작고 아담한 정원의 한가운데에 서서 주변의 화초에 골고루 오줌을 뿌리고 있는 모습이 눈에 들어왔다.

내가 예이거를 바라보며 입을 뻥긋거렸다. "저게 대체 무슨……." 예이거가 가만있으라며 내게 손사래를 쳤다.

가장 웃긴 건 마치 뇌수술을 집도하는 의사라도 된 것처럼 상황에 완전히 몰입하고 있는 미첼의 표정이었다. 마침내 오줌을 다 눈 미첼은 바지 지퍼를 올리고 떠날 채비를 했다.

예이거가 재빨리 내게 수신호를 주었고, 우린 울타리에서 내려와 양쪽에 서서 녀석을 기다렸다. 미첼은 아무것도 모른 채 울타리를 넘어 우리 둘 사이에 착지했고, 그 순간 우리는 양옆에서 녀석을 덥석 붙잡았다.

녀석은 거의 기절할 정도로 소스라치게 놀랐다. 누군가 그렇게 심하게 놀라는 모습은 처음 보았다. 예이거가 미첼에게 설렁설렁 박수를 보냈다. "브라보. 대단한 연기였어. 아카데미상을 타고도 남겠는걸."

미첼이 얼이 쏙 빠진 표정으로 물었다. "뭘 본 거야?"

"처음부터 끝까지 다 봤지." 예이거가 놀리듯 말했다. "암요. 귀하의 행동을 죄다 보고야 말았습죠."

내가 말을 보탰다. "화장실이라면 길모퉁이 주유소에도 있는데, 왜 남의 집 정원에다 오줌을 휘갈기고 지랄이야?"

"내 일이니 상관 마." 미첼이 입을 앙다물고 식식거렸다.

"그래, 맞는 말이야." 예이거가 미첼의 말에 동조하는 척하다가 갑자기 번개 같은 동작으로 미첼의 가방에서 휴대폰을 낚아채더니 화면 위의 앱들을 이것저것 마구 눌러 보기 시작했다.

"이봐, 내 전화기 돌려줘!"

"당연히 돌려줄 거야." 예이거가 사분사분하게 말했다. "너와 네 얼간이 친구들이 어디에서 돈이 났는지만 말해 주면 말이야."

"돈 같은 건 없어!" 미첼이 잡아뗐다.

"그딴 거짓말 집어치워." 내가 불쑥 끼어들었다. "돈이 생길 구석이라고는 전혀 없는 내 동생조차 현금을 가지고 있었다고."

"내 생각을 말해 줄까?" 예이거가 말했다. "그 돈은 숲속 어딘가에 있을 너희 얼간이들의 아지트에서 나온 걸 거야. 그 작달막한 바위 이야기를 꺼낼 거라면 그만둬. 난 그렇게 멍청하지 않거든." 예이거가 검지로 미첼의 휴대폰 화면을 휙휙 넘기며 물었다. "왜 다들 페루를 언급하는 거지? 대체 페루가 뭐야?"

"뭐긴 뭐야, 남미에 있는 나라지." 미첼이 반항하는 투로 답했다.

평소 침착함을 잘 잃지 않는 에이거의 창백한 안색이 문득 살기가 느껴질 정도로 벌겋게 달아올랐다. 결국 에이거는 미첼이 입고 있는 운동복 상의의 멱살을 주먹으로 꽉 틀어쥐고는 녀석의 목을 강하게 압박했다.

평소 머저리 미첼에게 대단한 애정이 있었던 건 아니지만, 그래도 걔는 아직 어린애였다. 어리숙한 모습 때문인지 내 동생보다 훨씬 어려 보이기까지 했다. 에이거가 상대도 안 되는 녀석의 숨통을 죄는 걸 보고 있자니, 측은함마저 들었다.

"그만 놔 줘." 나도 모르게 불쑥 이 말이 튀어나왔다.

"말리지 마!" 에이거가 겁에 질린 미첼의 멱살을 힘껏 틀어쥔 채 나를 향해 사납게 소리쳤다.

하지만 상황을 계속 두고 볼 수만은 없었기에, 나는 멱살이 붙들린 미첼 가까이로 다가가 설득을 시도했다. "빨리 사실대로 말하지 않으면 우린 경찰을 불러서 네가 이곳 정원에서 한 짓을 몽땅 불어 버릴 거야. 너도 알 테지만, 네가 한 짓은 범죄야."

그 소리를 듣자 미첼이 귀싸대기를 맞기라도 한 듯 몸을 움찔했다. 내가 좀 더 가까이 다가가서는 결정적인 한 방을 날렸다. "변호사를 구하는 비용은 아주 비싸. 너를 소년원에서 빼내려면 네 엄마가 얼마나 많은 일자리를 더 구해야 하는지 알아?"

그러자 에이거가 멱살을 풀었다. 미첼은 잔디 위로 쓰러지듯 털썩 주저앉더니 가쁜 숨을 몰아쉬었다. 눈에는 눈물이 글썽

했다. 예이거가 미첼의 옆에 휴대폰을 던졌다. 미첼이 휴대폰으로 손을 뻗으려 하자 예이거가 액정을 발로 우지끈 밟았고, 휴대폰 화면은 다시 예전처럼 볼썽사납게 깨졌다. "만약 네 휴대폰이 다시 멀쩡해진다면 그건 어딘가에 돈을 숨겨 놓고 있다는 증거일 테지. 내 말 알아들었으면 썩 꺼져!"

미첼은 망가진 휴대폰을 집어 들고 줄행랑을 쳤다. 정신없이 뛰어가는 녀석의 뒤에다 대고 내가 외쳤다. "우리를 너무 오래 기다리게 하지 마!"

우린 녀석이 꽁무니 빼고 도망가는 걸 지켜보았다. 미첼이 시야에서 완전히 사라지자 예이거가 나를 돌아다보며 말했다. "네 위협이 효과가 있을 거야. 아무리 멍청한 녀석이라 할지라도 자기가 연쇄 방뇨범으로 몰리지 않으려면 우리에게 사실대로 불어야 한다는 걸 모르진 않겠지."

예이거의 말이 나에 대한 칭찬으로 들렸다. 칭찬에 인색한 예이거가 그렇게 말해 주니, 기분이 좋아지면서 온몸에 따뜻한 기운이 차오르는 듯했다.

예이거가 말을 이었다. "하지만 경고하는데, 앞으로 다시는 내게 대들지 마."

이제 막 절친으로서의 친밀감으로 가슴이 벅차오르던 찰나였는데, 예이거가 찬물을 끼얹었다. 조금 전 미첼이 느꼈을 두려움이 내게 오롯이 전달되었다. 예이거는 내게 이런 친구다.

제이슨

엄마 아빠 사이에는 나에 대한 양육권보다 더 첨예한 문제가 있다. 시작은 두 분이 애리조나로 신혼여행을 떠났을 때로 거슬러 올라간다. 당시 여행지에서 두 분은 귀면각이라고 불리는 선인장 화분을 하나 샀는데, 이 선인장은 일 년에 딱 한 차례, 그것도 한밤중에 탐스러운 흰 꽃을 피웠다. 어렸을 때 엄마 아빠가 귀면각에 꽃이 피었다며 새벽 2시에 곤히 자는 나를 깨웠던 기억이 난다. 아침이면 지고 마는 꽃이기에 아들이 귀한 볼거리를 놓치는 게 아쉬웠던 모양이다. 우리는 그렇게 활짝 핀 꽃을 함께 바라보았고, 엄마 아빠는 다음번에 또 꽃이 필 때쯤 나는 몇 학년이 되어 있을 것이며, 또 내 키는 얼마나 더 자라 있을지 두런두런 이야기했었다.

여하튼 시간이 갈수록 선인장에 대한 관심도 점차 식어 갔는데, 부모님이 이혼을 앞두고 있는 지금, 느닷없이 이 선인장이 집안의 가보로 급부상한 것이다. 선인장을 자전거에 싣고 5킬로미터 떨어진 엄마와 아빠의 집에 번갈아 가져갈 수도 없는 노릇이었기에 공동의 소유로 삼을 수는 없었다. 엄마와 아빠는 둘 다 자신에게 귀면각에 대한 소유권이 인정되지 않는다면 어떠한 합의도 있을 수 없다고 자신의 변호사들에게 엄포를 놓은 상태다.

그래서 내가 선인장을 납치해서 엄마와 아빠가 절대 찾을 수 없는, 우리 요새 안에 숨겨 버렸다. 친구 녀석들은 선인장을 무척 반겼다. 일 년에 364일 하고도 반나절 동안 꽃을 피우지 않는, 그저 화분 밖으로 뾰족한 가시가 박힌 기둥 줄기 세 개만 삐죽 나와 있을 뿐인 볼품없는 식물이 뭐가 그리 좋은지 참 알다가도 모를 일이었다.

그런데 선인장의 발육을 돕는답시고 녀석들이 화분에 지나치게 물을 주는 게 문제였다. 선인장은 척박한 사막 환경에 적응하며 살아가는 식물이기에 물을 과하게 줘선 안 되는데 말이다. 그러다 보니 선인장은 서서히 죽어 가고 있었다.

엄마 아빠의 이혼 다툼이 날로 험악해져 가듯이 선인장의 상태도 날로 위태로워졌다. 아무리 노력해도 상태는 호전되지 않았다. 엄마는 아빠가 집 안에 몰래 들어와 선인장을 훔쳐 갔다고 생각하고 있고, 아빠는 엄마가 자신이 모르는 곳에 선인장을 숨겼다고 생각하고 있다.

만약 선인장이 죽기라도 한다면 그 후폭풍을 결코 감당할 수 없을 터였다.

선인장에 물을 준 용의선상에서 벗어난 유일한 아이는 미첼이었다. 녀석은 최근 요새에 완전히 발길을 끊었다. 한 주 내내 학교에도 나오지 않았는데, 아파서 그런 거라는 말뿐이었다. 하지만 믿기 어려웠다. 전화 속 미첼의 목소리는 아픈 사람 같지 않았다. 그저 나와 통화하기를 꺼리는 듯한 목소리였다.

리키는 나와 생각이 달랐다. "불가능한 이야기는 아니야. 사람은 아무 때고 병이 날 수 있어. 더군다나 미첼이 꾀병을 부리는 거라면 학교에 빠지고 집에서 뒹굴뒹굴하는 걸 엄마가 일주일이나 가만히 지켜볼 리 없잖아."

"그렇긴 하지만, 어디가 아픈지 물었더니 허둥지둥하며 횡설수설하더라니까." 내가 반박했다.

"요새에도 들르지 않을 정도라면 아주 많이 아픈 게 틀림없어." 에반이 확신에 찬 어조로 말했다. "요새에 대한 애정만큼은 누구에게도 뒤지지 않는 녀석이잖아."

사실 난 미첼과 중요하게 나눌 이야기가 있었다. 난 전부터 미첼이 '세상에서 가장 훌륭한 엄마'라는 글귀가 새겨진 머그잔에 눈독을 들이고 있는 걸 알고 있었다. 하지만 루크와 예이거가 우리 돈의 출처를 캐기 위해 혈안이 되어 있으므로 당분간은 식사도구를 내다 팔지 않기로 이미 의견을 모은 다음이었다. 전당포를 마음껏 드나들 수 있었을 때는 요새에서 영화를 보며 먹을 나초와 닭 날개 튀김을 원 없이 사곤 했는데, 막상 엄마에게 선물을 하고 싶은 기특한 마음이 든 지금은 그깟 15달러도 뜻대로 구할 수가 없는 상황이니, 미첼도 참 지지리 운 없는 녀석이다.

미첼은 휴대폰을 고칠 형편이 안 돼서 4개월이나 액정이 깨진 휴대폰을 들고 다녀야 했던 딱한 녀석이다. 게다가 엄마는 녀석을 부양하기 위해 하루 24시간도 부족할 만큼 일에 치여 산다. 고로 미첼의 엄마는 선물을 받아 마땅하다! 미첼에겐 엄마가 환하게 웃는 모습을 볼 권리가 있다. 그래서 나는 미첼을 돕기로 마음먹었다. 미첼은 나의 친구이니까.

리키가 반대할지도 모르는 일이었기에 다른 녀석들의 허락을 구하지 않기로 했다. 난 요새에 혼자 있을 때를 틈타 주방 서랍 안에서 가장 작은 포크 하나를 집어 들고, 은 세척제로 거무스름한 변색 부위를 깨끗이 닦아 낸 다음 뒷주머니에 쑤셔 넣었다.

하지만 곧바로 전당포에 갈 수는 없었다. 저넬이 새로 산 전자 기타용 앰프를 놓을 공간이 필요하다며 책장 옮기는 걸 도와달라고 부탁했던 것이다. 나는 요새에서 나가 저넬의 집에 먼저 들렀는데, 책장 옮기는 일은 생각보다 오래 걸렸다. 책장 안에 꽂힌 책을 모조리 빼서 책장을 옮긴 다음, 도로 원래의 순서대로 책을 꽂아 둬야 했기 때문이다.

책장 정리를 끝내고 거의 녹초가 되어 버린 난 저넬의 쿠션 의자에 와락 몸을 던졌다.

그와 동시에 나의 입에서 비명이 터져 나왔다. "으아아아악!"

갑자기 엉덩이에 벌침에 쏘인 듯한 통증이 몰려왔던 것이다.

"제이슨, 왜 그래?"

"뭔가가 나를 물었어!" 내가 고통스럽게 외쳤다.

"무슨 소리야! 의자가 사람을 물기라도 했다는 말이야?"

내가 급히 손으로 엉덩이 쪽을 더듬어 살폈더니 디저트용 미니 포크가 손에 잡혔다. 꺼내 보니 포크의 삼지창에 빨간 피가 묻어 있었다.

"뒷주머니에 포크는 왜 넣고 다니는 거야?" 저넬이 물었다.

"왜냐하면……." 순간 머릿속이 하얘졌다. "신발에 넣으면 휘어 버리니까." 오, 안 돼. 그건 정말 말도 안 되는 대답이다. 하지만 어떻게 답해야 할지 아무런 생각도 나지 않았다.

저넬이 화장실로 나를 안내했다. "선반 제일 위 서랍에 반창고가 있어." 세상에서 가장 창피한 일이 무엇인지는 모르겠지만, 여자 친구가 보는 앞에서 엉덩이에 구멍이 난 일은 분명 1, 2위를 다툴 게 틀림없다.

화장실에서 돌아왔을 때, 저넬이 침대 모퉁이에 앉아서 포크를 유심히 살펴보고 있었다. "제이슨, 이거 어디에서 났어?"

"어쩌다 발견했어." 엄밀히 따지면 거짓말은 아니었다. 값비싼 식기가 가득한 요새의 주방에서 발견한 건 사실이니까.

"어쩌면 이건 경찰이 조사 중인 물품일지도 몰라. 아빠가 그러는데, 시내에 있는 한 전당포에서 유럽풍의 값비싼 은식기류를 다량으로 사들이고 있대. 경찰은 그게 델라미어 일가의 소유물일지도 모른다고 의심하는 중이고."

그 말을 듣자 동공이 흔들리기 시작했다. 구멍 난 엉덩이의 아픔 따위는 까맣게 잊힐 정도로 덜컥 겁이 났다. 경찰이 우리가 내다 판 은식기류에 대해 알고 있다고?

저넬이 포크를 내밀며 말했다. "여기에 새겨진 문양 보여? 중앙에 알파벳 D가 새겨져 있잖아. 이건 델라미어 가문의 상징이야. 아빠 말로는 전당포에서 사들인 물건들은 베넷 델라미어 씨가 죽었을 당시인 1980년대에 없어진 은식기류의 일부래. 왜 지금 와서 고인의 유품이 시중에 돌고 있는지는 모르겠지만, 경찰은 그게 장물일 가능성이 높다고 보나 봐."

갈수록 태산이었다. 장물이라니! 그럼, 경찰은 우리가 그걸 훔쳤다고 생각한다는 말인가? 우리가 훔쳤다고? 우린 그저 베넷 델라미어 회장의 공습 대피소를 우연히 발견했을 뿐인데도? "와,

그거 정말…… 어…… 흥미로운 얘기구나…….”

“이걸 아빠에게 얼른 보여 줘야겠어. 중요한 단서가 될지도 몰라. 그런데 대체 이건 어디에서 발견한 거야? 잠깐, 여기서 말할 게 아니라 나랑 함께 아빠한테 가서 직접 말해 줘.”

저넬의 말을 듣는 내내 나는 지푸라기라도 잡고 싶은 절박한 심정으로 어떻게 하면 요새를 거론하지 않고 이 대화에서 용케 벗어날 수 있을지 머리를 굴렸지만 좀처럼 뾰족한 수가 떠오르지 않았다. 마침내 내가 침울한 목소리로 말했다. “너희 아빠에게 말할 수는 없어.”

“왜?”

“그건 네게도 말할 수 없어.”

저넬이 어리둥절한 표정으로 물었다. “제이슨, 대체 무슨 일이야?”

오랜 고민 끝에 꺼낸 이 말에 나는 숨이 막힐 듯 고통스러웠다. “그건 비밀이야.”

“연인 사이에 비밀이란 있을 수 없어.” 저넬이 내 코 아래로 포크를 흔들며 훈계하듯 말했다. “이미 여러 번 말했을 텐데.”

“그건 아는데, 그래도 이번만큼은…….”

“안 돼.” 저넬이 단호히 내 말을 잘랐다. “우리가 백 퍼센트 서로를 신뢰하지 않는다면 우리의 관계는 지속될 수 없어. 비밀이 생기는 순간 애정도 식기 마련이야.”

소용돌이 속에서 홀로 허공에서 외줄을 타는 기분이었다. “네 말이 맞아. 그렇지만 그 비밀이란 게 너랑은 무관하고 다른 사내 녀석들과 관계된 거라면 좀 봐줄 수 있지 않을까?”

저넬이 내 말이 끝나기가 무섭게 물었다. "그 사내들이라는 게 에반, 미첼, 씨제이를 말하는 거야?"

"그 셋만 해당되는 건 아니고." 내가 머뭇머뭇 말을 이었다. "리키라는 아이도 껴 있어."

"걔들은 서로 어떻게 어울리게 된 거야?"

나는 당장이라도 토할 것만 같았다. 저넬에게 뭔가를 숨길 수 있을 거라는 생각 자체가 순진했다. 마치 CIA 요원 같은 여자 친구 앞에서 비밀을 지키라고? 지나가던 개가 웃을 일이었다.

저넬은 계속 나를 막다른 골목으로 몰았다. 이제 내게 남은 선택은 자백뿐이었다. 입을 뻥긋하는 순간, 비밀 준수 약속이 깨지는 건 물론이고 결국 친구들을 잃게 될지도 모른다고 생각하니 가슴이 아렸다. 심지어 우리에게 꿈의 아지트라 할 수 있는 요새마저 잃을 수도 있었다.

저넬에게만 진실을 털어놓는다고 끝나는 문제도 아니었다. 저넬이 아는 순간 경찰이 개입되는 건 시간문제였고, 그렇게 되면 우리는 의도치 않게 범법자가 될 수도 있었다. 범죄 역사상 가장 무고한 죄수가 될 수도 있단 말이다!

저넬이 좀 더 바짝 다가와 나를 뚫어져라 쳐다보며 채근했다. "제이슨?"

결국 더 이상 버티지 못한 나는 입을 열었다. "허리케인이 지나간 다음 날이었어. 녀석들과 숲속을 걷고 있었는데……."

씨제이

난 제이슨이 가져온 선인장에게 말을 걸기 시작했다.

이 사실을 다른 아이들에게는 말하지 않았다. 미친 것 아니냐는 소리를 들을 게 뻔하니까. 하지만 제발 미치지 않기를 바라는 건 나다. 창문 하나 없는 밀폐된 공간에서 혼자 긴 시간을 보내다 보면 그럴 수도 있겠다 싶기 때문이다.

처음 요새를 발견했을 때는 정말 대박이라고 생각했다. 타인의 눈에 띌 염려 없는 은밀한 장소에, 가구며 오락거리며 음식까지 다 갖춘 이 비밀 요새가 내 눈에는 골프장의 클럽 하우스보다 더 멋져 보였다. 이후에는 플레이스테이션을 설치하거나 선인장 화분을 들이는 등 이 근사한 공간을 우리의 취향에 맞게 조금씩 가꿔 가면서 난 이 요새를 더욱 사랑하게 되었다. 요새는 우리를 답답한 일상에서 벗어나게 해 주는 탈출구 역할을 톡톡히 하고 있다. 우리 중에서도 요새를 탈출구로 가장 잘 활용하는 건 단연 나였다.

그런데 최근 여기에서 거의 살다시피 하다 보니, 거꾸로 요새가 아예 일상이 되어 버렸다. 우리가 이 멋진 요새에 함께 있을 땐 시간 가는 줄 모르고 즐겁게 지내지만 나 혼자 남아 있을 땐, 아니, 나와 선인장 단둘이 남아 있을 땐 철벽이 조금씩 공간을 좁혀 이동하면서 나를 옥죄는 듯한 느낌이 든다.

그렇다고 오해는 하지 말기를. 매일 밤 이곳에서 잠을 청해야 하는 내 신세가 한탄스러울 뿐, 나는 이 요새를 사랑한다. 난 마커스에게 질릴 대로 질렸다. 이제 다시는 그 작자의 샌드백 노릇을 하지 않을 것이다.

내 처지도 그렇지만, 내가 집을 나가 버리는 바람에 혼자 그 몹쓸 덩치랑 붙어 있어야 하는 엄마의 상황도 딱하긴 마찬가지다. 나 같은 어린애가 집에 있다고 해서 193센티미터의 미치광이로부터 엄마를 보호해 줄 수 있는 건 아니지만, 적어도 마커스가 날 폭행의 대상으로 삼을 땐 엄마는 건드리지 않기 때문이다.

혹시 또 모르겠다. 어쩌면 단둘이 있을 땐 엄마에게 살뜰히 대할지. 하지만 그럴 일은 없을 것이다. 현관 탁자에 엄마의 색조 화장품이 이유 없이 놓여 있을 리 없다.

또 하나 마음에 걸리는 건, 내가 왜 항상 요새에 가장 먼저 와 있고 가장 늦게까지 남아 있는지를 두고 친구들에게 거짓말을 해야 한다는 점이다. 절친이 있어서 좋은 점 중의 하나는 마음을 터놓고 어떤 말이든 할 수 있다는 건데. 그러지 못하는 내 처지가 처량할 뿐이다.

요새에서 혼자 지내는 삶에도 점점 요령이 붙는다. 처음에는 베개를 얼굴에 올려 둔 채 잠을 자곤 했다. 불을 끄려면 요새 전체의 전원을 내려야 했는데, 그러면 환풍기도 꺼져 버리기 때문이었다. 하지만 지금은 요령이 생겨서 잠자리에 들기 전에 전구 세

개를 느슨하게 풀기만 하면 된다. 그러면 소등과 환기 문제가 동시에 해결된다.

요새에 혼자 남아 있을 땐 숙제도 하고 비디오게임도 한다. 또 재미있는 옛날 영화를 다시 돌려 보기도 하고 제이슨의 선인장에 물도 준다. 하루에 두어 번 정도 물을 주는데, 기둥 줄기 중 하나가 뿌리 부위에 연갈색을 띠기 시작했다.

난생처음으로 학교에 가는 게 즐거웠다. 요새에서 살면서 생긴 반전이었다. 심지어 교내 식당 음식이 맛있기까지 했다. 40년 묵은 통조림 음식이 아니라면 그게 무엇이든 내게는 진수성찬과 다를 바 없었다. 녀석들은 교내 식당에서 쩝쩝 입맛을 다시며 우걱우걱 식사하는 나를 달나라에서 온 외계인 구경하듯 바라봤다.

하루 중 제일 즐거울 때는 녀석들과 요새에서 함께 시간을 보낼 때이다. 그중에는 리키도 포함된다. 방과 후에 우리는 보통 함께 걸어서 요새로 향한다. 하지만 주말에는 녀석들이 하나둘씩 요새에 도착할 때까지 마냥 혼자 있어야 한다. 혼자 있는 시간은 왜 그리 더디게 흐르는지, 일 분이 일 년처럼 느껴진다.

친구들을 기다리는 시간과 달리, 친구들과 함께 노는 시간은 또 순식간에 흘러가 버린다. 오후 느지막한 시간이 되면 왜 녀석들과 함께 요새를 나서지 않는지 변명거리를 만들어 내느라 머릿속은 분주해진다. 영화 한 편을 더 보고 싶다는 둥, '콜 오브 듀티' 게임에서 레벨을 올리기 전까지는 자리를 뜰 수 없다는 둥 이런저런 핑계를 둘러대지만 사실 집에 가지 않는 이유는 단순하다. 이곳이 내 집이니까.

녀석들에게 둘러댈 핑계를 만들려다 보니, 내가 늘 자랑스러워하던 게임 실력을 오늘처럼 스스로 깎아내려야 하는 경우도 생길 수밖에 없었다.

"실력이 형편없구먼. 왜 그래, 무슨 일 있어?" 내가 같은 미션에서 세 번 연속으로 저격당하자 에반이 물었다. 리키도 다소 외교적인 화법으로 거들었다.

"씨제이가 오늘따라 정신을 딴 데 두고 있는 것 같아."

그때 요새의 뚜껑이 열리고, 저넬과의 데이트를 마친 제이슨이 사다리를 타고 내려왔다.

"로미오!" 내가 과장된 목소리로 놀리듯이 제이슨을 반겼다. 사다리에서 풀쩍 뛰어 바닥에 발을 디딘 제이슨의 표정이 뭔가를 숨긴 듯 알쏭달쏭했다. 그런데 잠시 후 제이슨의 뒤로 조그맣고 여리여리한 형체가 모습을 드러냈다.

저넬이었다.

우린 순간 덫에 걸린 짐승처럼 화들짝 놀랐다. 요새의 제1 원칙은 철저한 비밀 유지이거늘, 제이슨이 이곳에 여자 친구를 데려왔다는 건 심각한 규율 위반일 뿐만 아니라 친구 사이의 신의를 저버린 행동이었다!

제이슨이 두 손을 들어 항복하는 동작을 취했다. "자초지종을 말할 테니까 제발 진정들 해."

저넬이 요새의 내부를 둘러보며 연신 감탄했다. "대단해! 난 오빠의 말이 과장일 거라고 생각했는데, 이건 정말 너무나 기가 막힌걸!"

"베넷 델라미어 회장이 공습 대피소로 지은 곳이야." 리키가 설명했다. "냉전 시대에 핵 공격에 대비해서 살아남으려고 만든 지하 벙커인 셈이지."

"지금 중요한 건……." 에반이 제이슨을 노려보며 말했다. "우리 말고 이곳의 정체를 아는 사람이 있어서는 안 된다는 거야."

"일부러 그런 건 아니야!" 제이슨이 거의 울다시피 말했다. "저넬에게 말하지 않으면 안 되는 상황이었다고. 이게 다 뒷주머니에 포크를 챙겨 넣은 탓이야."

제이슨의 해명을 들으며 다들 깜짝 놀라는 기색이었다. 한편으로는 상당히 재미있는 이야기였지만, 꼬리가 길면 쉽게 밟힌다는 걸 알게 해 주는 이야기이기도 했다.

"그러니까 문제가 뭐냐면……." 에반이 저넬을 향해 말했다. "요새의 정체를 아는 사람이 많아질수록 누군가 어른 앞에서 그 비밀을 흘릴 위험도 커진다는 거야."

"이를테면 경찰관 앞에서." 내가 의미심장하게 말했다.

리키 역시 말을 보탰다. "일단 수사 기관에서 알게 되면 우린 이 요새를 잃게 될 게 뻔해. 우리가 이곳을 무단침입했다고 몰아가거나, 아니면 이곳을 통제 구역 또는 유적지로 선포한 다음 우리를 쫓아낼 게 분명해."

저넬이 깜짝 놀라며 말했다. "이렇게 다들 호들갑을 떠는 게 고작 그런 이유 때문인 거야? 내가 아빠한테 말할까 봐? 그럴 일은 절대 없을 테니 걱정 말고 나도 끼워 줘. 비밀 유지 규칙은 확실히 지킬게."

제이슨이 안도의 한숨을 내쉬며 긴장이 풀린 몸을 철벽에 털썩 기댔다.

저넬이 제이슨을 돌아다보며 말했다. "그렇다고 해서 처음부터 내게 사실대로 말하지 않은 결례를 용서하겠다는 건 아니야! 그동안 나를 바람맞히고 둘러대던 어쭙잖은 변명들이 죄다 거짓말이었던 거잖아!"

제이슨이 우리를 가리키며 말했다. "그건 모두 저 녀석들 탓이야! 사내들끼리만 알고 있어야 한다면서 나한테 비밀 유지를 강요했단 말이야!"

저넬이 사나운 표정으로 우리 셋을 노려보았다. "너희는 성차별주의자야. 그런 수준 낮은 생각이 결국 우리 사이를 틀어지게 한다는 것도 모르고 말이지." 저넬의 따가운 시선이 리키를 향했다. "이 유치한 수컷 놀이에 너마저 놀아날 줄은 몰랐어." 리키의 얼굴이 벌게졌다.

제이슨이 손뼉을 치며 말했다. "자자, 이 정도로 해 두고 다들 그만 화 풀어." 자신에게 쏠려 있는 비난의 화살을 의식한 제이슨이 일부러 밝은 목소리를 내며 분위기를 바꾸려 했다.

"아무튼 근사한 곳이기는 해. 이제 나도 여기에 자주 들러서 시간을 보낼 거야." 저넬이 선언하듯 말하며 킁킁 냄새를 맡았다. "그런데 여기 청소부터 해야겠는걸. 탈의실처럼 퀴퀴한 냄새가 진동하잖아."

저넬이 선인장 화분의 퇴비 냄새를 두고 하는 말이기를 바랐지만, 왠지 사흘 내내 신고 있는 내 양말 냄새를 두고 하는 말 같아서 뜨끔했다.

사내 녀석들이라면 내가 보름 동안 같은 양말을 신고 있다고 한들 별 신경도 안 쓸 테지만, 여학생이 끼게 된다면 상황은 180

도로 달라진다. 저넬이 우리 요새의 정식 일원이 된다는 건 내가 집에서 나와 이 요새에 머물고 있다는 사실을 감추기 위해 예전보다 더 신경을 써야 한다는 걸 의미했다.

"그리고 화분에 물 주지 마." 저넬이 덧붙여 말했다. "선인장을 죽일 셈이야?"

이제 내 룸메이트도 저넬의 사정권 안에 들었다.

에반, 제이슨, 리키 모두 저넬의 합류에 떨떠름한 표정이었지만, 내가 느끼는 낭패감에 비하면 아무것도 아닐 터였다. 앞으로 우리의 요새 생활이 순탄하지 않을 것 같다는 불안한 예감이 밀려왔다.

리키가 얼른 새 영재 학교에 진학하면 좋겠다. 최근 들어 무척 성가시게 굴기 때문이다.

요전 날 내가 마커스의 차에서 뛰어내린 걸 본 이후로 녀석은 줄곧 날 감시의 눈초리로 바라보고 있다. 내 바로 옆자리에 앉는 과학 시간이면 특히 더 신경이 쓰이는데, 마치 내가 2층 창문 밖으로 몸을 날려 운동장 바닥에 꽈당 곤두박질치는 건 아닌지 걱정하는 듯한 시선을 거두지 않는다. 다른 녀석들은 나의 불사조 놀이 이야기에 다들 깜빡 속는데, 유독 이 녀석만 의심을 거두지 않고 있다.

"계속 그렇게 쳐다볼 바엔 차라리 내 사진을 찍어서 간직하지 그래." 내가 녀석에게 속삭였다.

그때였다. 교내 스피커에서 안내 방송이 울렸다. "씨제이 슈토 학생은 교무실로 와 주세요."

내가 자리에서 일어서자 리키의 호기심 가득한 시선이 다시 나를 향했다.

"이따가 쪽지 시험을 봐야 하니까 얼른 다녀오렴." 들라크루아 선생님이 내게 말했다.

복도를 지나 계단 아래로 내려가면서 곰곰이 생각했다. 내가 최근에 뭘 했더라? 물론 많은 걸 했지만, 학교에서 나를 호출할 만한 일을 한 적이 있던가?

교무실에 들어가자마자 눈앞에 답이 보였다. 엄마가 회의실 안에 앉아 있었다. 재빠르게 훑어보니 그곳엔 엄마뿐이었다. 담임 선생님도 교장 선생님도 보이지 않았다. 엄마는 내 문제로 학교에 불려 온 건 아니었다. 엄마가 찾아온 이유는 이렇게 해야만 집 나간 아들을 만날 수 있기 때문이었다.

크게 심호흡을 하고 회의실로 들어섰다. 엄마랑 눈이 마주치는 걸 피할 수 없다면 내가 먼저 선수를 치는 게 나았다.

"안녕, 엄마."

그와 동시에 엄마가 두 팔로 나를 와락 껴안았고, 오랫동안 포옹을 풀지 않았다. 예상치 못한 엄마의 행동에 감정이 북받쳐 올랐다. 엄마에게 뾰로통하게 굴 생각이었는데, 엄마가 울음을 터트리자마자 나도 순간 목이 메었다. 엄마의 얼굴을 본 게 며칠 만이었다. 앞으로 그 시간이 얼마나 더 길어질지 모를 일이었지만, 확실한 건 엄마와 내가 이렇게 오랜 시간 떨어져 있었던 적이 없다는 것이다.

목이 멘 엄마가 숨을 고르며 말했다. "씨제이, 그만 집에 돌아오렴."

"그럴 수 없어요."

"그럴 수 없다니!" 엄마가 목소리를 높였다. "집에 돌아와야지! 넌 이제 고작 열세 살인 걸!"

"어린애 취급하지 마세요." 내가 고집스럽게 말했다. "혼자서도 잘 지내고 있다고요."

엄마가 손을 뻗어 내 머리를 쓸어 넘겼다. "행색이 이게 뭐니? 샤워는 언제 마지막으로 한 거야?"

"집에 안 갈 거예요. 그 작자가 집에 있는 한 어림도 없어요."

순간 정적이 흘렀다. 엄마도 이 대화가 결국 새아빠 이야기로 귀결될 걸 알고 있었지만 이렇게 빨리 입에 오를 거라고는 미처 예상치 못한 눈치였다. 엄마가 푹 가라앉은 목소리로 다시 입을 뗐다.

"마커스는 너를 사랑한단다."

"뭐라고요?" 내가 되바라지게 쏘아붙였다. "사랑해서 망정이지 나를 미워하기라도 한다면 무슨 일이 더 벌어질지 퍽 궁금하네요!"

"그게 사실인 걸 너도 알잖니."

부정할 수 없는 건 엄마의 말이 전적으로 틀린 건 아니라는 점이다. 마커스는 적어도 이성을 잃지 않을 땐 우리에게 선물을 잔뜩 안겨 주거나 여러 가지 근사한 일을 준비하는 등 다정다감하기가 이를 데 없었다. 문제는 그가 두 얼굴의 사나이라는 점이다. 선량한 얼굴의 마커스가 언제 악랄한 얼굴로 탈바꿈할지는 그 누구도 알지 못한다.

"그 사람 마음이 어떠한지는 중요치 않아요." 엄마를 이해시키려 애를 쓰며 말했다. "실제로 하는 행동이 문제인 거죠."

"어쨌든 내 남편이잖니!"

"그게 나랑 무슨 상관이에요! 평소에 아무리 자상하게 군다해도 한번 회까닥하면 눈 깜짝할 사이에 날 병원 침대에 눕히는 사람이라고요. 난 더 이상 그렇게는 못 살아요. 엄마도 그렇게 살아선 안 돼요!"

생각해 보니 참 우스웠다. 마커스가 우리 가족의 일원이 된 지 벌써 수년이 흘렀지만, 엄마와 이런 대화를 나눈 건 이번이 처음이었다. 마커스는 일찌감치 두 얼굴을 드러냈었다. 그런데도 엄마와 난 이 문제를 두고 단 한 번도 솔직하게 대화해 본 적이 없었다. 다만 마커스에게 입은 부상에 관해서만 이야기를 나눴을 뿐이다. 찰과상을 입었을 땐 소독약을 발라야 하고, 타박상을 입었을 땐 엑스레이 사진을 찍어야 하며, 자상을 입었을 땐 봉합 수술을 받아야 한다는 이야기들 말이다. 우린 상해를 입어도 그저 운이 나빠서 생긴 불의의 사고인 양 상황을 합리화했다. 이 모든 만행이 가족이라는 사람에 의해 고의로 자행되었다는 사실을 애써 외면했다. 그리고 만행의 대상은 대부분 나였다.

엄마가 상체를 기울여 양손을 내 팔에 얹고 타이르듯 말했다. "우리가 힘든 시기를 거치고 있다는 걸 나도 안단다. 하지만 요즘 들어 상황이 점점 좋아지고 있어. 마커스의 상태도 많이 호전되고 있고. 네가 집을 나간 이유가 자기 때문이란 걸 알고 많이 반성하고 있단다. 엄마가 장담하는데, 앞으로는 좋은 일만 있을 거야!"

나는 믿을 수 없다는 표정으로 엄마를 바라보았다. 힘든 시기를 거치고 있다고? 우리 가족의 상황을 이렇게 표현하는 게 가당키나 한가? 마커스가 호전되고 있다고? 어느 세월에?

순간 벼락같은 깨우침이 일었다. 이게 바로 악몽과도 같은 현실에 대처하는 엄마만의 방식이었다. 상황은 점차 나아질 것이며, "앞으로는 좋은 일만 있을 것"이라고 주문처럼 되뇌면서 말이다.

엄마에게 한 가지 제안을 했다.

"마커스가 더 이상 우리 집에서 살지 않는다면 그땐 돌아갈게요."

이것만이 우리가 함께 살 수 있는 유일한 방법이란 걸 받아들이는 대신에 엄마는 버럭 화를 냈다. "엄마랑 거래를 하자니, 그런 버르장머리 없는 소리가 어디 있니? 너는 아직 어린애고 마커스와 나는 네 부모야. 순순히 집에 돌아오지 않겠다면 경찰의 손에 이끌려 돌아와야 할 거야."

"그렇게는 안 될걸요." 내가 엄마에게 대들었다. "왜냐하면 엄마는 '행복한 우리 가정'을 경찰이 가까이에서 지켜보는 걸 원하지 않으니까요. 찢긴 상처와 멍 자국은 폭행을 입증할 명백한 증거이고, 경찰이 이에 대해 캐물으면 전 더 이상 거짓말하지 않을 거예요."

"씨제이……."

"우리 얘기는 이제 끝났어요." 나는 벌떡 일어나 얼굴을 홱 돌리고 회의실을 나섰다. 엄마의 얼굴을 봤더라면 회의실을 걸어 나갈 용기를 내지 못했을 것이다.

복도를 지나 계단을 오르는 내내 발길을 돌려 회의실로 다시 달려가고 싶은 충동과 싸워야 했다. 엄마에게 집에 돌아가겠다는 말 한마디만 건네면 이 복잡한 상황은 모두 쉽사리 해결될 터였다. 그러면 엄마의 웃는 모습을 다시 볼 수도, 욕실에서 따뜻한 물로 샤워할 수도 있을 테고 20세기의 음식을 더 이상 먹지 않아도 될 텐데.

모든 게 완벽하겠지…… 며칠간은. 그러다 또다시 보게 되겠지. 마커스의 두 얼굴을.

집에 돌아간다 한들 아무런 의미가 없었다. 그곳에 마커스가 있는 한, 나에겐 그 어떤 것도 의미가 없었다.

교실에 돌아와 슬그머니 자리에 앉자, 아니나 다를까 리키가 그 어느 때보다 더 유심히 나를 쳐다보았다. 리키의 시선을 피해 얼굴을 매만지던 그때, 손끝으로 촉촉한 물기가 전해졌다. 두 줄기 눈물이 양쪽 뺨을 타고 흘러내리고 있었다.

미첼

녀석들은 내가 진짜로 아픈 게 아니라고 생각하고 있다. 엄마도 약간 의심쩍은 눈빛으로 나를 바라보기 시작했다.

"미첼, 벌써 일주일이 넘었단다." 엄마가 말했다. "지금 보니 콧물도 흐르지 않고, 눈동자도 흐리멍덩하지 않고, 열도 없이 멀쩡해 보이는 것이 이제 아프지 않은 것 같은데. 처음부터 아팠던 게 사실이라면 말이다."

"다 나으려면 아직 멀었어요. 작년 여름에 제가 욕실 거울 깨뜨렸던 것 기억하세요? 그 일로 부정을 타서 지금 이렇게 아픈 거예요. 부정에서 완전히 벗어나려면 앞으로 6년은 더 있어야 하니까 엄마도 그러려니 하세요."

"그 일로 부정을 탄 건 네가 아니라 나였어." 엄마가 내 말에 반박했다. "그 바람에 거울을 새로 사야 했으니까."

엄마가 직장을 세 군데나 다니며 일을 많이 해서 좋은 점이 하나 있다면, 몸이 너무 피곤하다 보니 나와의 언쟁을 길게 끌고 가지 못한다는 점이다. 언제나 최후의 승자는 나였다.

녀석들이 수요일 방과 후에 우리 집에 들렀다. 녀석들을 보고 너무 반가운 나머지 리키가 함께 찾아왔다는 것도 별로 신경 쓰이지 않았다.

"집 안으로 들어오게 할 수는 없어." 내가 창문 틈으로 외쳤다. "감기가 옮을 테니까."

"전번에 얘기할 땐 독감이라고 하지 않았어?" 에반이 내게 따져 물었다.

"맞아. 이건 감기와 독감의 중간 정도 되는 병이야."

"헛소리 집어치워." 씨제이가 쏘아붙였다. "너 안 아픈 거 다 알아. 도대체 무슨 일이야? 혹시 학교에서 무슨 일 있었던 거야? 네 학교생활은 아무도 신경 안 쓰는데 뭘 그래."

녀석들은 한동안 떠날 생각을 하지 않고 함께 요새에 놀러 가자고 졸라 댔다. 그럴 수만 있다면 얼마나 좋겠니? 거긴 내가 최고로 좋아하는 곳인데!

내가 왜 이러는지 녀석들에게 사실대로 말하고 싶어 안달이 날 지경이었다. 브레킨리지 박사의 허브 정원에서 루크와 예이거에게 덜미를 잡힌 그날 밤 이후로 모든 게 엉망이 되고 말았다는 걸 말이다. 그 일이 생긴 건 깨진 욕실 유리의 저주 때문이거나 애버내시네 집에서 기르는 검은 고양이에게 너무 가까이 다가가서 생긴 액운 탓일 것이다.

하지만 루크와 예이거에게 협박당하고 있다는 걸 녀석들에게 어떻게 말할 수 있단 말인가? 난 내가 겪는 이 고통 속으로 친구들을 끌어들이고 싶지 않다! 그렇다고 요새의 존재와 위치를 사실대로 불지 않으면 루크와 예이거는 나를 연쇄 방뇨범으로 경찰에 넘기려고 들 테니, 진퇴양난이 따로 없다.

우리 집 형편에 소송을 감당할 돈이 있는 것도 아닌데, 변호사는 어떻게 구한단 말인가? 누군지 몰라도 죄짓는 데 돈 안 든다는 말을 퍼뜨린 사람은 바보 천치임이 틀림없다. 가벼운 잘못을 저지른 탓에 평생 동안 그 죗값을 지불해야 할 처지가 되어 버렸으니 말이다.

오줌 조금 눈 일 때문에 친구를 피해 숨어 지내야 하고 요새에도 더 이상 갈 수 없는 신세가 되었다니. 루크와 예이거가 나를 주시하고 있으니 내가 집 밖에 나서면 언제든 나를 미행할 것이다. 더군다나 둘이 언제 경찰에 신고할지 알 수 없는 노릇이라 내가 요새에 발을 들이는 순간 까딱하면 두 건달뿐만 아니라 경찰까지 들이닥칠 수 있다.

그런 일은 결단코 막아야 한다. 녀석들과 철석같이 맹세하고 서약서에 서명까지 하지 않았던가. 범죄자가 될지언정 배신자가 될 수는 없다.

위험천만한 일인 건 알지만, 오늘 오후에 녀석들이 다녀간 이후로 요새에 가고 싶은 마음이 더욱 굴뚝같아졌다. 낮에 다녀올 수 있으면 좋으련만 그럴 순 없었다. 루크와 예이거의 눈에 띌 위험이 너무 크기 때문이었다.

하지만 강박증이 있는 나로서는 머릿속에 어떤 생각이 한번 박히고 나면 떨쳐 내기가 여간 어려운 게 아니었다. 결국 나는 한밤중에 요새에 다녀올 계획을 세웠다. 거기에서 뭘 하겠다는 건 아니었다. 그저 거기에 있는 것만으로 충분했다. 금속 사다리의 가로대를 디딜 때 운동화에 전해지던 감촉을 느끼고, 콧노래를 부르듯 돌아가는 환풍기 소리를 들으며 1970년대에 구워진 콩을 맛보는 것만으로 족했다.

다행히도 엄마는 한번 잠들면 세상에서 가장 시끄러운 확성기를 귀에 갖다 대고 떠든다 해도 깨지 않는다. 교대 근무를 끝내고 밤 12시 30분경 집에 돌아온 엄마는 새벽 1시가 되자 바로 곯아떨어졌다. 난 만약을 대비해 한 시간을 더 기다렸다. 더군다나 새벽 1시는 오후의 시간으로 변환하면 13시에 해당하는 불길한 시간이었다.

새벽 2시의 케이넌은 황량했다. 인적이 끊긴 거리에 사람이라곤 나 혼자뿐이었다. 그런데도 숲을 향해 걸어가는 내내 조심스레 발길을 옮겼다. 나무가 우거져 컴컴한 숲에 들어서서는 휴대폰 플래시 앱을 켜 불을 밝혔다. 망할 놈의 예이거가 액정을 깨부쉈지만 다행히 다른 기능들은 여전했다.

이런, 예이거를 떠올리자 갑자기 모든 나무 둥치와 덤불 뒤에 놈이 잠복해 있는 것처럼 느껴졌다. 예이거가 있다면 옆에 루크도 함께 있을 터였다. 예이거에 비하면 루크의 존재가 크게 신경 쓰이지 않는데도 말이다. 미행당하고 있다고 생각할 아무런 이유가 없었지만, 그 빌어먹을 무스탕이 숲속 어딘가에 숨어 있다가 시동을 켜고 내게 달려들 것만 같은 불길한 예감에 반쯤 사로잡혀 있었다.

망루 나무가 있는 곳에 다다랐을 즈음 나는 거의 미쳐 가고 있었다. 나무에 올라가 아래를 내려다보면 예이거뿐만 아니라 희대의 연쇄 살인범 잭 더 리퍼, 『해리 포터』 속 악당 볼드모트, 영화 〈검은 산호초의 괴물〉에 등장하는 괴생명체 등 온갖 무시무시한 것들이 나를 바라보고 있을 것만 같았다.

정신 차리자, 미첼. 두려움을 떨쳐 내려 마음을 가다듬었다. 생각해 보니 휴대폰의 플래시를 켠 채로 망루에 오른다면 혹시나 깨어 있을지도 모를 마을 사람에게 요새가 있는 곳을 동네방네 알리는 인간 등대의 역할을 하고 말 것이었기에 나무에 오르는 건 관두었다.

요새의 출입구에 다가간 나는 위장용 나뭇가지를 거두고 뚜껑을 열었다. 휴대폰은 바지 주머니에 찔러 넣은 채 구멍 안으로 몸을 집어넣고 사다리를 타고 내려가기 시작했다. 드디어 바닥에 발이 닿았고 휴대폰 플래시를 다시 켤 필요는 없었다. 요새의 전원을 켜는 금속 똑딱이 스위치를 향해 내 손이 자동으로 움직였다.

그런데 스위치는 이미 아래를 향해 있었다. 그건 전원이 켜져 있다는 걸 의미했다. 그렇다면 전등에 불이 들어왔어야 하는데, 요새는 왜 이리 어둡단 말인가?

스위치를 다시 위로 올렸다가 도로 아래로 내려 보았다. 딱, 딱, 하는 경쾌한 소리를 내며 스위치가 자리를 잡았다. 그런데도 여전히 불이 들어오지 않았다. 이게 어찌된 일이지? 환풍기 펌프가 돌아가는 소리도 확실히 들리고, 공기의 흐름도 분명히 느껴지는데 말이다.

대체 요새에 무슨 일이 생긴 거야?

씨제이

엄마가 마커스와 재혼하기 전에 나는 자다가 깨는 일이 거의 없었다. 그런데 인간 시한폭탄과 살다 보니 어느 순간부터 한쪽 눈을 뜨고 자는 버릇이 생겼다. 마커스가 언제 꼭지가 돌지 알 수 없기 때문이었다. 수틀리면 새벽 3시에도 침대에서 질질 끌려 나갔다. 마커스라는 인간에게는 분노를 표출하는 원인과 분노를 표출하는 대상이 서로 동일할 필요는 없었다. 잔뜩 기대하고 있던 프로 야구 경기가 비가 와서 취소되었다는 이유로, 나는 유니콘이 구름 위에서 춤추는 꿈을 꾸다가도 졸지에 마커스의 주먹에 맞아 눈탱이 밤탱이가 될 수 있었다.

그래서 요새의 출입구가 열리는 소리를 들었을 때, 나는 자동 반사적으로 잽싸게 소파에서 일어나 어둠 속의 흑표범처럼 경계 태세를 갖추었다. 철커덩철커덩 사다리를 밟고 내려오는 소리에 신경이 곤두섰다. 누군가 요새를 발견했고, 이제 곧 나도 발견할 터였다. 처음에 든 생각은 루크와 예이거였다. 한동안 우리를 뒤쫓으며 포위망을 좁혀 왔기 때문이다. 만약 그들이 맞다면 큰일이지만, 잔뜩 긴장한 두뇌를 풀가동하여 여러 가지 가능성을 따져 보니 생판 모르는 낯선 이가 침입한 거라면 이건 훨씬 더 큰 일이었다. 이름 모를 침입자에게 사로잡혀 지하에 감금된다는 건 상상만으로도 끔찍했다!

처음에는 휴대폰의 플래시를 비추어 침입자의 정체를 파악하고 싶은 충동이 들었지만, 그리하면 상대방도 나의 존재를 알아차리고 말 것이었다. 이곳에 아무도 없다고 믿고 있는 상대의 허를 찌르는 게 지금 이 순간 내가 취할 수 있는 유일한 전략일지도 몰랐다.

요새의 전원 스위치가 탁, 탁, 두 차례 둔탁한 소리를 냈다. 그와 동시에 환풍기 펌프가 꺼졌다가 다시 켜졌다. 하지만 불이 켜지지는 않았다. 내가 전등 속 전구 세 개를 미리 풀어 놨기 때문이었다. 누군지 몰라도 요새의 구조를 어느 정도 알고 있는 모양이었다. 아직 잠이 덜 깬 상태에서 가슴은 쿵쾅거리고 정신이 몽롱한 데다, 또 사방은 칠흑같이 어둡다 보니 이성적 추론을 펼치기에는 무리가 있었다. 단지 본능적으로 나 자신을 방어해야 한다는 생각뿐이었다. 그리고 최선의 방어는 바로 공격이었다.

나는 소리가 나지 않도록 숨죽인 채 맨발로 살금살금 앞으로 나아갔다. 어둠으로 뒤덮인 요새의 현관 쪽에서 희미한 불빛이 새어 들어왔다. 형체를 알아볼 수 없는 누군가가 발광 물체를 바지 앞주머니에 꽂고 있었는데, 휴대폰 같아 보이기도 했다. 나는 앞뒤 따지지 않고 바로 행동에 돌입했다.

침입자의 허리춤을 파고들 듯 몸을 날려 태클을 걸었다. 상대는 "아이고!" 하는 외마디 비명과 함께 바닥에 쓰러졌는데, 그 와중에 무릎을 당겨 내 턱을 강타했다.

눈앞에 별이 보였다. 별만 보인 게 아니라 침입자의 청바지 호주머니에서 빠진 휴대폰의 플래시 불빛 덕분에 다른 것도 보였다. 그건 공포에 휩싸여 사색이 된 미첼의 얼굴이었다. 녀석은 굶주린 티라노사우루스에게 쫓기기라도 하듯 허겁지겁 사다리를 타고 올라가 출구 밖으로 줄행랑을 쳤다.

입을 열어 녀석을 불러 세우려다 관두었다. 불러 세운들 한밤중에 요새에 남아 있는 이유를 뭐라고 설명한단 말인가? 요새에서 자고 있었다는 걸 사실대로 말하는 것 외에 다른 도리가 없을 터였다.

나의 속사정은 아무에게도 말하고 싶지 않다.

그런데 미첼은 한밤중에 왜 요새에 온 걸까? 좋은 질문이었지만 반드시 답이 따를 필요는 없었다. 상대는 미첼이니까. 물론 녀석에게도 나름의 이유는 있겠지만 우린 결코 그 이유를 이해하지 못할 테니까. 녀석이 왜 아픈 척을 하며 집 안에서 꼼짝 않고 있는지를 이해하지 못하는 것처럼 말이다.

전구를 다시 돌려 끼우고 녀석이 도망치느라 미처 닫지 않은 출입구 뚜껑을 닫아 은폐했다. 미첼이 돌아올 걸 염려하지는 않았다. 아마도 여태 걸음아 날 살려라 달리고 있을 터였다.

아니나 다를까 몇 분 후에 단톡방에 메시지 도착 알림이 울렸다. 미첼이 보낸 메시지였다.

적색경보! 누군가 페루를 발견했음!!!!!!!

과연 미첼다운 메시지였다. 녀석은 느낌표 하나로 부족하다 싶을 땐 늘 일곱 개를 붙여 쓴다.

숨죽여 다른 아이들의 답변을 기다렸다. 5분이 흐르고 10분이 흘렀지만 무응답이었다. 다행히 다들 자는 모양이었다. 이 소식을 듣고 누군가 아침 일찍 헐레벌떡 요새에 들러 나와 맞닥뜨린다면, "나도 미첼의 메시지를 보고 와 봤어."라고 답하면 될 일이었다.

흥분이 쉽사리 가라앉지 않아 다시 잠들긴 어려웠기에, 이 난리를 피우는 데 일조한 미첼을 기리며 영화 〈홀리데이 킬러〉를 다시 봤다. 미첼이 〈죠스〉보다 훨씬 더 무섭다고 기겁하던 영화였다. 난 녀석들 중 공포 영화를 혼자서 볼 수 있는 유일한 아이였다. 현실에 마커스라는 공포의 대상이 실재하는데, 이깟 1970년대 특수 효과로 허접스럽게 만든 괴물 영화 정도는 우스웠다.

오전 7시가 약간 넘자, 학교에 가려고 일어난 녀석들이 휴대폰 메시지를 확인했는지 단톡방이 시끌벅적해졌다. 무슨 일이야? 누가 페루를 발견했다는 거야? 혹시 'ㄹ'과 'ㅇ'야?

내가 메시지를 남겼다.

페루는 지금…… 아무 이상 없음……. 미첼이 무슨 말을 하는 건지 모르겠음.

미첼이 반격했다.

넌 어젯밤에 거기에 없었잖아! 어떤 남자가 있었다고! 날 죽이려 했다니까!

그러자 단톡방에 메시지가 뜸해지기 시작했다. 그 이유를 짐작하는 건 그리 어렵지 않았다. 우린 모두 미첼을 아끼고 좋아하지만 미첼이 별난 녀석임을 잘 알고 있었다. 게다가 요즈음 녀석의 유별난 행동은 거의 정점을 찍고 있었다. 내가 메시지를 남겼다.

학교에서 이야기하자.

미첼이 답했다.

그건 안 돼! 나 아직 아프단 말이야!

결국 미첼을 제외한 우리 넷이 학교 운동장에 모였다. 녀석들은 요새에 누군가 침입했다는 미첼의 말을 예상보다 심각하게 받아들이고 있었다.

"녀석이 괴짜이긴 해도 없는 말을 꾸며 내지는 않아." 제이슨이 자신의 큰 목소리를 최대한 낮추려 애쓰며 말했다. "어떤 사내가 자기를 공격했다잖아!"

내가 어깨를 으쓱했다. "한밤중에 숲속을 걸어오다 보니 잔뜩 겁을 먹은 모양이야. 나무뿌리에 걸려 넘어지고는 누군가 자기 발목을 잡았다고 생각한 건지도 몰라."

리키가 납득할 수 없다는 듯 말했다. "남자는 요새 밖이 아니라 안에 있었다고 했어. 미첼도 안과 밖 정도는 구분할 줄 알겠지."

"어쨌든 확실히 말할 수 있는 건, 내가 오늘 아침에 요새에 들렀을 땐 모든 게 정상이었다는 거야. 낯선 이도, 나를 공격하는 이도, 내 발목을 잡은 이도 없었어." 내가 말했다.

에반이 얼굴을 찌푸렸다. "우린 정체 모를 침입자에 관해 이야기하고 있지만, 그래, 솔직히 까놓고 말하자. 침입자가 우리 형과 형의 불량배 친구 예이거란 걸 말이야. 누군가 요새를 발견했다면 그 둘 말고 누구겠어?"

"요새를 발견한 사람은 아무도 없다니까." 내가 답답하다는 듯 말했다. "오늘 아침에 요새에 가 봤더니 침입의 흔적 같은 건 없었다고."

"우리가 침입 같은 건 없었다고 믿도록 하는 게 어쩌면 그들의 노림수 아닐까?" 제이슨이 을씨년스럽게 말했다. "말하자면 덫을 놓고 있는 거지."

"루크와 예이거가 우리보다 나이도 많고 힘도 세고, 하는 짓이 비열하긴 해도 사람의 마음을 읽어 내는 능력 같은 건 없어." 내가 제이슨의 말에 반론을 폈다. "우리 중 누군가가 요새의 위치를 말해 주지 않는 한 요새를 찾아올 순 없다고. 나는 말 안 했는데, 그럼 너희들이 말해 줬니?"

리키가 생각에 잠긴 표정으로 말했다. "요새에 관해 알게 된 사람이 한 명 더 있기는 하지. 저넬."

제이슨의 눈이 똥그래졌다. "너 지금 내 여자 친구가 우리를 팔아먹었다고 말하는 거야? 난데없이 우리 앞에 나타난 건 바로 너잖아! 우리 중에 믿을 만한 친구가 아닌 녀석은 너뿐이라고! 우리를 팔아먹은 것도 혹시 너 아니야?"

"리키도 저넬도 아니야." 내가 제이슨을 말리며 말했다. "우리를 팔아먹은 사람은 아무도 없어. 방과 후에 요새에 가 보자. 그러면 알게 될 거야."

그날은 서먹한 분위기 속에서 하루를 보내야 했다. 한 교실에서 함께 수업을 들으면서도 복도에서는 말없이 서로를 지나쳤다. 설상가상으로 미첼은 단톡방을 살벌한 말로 도배하고 있었다. '페루가 훼손되었다'를 시작으로 '침입당했다' '침략당했다' '뚫렸다' '함락되었다' 등등의 단어를 쏟아부었다. 자신의 방에 앉아 유의어 사전을 펼쳐 보며 우리가 처한 위기 상황을 묘사할 단어들을 고르고 있을 미첼의 모습이 눈에 선했다.

요새를 '함락한' 신원 미상의 침입자는 그 누구도 아닌 바로 나란 걸 사실대로 말하고 이 불필요한 논란을 끝내면 될 일이었지만, 그렇게 할 수는 없었기에 녀석들에게 미안한 마음이 들었다. 아무리 가까운 친구라 할지라도 내키지 않는 일이었다. 그건 나만의 비밀이 아닌 엄마의 비밀이기도 했다. 그리고 만약 사실이 드러난다고 한들…… 녀석들이 무엇을 어찌할 수 있단 말인가?

침입자가 없었다는 걸 아는 사람은 나이기에, 방과 후에 요새가 멀쩡한 걸 확인하고도 놀라지 않은 사람은 역시 나뿐이었다.

하지만 저넬이 동행했기 때문에 '거 봐, 내가 뭐랬어.'라는 말은 차마 하지 못했다. 마침내 녀석들이 요새가 백 퍼센트 온전하다는 걸 인정했을 때, 저넬이 이런 말을 했다.

"요새 안이 일주일 내내 입고 다닌 티셔츠에서 날 법한 냄새로 온통 절어 있어!"

역시 저넬은 만만히 볼 상대가 아니었다. 어쩜 저렇게 예리하지? 물론 일주일보다 훨씬 오래 묵혀 둔 티셔츠도 있었다.

안 그래도 제이슨이 웬 큼지막한 자루 하나를 어깨에 메고 있기에 그게 뭔지 궁금했는데, 저넬의 말이 끝나자 녀석이 자루를 털썩 내려놓더니 바닥에 내용물을 쏟아 냈다. 대걸레, 양동이, 세제, 스펀지, 빗자루, 그리고 옷장이나 차 안에 걸어 두는 방향제 한 뭉치가 자루 안에서 우르르 나왔다.

“에이, 이러지 말자.” 에반이 앓는 소리를 냈다. “집에서 어쩔 수 없이 해야 하는 일을 아지트에서까지 할 필요는 없잖아.”

그러자 제이슨이 미리 준비한 듯한 문장을 마치 연설하는 듯한 톤으로 구사했다. “우리만의 아지트가 있다는 게 그 공간을 함부로 다루어도 된다는 걸 의미하지는 않아.”

제이슨답지 않은 생경한 화법에 나는 웃지 않을 수 없었다. 에반도 웃음이 터졌고 이내 리키도 소매로 입을 가리고 키득키득 웃어 댔다. 압권은 제이슨도 자기가 한 말이 끝나기가 무섭게 웃기 시작했다는 것이다. 6학년 때 웅변 과목에서 낙제할 정도로 나서서 말하는 데 젬병이고, 유일하게 자신 있어 하는 건 목소리 크기뿐인 녀석인지라 자기가 생각해도 우스운 모양이었다. 결국 우리 넷은 서로를 부여잡고 배꼽이 빠져라 웃어 댔고, 저넬도 참기 힘들었는지 얼굴에서 피식피식 웃음이 새어 나왔다.

“좋아, 그렇게 하자고.” 리키가 청소에 동참할 의사를 밝혔다. “우리는 동굴에 사는 원시인과 다를 바 없어. 깨끗이 청소하고 나면 구린내가 가실 거야.”

나도 허드렛일은 딱 질색이었지만 문득 썩 괜찮은 생각일 수도 있겠다 싶었다. 깨끗이 청소하고 나면 그동안 내가 여기에서 지냈다는 증거를 말끔히 지울 수 있을 테니 말이다.

“나도 동참할게.” 속내를 들키지 않기 위해 나는 하기 싫은데 마지못해 한다는 듯한 목소리로 말했다. 그러고는 대걸레와 뿌리는 소독제 한 통을 들고 바닥 청소를 시작했다.

제이슨이 내게 고맙다는 눈빛을 보내더니 물티슈로 주방 조리대를 훔치기 시작했다. 어느새 우리 모두는 요새 안 이곳저곳으로 흩어져 쓸고 닦으며 본격적인 청소에 나섰다.

저넬이 통조림 캔에 쌓인 40년 묵은 먼지를 닦아 내며 말했다. "너희 청소 정말 잘하는구나. 게으르고 지저분한 줄로만 알았는데 다시 봐야겠는걸."

저넬의 말에 기분이 좋았는지 다들 얼굴에 미소를 띤 채 더욱 청소에 매진했다. 그렇게 30분도 안 되어 요새 안은 먼지 한 점 없이 깨끗해졌고, 우리는 서로 수고했다며 하이 파이브를 나눴다.

"베넷 델라미어 회장도 이렇게 깨끗이 새로 단장한 요새의 모습은 상상하지 못했을 거야." 에반이 말했다.

난 요새를 처음 발견한 날 봤던, 델라미어 회장이 자신을 죽였을 거라 믿는 침략군에게 전하는 영상을 떠올렸다. 그 비디오테이프 속 영상에서 요새의 청소 상태에 관한 언급은 일절 없었다. 하긴 수백만 달러 재산을 보유한 갑부가 청소를 걱정할 일은 없었을 테지만 말이다.

아무튼 이렇게 되고 나니 청소를 제안한 저넬에게 고마운 마음까지 들었다. 결국 여기에서 잠을 자는 사람은 나니까 말이다. 게다가 다들 열심히 청소하느라 미첼의 정체불명 침입자에 관한 이야기는 쏙 들어갔다.

그리고 저넬의 말은 옳았다. 요새 안에는 고약한 냄새가 진동했었다. 비록 아무도 그게 어떤 냄새인지를 정확히 맞추진 못했지만 말이다. 에반은 그 냄새를 재활용 쓰레기통 속 비에 젖은 신문 냄새라고 말했고, 제이슨은 식인 도깨비의 발가락 때 냄새라고 묘사했다. 사내아이들이 이렇게 기발한 표현을 동원하는 와중에, 저넬은 '겨드랑이 땀내'라는 직설적 표현을 사용했다.

냄새의 정체를 아는 건 나뿐이었다. 정확하게 말하자면 지하에 쌓아 두고 빨지 않은 세탁물에서 풍기는 내 체취에, 물을 많이 먹은 선인장 화분의 거름 냄새가 살짝 가미된 거였다.

여하튼 그 냄새는 이제 사라졌다.

"냄새가 완전히 사라진 건 아니야." 리키가 코를 찡그리며 내게 말했다. "아직도 약간 풍겨. 왠지 네 옷에서 나는 것 같은데."

나는 순간 당황해서 실없는 소리로 상황을 모면하려 했다. "여기에 너무 오래 있다 보니 우리 몸에 냄새가 밴 모양이네."

리키가 또다시 나를 향해 골똘한 표정을 지었다. "이상하네. 너한테는 그 냄새가 나는데, 우리한테는 안 나거든."

거참, 영재 학교에 다니려면 머리만 좋아서는 안 되고 후각도 좋아야 하는 모양이다. 제이슨이 선인장에 묻은 먼지를 닦아 내려 애쓰고 있었다. 연갈색으로 변한 선인장 기둥 줄기는 전보다 더 시들어 있었다.

리키

'차드'라는 이름의 사내가 페인트 통을 잘못 배달하는 일이 없었더라면, 나는 결코 이 일을 눈치채지 못했을 것이다.

허리케인이 불어 닥친 바람에 박살이 난 내 방 유리는 바로 고쳤지만, 방에 페인트칠을 다시 하는 건 나중으로 미뤄야 했다. 그렇게 한참을 미루다가 드디어 이번 주말에 페인트칠을 하기로 마음먹은 우리 부모님은 홈디포*에 페인트를 주문했는데, 우리가 원하던 색과 다른 색이 도착했다. 애초에 주문한 색은 '블리자드 블루(Blizzard Blue)'였는데, 홈디포에서 보내온 건 '부자드 블루(Buzzard Blue)'였다. 철자는 비슷해도 둘은 완전히 다른 색이었다.

부모님과 나는 잘못 배달된 페인트 통을 들고 홈디포를 찾아가서 담당 직원인 차드에게 배송 오류를 설명했다. 차드는 관리자에게 보고한 후 물품을 교체해 주겠다고 약속한 다음, '부자드 블루' 페인트 통을 집어 들고 '직원 전용'이라는 표지가 달린 사무실 안으로 사라졌다.

*가정집 관련한 건축자재, 가전, 설비 등의 제품을 제공하는 미국 기업이다.

호통을 치는 소리가 들리기 시작한 건 그 직후였다. 누군가 기차 화통을 삶아 먹은 듯한 고성으로 멍청한 놈, 형편없는 놈 어쩌고저쩌고하면서, 혹시라도 내가 어른들 앞에서 큰 소리로 입 밖에 냈다가는 혼쭐이 나고야 말 온갖 욕설을 불쌍한 차드에게 퍼부어 댔다.

아마도 그 관리자는 사무실 문이 닫혀 있어서 밖에서는 자신의 고함 소리를 듣지 못할 거라고 생각했던 모양이다. 그러나 안타깝게도 그의 소리는 천장 높이가 12미터나 되는 홈디포 내부 구석구석에 메아리처럼 울려 퍼졌다. 쇼핑객들은 모두 걸음을 멈추더니 이게 무슨 일인가 하고 귀를 기울였다. 아니, 몰래 엿들을 필요도 없었다. 가만히 있어도 귓전을 때릴 만큼 무자비한 욕설이 섞인 소리가 융단폭격처럼 쏟아졌다.

고성은 좀처럼 가라앉을 기미가 없었고 오히려 더욱 심해졌다. 잠시 후 '직원 전용' 사무실 문이 열리고 어깨를 축 늘어뜨린 차드가 잔뜩 벌게진 얼굴로 걸어 나왔다. 바로 뒤에 이어 관리자가 모습을 드러냈다. 190센티미터가 넘는 거구의 성난 입에서는 여전히 벼락같은 질타가 터져 나오고 있었다.

개코원숭이에게 일을 시켜도 너보단 잘하겠다! 너는 회삿돈을 갉아먹는 존재야! 이번 손실금은 네놈 다음 봉급에서 차감할 줄 알아! 이외에도 여러 가지 모진 말이 계속 이어졌다.

이쯤 되자 엄마 아빠도 잔뜩 질린 표정이었다. 아무래도 저 성질머리 고약한 관리자에게 다가가, 그냥 '부자드 블루' 색으로 내 방을 칠할 테니 제발 가엾은 직원에게 고함 좀 그만 지르라고 말해야만 할 것 같았다.

그렇게 하기로 마음먹고 두어 걸음 앞으로 내디딘 순간, 난 그 자리에 얼어붙고 말았다.

고작 페인트 두 통 때문에 젊은 직원을 혹독하게 몰아붙이는, 190센티미터가 넘는 거구의 그 관리자는 내가 아는 사람, 바로 씨제이의 새아빠 마커스였다.

녀석들이 하나같이 입에 침이 마르도록 칭찬하던 유쾌하고 자상하고 인자한 마커스는 온데간데없었다. 순간 움직이는 차 안에서 몸을 날려 길바닥을 떼구루루 구르던 씨제이의 모습이 떠올랐다. 당시에는 당최 이해할 수 없는 행동이었지만, 이제는 녀석이 왜 그랬는지 알 것 같았다. 이런 사람이라면 움직이는 차에서 뛰어내려서라도 벗어나고픈 심정이 충분히 들 만했다.

다른 녀석들은 씨제이가 최고의 새아빠를 뽑는 복권에 당첨된, 대단히 운이 좋은 녀석이라며 부러워했다. 마커스는 씨제이에게 늘 최고의 선물을 안겨 주는 데다 친구처럼 편한 아빠였기 때문이다. 하지만 문득 녀석들이 마커스를 치켜세우는 이야기를 나눌 때마다 그 대화에 동참하지 않는 사람이 한 명 있었다는 생각이 뇌리를 스쳤다.

바로 씨제이였다.

생각이 거기에 이르자, 그 밖의 모든 상황이 착착 맞아떨어졌다. 씨제이가 왜 언제나 우리보다 먼저 요새에 도착해 있고, 요새를 나설 때면 왜 늘 마지막까지 남아 있을 핑계를 댔는지. 왜 청소를 끝낸 다음에도 씨제이의 옷에서만 구린내가 가시지 않았던 것인지. 그러고 보니 미첼이 한밤중에 요새에 들렀을 때 누군가 안에 있었다고 주장한 건 거짓말이 아니었다. 미첼은 그 '침입자'

가 씨제이란 걸 깨닫지 못했을 뿐이다.

씨제이는 요새에서 살고 있었던 것이다.

그런데 왜? 이 질문에 대한 답은 내가 홈디포를 방문하지 않았더라면 결코 얻을 수 없었을 것이다. 마커스가 페인트 교체 문제 때문에 가엾은 점원을 미친 듯이 꾸짖던 그 장면을 목격하지 않았더라면 말이다. 씨제이의 친구들에게는 용케 잘 숨기고 있었지만, 사실 마커스는 한번 발끈하면 분노를 조절하지 못하는 불같은 성미를 지닌 사람이었던 모양이다.

머릿속이 어지럽게 소용돌이치며 동시에 씨제이가 입었던 부상이 주마등처럼 스쳤다. 찢긴 얼굴, 타박상, 찰과상, 검게 멍든 눈, 붕대를 감아야 했던 갈비뼈 등 위험을 무릅쓴 아찔한 스턴트를 펼치다가 다쳤다던 그 모든 상처들. 그런데…… 만약 그 상처들이 위험천만한 스턴트와 무관하다면? 씨제이가 입었던 그동안의 부상이 '불사조놀이' 때문에 생긴 사고가 아니라 마커스의 손찌검 때문에 생긴 거라면? 몸을 날린 스턴트의 결과로 빚어진 그 '사고'들이 폭행의 흔적을 감추려고 벌인 자작극이라면?

만일 그게 사실이라면, 씨제이가 새아빠로부터 새로 출시된 휴대폰이며 게임기며 온갖 근사한 선물을 받으면서도 단 한 번도 고마워하는 기색을 내비치지 않은 게 결코 무리는 아니었다. 만일 그게 사실이라면, 그동안 값비싼 선물로 포장된 마커스의 '인자함'은 씨제이를 폭행하고 지급하는 고액의 위자료였던 셈이다.

물론 내 생각이 틀릴 수도 있었다. 어디까지나 추측일 뿐이니까. 하지만 내가 맞다면?

어느덧 고성이 그치고 마커스가 자기 사무실로 들어간 뒤에야 우리 가족은 제대로 된 페인트 통을 건네받을 수 있었다. 폭풍우는 지나갔지만 차드는 여전히 충격에서 헤어나지 못한 참담한 표정이었다. 그런 매몰찬 공격을 받고도 아무 일도 없었던 것처럼 바로 평상심을 회복하기란 쉽지 않은 일이었다. 차드는 그나마 성인이기라도 하지, 씨제이는 이제 고작 중학생인 데다 집에서 매일 마커스를 상대해야 했다. 씨제이가 온갖 화려한 선물로 가득한 안락한 집을 놔두고 지하 동굴에 원시인처럼 틀어박히길 원한 까닭에 고개를 끄덕이는 데는 그다지 큰 이해력이 필요하지 않았다.

내 추측이 맞다면 씨제이를 도와야 했다. 하지만 어떻게? 일단 이 이야기를 엄마 아빠에게 말해야겠다는 생각이 먼저 들었다. 하지만…… 만에 하나…… 결국 내 생각이 잘못된 것으로 밝혀진다면? 엄마 아빠가 내 얘기를 곧이곧대로 듣고 마커스를 경찰에 신고한다 치더라도, 만일 내 생각이 틀린 거라면 괜히 생사람만 잡는 꼴이 될 수도 있는 노릇이었다. 게다가 이건 내가 제삼자에게 함부로 말할 수 있는 이야기가 아니었다. 이 일은 분명 씨제이의 개인사정이고, 녀석은 이 문제를 드러내지 않기 위해 무진 애를 쓰고 있었던 게 분명하다. 그러니까 내가 부모님에게 이 얘기를 할 경우, 결국 어떤 식으로든 씨제이와 씨제이의 엄마에게 영향을 미치게 될 테고, 자칫하면 두 모자의 삶이 송두리째 바뀌는 결과를 초래할 수도 있었다. 나의 섣부른 판단으로 씨제이의 가족이 원치 않는 변화를 맞아선 안 될 일이었다.

씨제이를 생각하니 가슴이 아팠다. 가족이란 든든한 버팀목이 되어야 하는데, 내 추측이 맞다면 녀석에게는 오히려 가족이

걸림돌인 상황이었다. 무엇보다 가슴 아픈 건, 누구에게도 말 못 하고 혼자 끙끙 앓으며 철저한 고립감을 느끼고 있었을 씨제이의 딱한 처지였다.

그때였다. 씨제이에게는 제2의 가족이 있다는 생각이 퍼뜩 들었다. 바로 그의 친구들 말이다. 어려서부터 한동네에서 함께 자라며 우정을 가꿔 온 그야말로 가족 같은 친구들. 나처럼 굴러 들어온 돌은 수 주일 동안 아무리 그 녀석들과 어울리려 애써도 틈바구니에 끼지 못하고 여전히 겉돌고 있는 데 반해, 네 녀석의 관계는 강력접착제처럼 끈끈하다. 걔들이라면 씨제이의 편이 되어 줄 것이다. 틀림없다.

상황을 설명하고 씨제이를 돕는 데 찬성하는지만 확인하면 될 일이었다.

미첼의 엄마는 어디서든 알아볼 수 있을 것 같았다. 모자간에 얼굴이 똑 닮았기 때문이었다. 물론 엄마가 아들보다 키도 더 크고 더 긴 금발 머리를 하고 있지만 말이다.

"리키, 리키라……." 미첼의 엄마가 내 이름을 곱씹었다. "이상하구나. 미첼이 한 번도 언급한 적이 없던 이름인데."

과연 미첼다웠다. 내가 자신의 주변에서 썩 사라져 주기를 바랐던 것인지, 엄마에게도 나를 없는 사람 취급한 모양이었다.

"최근에 이 동네로 이사 왔어요." 내가 설명했다. "여기에 오기 전에는 영재 학교에 다녔고요."

그제야 생각이 난 모양이었다. "아, 그 영재생이 너로구나. 이제야 누군지 알겠구나." 그러면서 뒤를 돌아 외쳤다. "미첼, 네 친구 리키가 왔단다!"

"그런 애 몰라요!"

미첼의 엄마가 미소를 지으며 내게 말했다. "뒤쪽으로 가 보렴. 너를 보면 반가워할 거야."

아무렴, 퍽도 기뻐할 테지.

미첼의 방을 찾는 건 식은 죽 먹기였다. 모퉁이를 돌자마자 쾅 소리를 내며 문이 닫혔으니까. 내가 문 앞에서 노크했다.

"나 아파." 안에서 콜록콜록 가짜 기침을 섞어 가며 말하는 미첼의 목소리가 들렸다. 문을 열고 방 안으로 들어갔다. 미첼의 방이 어떻게 생겼을지 구체적으로 상상해 본 적은 없었지만, 왠지 형체를 뒤틀리게 보여 주는 곡면 거울로 도배되어 있을 것만 같았다. 하지만 내 눈에 들어온 미첼의 방은 군데군데 페인트칠이 필요한 구석이 있을 뿐, 아담하니 평범했다. 녀석이 필요하다면 쓰다 남은 '부자드 블루' 페인트를 빌려줄 용의도 있었다.

미첼은 침대에 누워 대형 네잎클로버 포스터를 쳐다보고 있었다. 특이한 게 있다면 신문에서 오린 듯한 중년 남자의 사진이 벽면에 붙어 있었는데, 남자의 이마 중앙에 다트가 꽂혀 있었다.

"저 사람 누구야?" 내가 물었다.

"브레킨리지 박사." 미첼이 쌀쌀맞게 답했다. "자세한 건 알 거 없어."

"내 말 좀 들어 봐. 내가 여기에 있는 게 싫겠지만, 씨제이 일로 할 얘기가 있어서 왔어. 지금 걔가 곤경에 처한 것 같거든."

미첼이 침대 밖으로 다리를 빼고 매트리스 위에 걸터앉은 채 나를 바라보며 말했다. "실없는 소리 했다만 봐……."

"농담 아냐. 너 며칠 전 한밤중에 요새에 들렀던 때 기억하지? 누군가가 너를 덮쳤다고 했잖아?"

매번 그러하듯, 미첼은 코가 아파 잔뜩 성이 난 곰보다도 예민하게 내 말에 반응했다. "그날 밤 얘기를 다시 하다니, 대단히 고맙군 그래. 다들 내가 지어낸 이야기라고 깔아뭉개지만 그건 실제로 벌어졌던 일이야!"

"난 네 말 믿어."

그 말에 미첼이 순간 깜짝 놀란 표정을 지었다. 적대시하던 상대가 백기를 들고 투항하는 상황은 미처 예상치 못한 모양이었다.

"네 말은 모두 사실이었어." 내가 말을 이었다. "그날 밤 누가 너를 공격했는지 알아? 바로 씨제이였어."

"씨제이가 왜 나를 공격해?"

"걔도 요새에 침입한 게 너인지 몰랐으니까." 내가 거침없이 답했다. "아마 곤히 자고 있다가 네가 들어오는 소리를 듣고 깼을 거야. 아무래도 최근 요새에서 줄곧 지내고 있었던 것 같아."

"살다 살다 별 희한한 소리를 다 듣겠네!" 미첼이 어이가 없다는 듯 큰 소리로 반문했다. "걔가 대체 왜 그런 행동을 하겠어? 씨제이는 우리 중에 가장 팔자 좋은 녀석인데, 편안한 집 놔두고 무엇 때문에?"

"그래, 맞아. 당연히 집이 편하고 좋지. 하지만 집에 누가 살고 있느냐가 문제인 거지."

나는 홈디포에서 목격한 장면을 묘사하며, 그 일과 그동안 씨제이가 불사조놀이를 하다 입은 영광의 상처라고 둘러대던 그 많은 사건 사고와의 연계성에 관해 설명했다. 누구보다 오래 머물던 녀석의 요새 체류 시간, 늘 구겨진 옷차림에 지저분하게 엉겨 붙은 머리, 마커스의 차에서 뛰어내리던 필사적인 몸부림 등에 대해 이야기하며 내가 검토한 사건의 실마리를 미첼에게 모두 털어놓았다. 이 문제를 하나하나 볼 땐 그리 중요해 보이지 않을 수도 있지만, 합쳐 놓고 보면 꽤 그럴싸한 그림이 그려졌다. 다만 한 가지, 학교에서 교무실로 호출되던 날 씨제이가 흘린 눈물에 관해서는 언급하지 않았다. 아무리 친한 사이라 할지라도 사나이의 눈물은 비밀로 지켜 줄 필요가 있다고 생각했다.

"하지만 마커스가 사 준 그 기막힌 선물들은 다 뭔데?" 미첼이 한결 가라앉은 목소리로 따지듯 물었다.

"죄책감에서 비롯된 선물이겠지." 내가 답했다. "자기가 저지른 못된 짓을 만회하려고 주는 일종의 위자료 같은 거랄까."

아무래도 대화 상대가 별나디별난 미첼이다 보니 내 말이 잘 전달되고 있는지 의심스러웠다. 차분히 귀를 기울이고는 있지만 내 말뜻을 이해는 하는 것일까? 다른 아이들보다도 특히 나를 신뢰하지 않는 녀석이다 보니 더욱 미심쩍어했다.

오랫동안 침묵을 지키던 미첼이 마침내 입을 열었다. "그럼 이제 어떻게 해야 하는 거야?"

"씨제이를 어떻게 도와야 할지 나도 잘 모르겠어." 내가 솔직히 말했다. "상황이 단순하지 않아. 마커스는 씨제이 엄마의 남편이기도 하잖아."

“그렇다고 아무것도 안 하고 있을 수는 없잖아.” 미첼이 채근했다.

“일단 네가 할 일은 에반과 제이슨에게 이 상황을 알리는 거야.” 애초에 내가 미첼에게 먼저 접근한 이유가 여기에 있었다. 친밀감이 떨어지는 내가 나서는 것보다는 녀석들의 절친인 미첼이 이야기하는 게 더욱 효과적일 테니까. 내가 크게 심호흡을 하며 말했다. “그런 다음 씨제이를 만나서 이야기하자.”

에반

"난 형편없는 친구야."

내가 자책하는 제이슨의 우울한 얼굴에 휴대폰 플래시를 비추며 말했다. "그런 상황을 어떻게 알 수 있었겠어? 이제라도 알았으니 이렇게 한밤중에 돌부리에 걸려 흙바닥에 얼굴을 박지 않으면 다행일 어두컴컴한 숲길을 걷고 있는 거잖아."

"그건 그렇지만……." 제이슨이 낮게 드리워진 가지를 고개 숙여 피하며 말을 이었다. "씨제이가 곤경에 처해 있는데도 우리는 요새에 정신이 팔려 아무것도 눈치채지 못했어. 그것도 모르고 녀석에게 그저 새아빠 잘 둬서 좋겠다는 말이나 하고. 그런 소리를 듣고도 아무 말도 할 수 없었으니, 녀석의 속이 어땠을까?"

우리 둘은 숲속의 어둠을 뚫고 오솔길을 따라 걷고 있었다. 우리가 요새를 떠난 건 세 시간 전이었다. 게임 중이었던 씨제이는 '매든'의 한 시즌을 다 끝내고 나면 자리에서 일어서겠다며 요새에 남았다. 그래서 우린 밤 10시에 요새로 다시 들어가 그곳에 여전히 남아 있을 녀석과 맞닥뜨릴 계획이었다. 그러면 녀석도 요새에서 살고 있음을 부인할 수 없을 것이고, 우리의 도움을 뿌리

칠 수도 없을 터였다. 그다지 유쾌한 상황은 아니겠지만, 어쨌든 반드시 거쳐야 할 일이었다.

"맞아, 우리 잘못이 커." 내가 시인했다. "우린 씨제이의 불사조놀이 이야기를 곧이곧대로 믿었어. 늘 근사한 선물을 안겨 주는 마커스를 좋은 사람이라고만 생각했고. 그동안 씨제이의 사정을 까마득히 모르고 있었지만, 지금은 아니야. 이제부터라도 씨제이를 도와야 해."

"걸음 수 잘 세기를 바랄게." 제이슨의 휴대폰에서 미첼의 목소리가 새어 나왔다.

"물론이지." 제이슨이 화면 속 미첼을 향해 히죽 웃으며 말했다.

"숫자 세는 소리가 안 들리는데." 미첼이 채근했다.

"머릿속으로 세고 있어." 제이슨이 대꾸했다. "지금 1313번까지 셌어."

"하나도 안 웃기거든!" 미첼이 분통을 터뜨렸다.

"그러니까 대체 왜 혼자 집에 있는 거야." 내가 말했다. "우리랑 여기에 함께 왔으면 걸음 수도 직접 세고 좋았잖아."

"나 엄청 아프다니까."

"네가 아프다는 소리를 듣는 내 마음이 더 아프다!" 빈정대듯 대꾸하는 제이슨의 큰 목소리가 숲의 정적을 가르며 메아리처럼 울렸다. 그때 머리 위 망루 나무에서 또 다른 휴대폰 플래시 불빛이 반짝였다. "너희니?" 리키의 목소리였다.

"여기로 내려와." 내가 말했다.

나무에서 내려온 리키가 제이슨과 나 사이에 착지했고, 우리는 요새의 출입구까지 계속 걸었다. 마침내 출입구에 도착했지만 막상 요새 안에 들어가려니 발길이 떨어지지 않았다. 다들 요새 안에서 펼쳐질 껄끄러운 상황이 부담스러운 눈치였다.

리키가 내 마음을 읽기라도 한 듯 말했다. "우리한테 고마워할 거야."

"아니, 안 그럴걸." 화면 속 미첼이 말했다. "갠 불같이 화를 낼 거야."

"여기까지 왔는데 죽이 되든, 밥이 되든, 한번 부닥쳐 보자." 제이슨이 뚜껑을 열어젖혔고, 우리는 한 명씩 사다리를 타고 내려가기 시작했다. 맨 처음 내려간 사람은 나였다.

요새 안으로 들어가니 씨제이는 주방 조리대에 서서 뚜껑을 딴 소고기 스튜 통조림 한 통을 냄비에 붓고 있었다.

우리를 본 녀석이 잔뜩 놀란 표정으로 물었다. "너희, 여기에서 뭐 하는 거야?"

"그건 우리가 묻고 싶은 질문이야." 휴대폰 화면 속 미첼이 되물었다. "너야말로 여기에서 뭐 하는 거야?"

"오, 안녕, 미첼." 씨제이가 화면 속 미첼을 향해 손을 흔들며 말했다. "몸은 좀 좋아졌어?"

"말 돌리지 마." 미첼이 톡 쏘듯 되받았다.

얼굴을 찌푸린 씨제이가 우리를 차례로 바라보며 물었다. "대체 무슨 일이야?"

순간 숨 막히는 정적이 이어졌고, 쥐 죽은 듯 조용한 가운데 환풍기 펌프 돌아가는 소리만이 내 머릿속에서 포효하듯 울려 퍼졌다. 난 사실 리키가 무슨 말이라도 해 주길 기다리고 있었다.

우리를 이 불편한 상황으로 끌어들인 건 녀석이었으니까. 하지만 또 한편으로는 이건 리키가 나설 문제가 아니라는 생각도 들었다. 어려서부터 씨제이와 함께 자라며 우정을 가꾸어 온 건 우리였다. 리키 덕분에 대화의 자리가 마련되었을 뿐, 아무리 거북하더라도 이제 대화를 이끌어야 하는 건 분명 우리였다.

"잘 들어, 씨제이." 내가 말문을 열었다. "우린 다 알아. 네 얼굴과 몸의 상처가 불사조놀이 때문이 아니란 것도 알고, 마커스가 그동안 너를 폭행해 왔다는 것도 알고, 네가 집을 나와 요새에서 살고 있다는 것도 알아."

내 말에 녀석이 어떤 반응을 보일지 알 수 없었지만, 이런 반응을 보일 거라곤 전혀 예상치 못했다. 녀석은 크게 웃으며 말했다. "너희 뭔가 단단히 오해하고 있구나."

"그러면 왜 아직도 여기에 있는 건데?" 내가 따져 물었다. "매든 한 시즌을 끝내는 데 세 시간이나 걸리지는 않잖아?"

씨제이가 어깨를 으쓱하며 답했다. "재미있는 걸 하다 보면 시간 가는 줄 모르잖아. 갑자기 배가 고파서 시계를 보니 시간이 벌써 이렇게 되어 있더라고. 이것만 먹고 집에 갈 참이었어."

그러더니 씨제이는 허기진 배를 채우기 시작했다. 우리가 자기를 둘러싸고 쳐다보든 말든 소고기 스튜를 마치 굶주린 상어처럼 후루룩 소리를 내며 게걸스럽게 떠먹는 것이었다.

"이런 멍청이들 같으니라고." 씨제이가 스튜를 우물거리며 말했다. "왜, 내가 집에서 나왔는지 아닌지 확인하려고 나를 집까지 데려다주기라도 할 작정인 거야?"

내가 물러서지 않았다. "그거 좋은 생각이네."

"나도 동감이야." 리키가 말을 보탰다.

씨제이의 눈빛이 번뜩였다. "오, 똑똑한 영재생이 찬성했으니 진짜로 좋은 생각이긴 한 모양이네."

"나도." 제이슨이 단호히 말했다. "우리 모두 너랑 같이 갈 거야."

"가더라도 설거지는 꼭 하고 가." 미첼이 화면 속에서 툭 말을 내뱉었다.

그 말에 경직된 분위기가 다소 누그러졌지만, 씨제이와 우리 사이에는 여전히 팽팽한 긴장감이 감돌고 있었다. 이렇게 된 이상, 씨제이도 우리의 동행을 거부할 수는 없을 터였다.

나는 씨제이의 얼굴에서 가실 날 없던 상처를 보고도, 아동 학대를 암시하는 단서나 가정 폭력의 명백한 증거로 생각해 본 적이 없었다. 우리는 얼마나 무심했던가! 우리가 마커스를 칭송할 때마다 일그러지던 씨제이의 표정을 보고도 그 이유를 궁금해하지 않았다. 그리고 그 녀석이 늘 말해 왔던 '불사조놀이'에 대해서도 아무런 의심을 품지 않았다. 초등학생 시절, 씨제이는 위험한 행동을 불사하는 과격한 아이가 아니었다. 그런 녀석이 전과 다른 행동을 보인 건 마커스를 가족으로 맞아들인 다음부터였다. 어째서 우리는 녀석을 매일 보면서도 이런 급격한 변화에 의문을 품지 않았던 걸까? 물론 제발 그 위험한 곡예를 그만두라고 여러 차례 잔소리하긴 했지만, 씨제이가 왜 그런 행동을 하는지에 대해서는 깊이 고민하지 않았다. 결국 퍼즐 조각을 맞춘 건 다른 누구도 아닌 리키였다. 리키 덕분에 씨제이의 위험천만한 행동 뒤에 숨은 동기가 수면 위로 드러났다. 믿고 싶지 않지만 부정할 수 없을 만큼 상황이 딱 들어맞았다.

그렇다. 우리는 친구의 고통을 눈치채지 못했다. 하지만 더는 아니다. 씨제이가 원하든 원치 않든 간에 우리는 녀석을 구출해야만 한다.

씨제이가 어깨를 으쓱하며 외투를 입고는 빈정대듯 말했다. "내 말을 그렇게도 못 믿다니. 나는 그래도 너희가 내 친구인 줄 알았는데."

"우리가 네 친구라서 여기에 모인 거야." 내가 반박했다.

"말만 번지르르하긴. 친구란 서로를 믿어야 한다고." 씨제이는 이렇게 내뱉더니 사다리를 타고 올라가 출입구 뚜껑을 열고 밖으로 나갔다.

우리도 서둘러 요새의 전원을 끄고 밖으로 나가 출입구를 위장한 다음 그 뒤를 따랐다. 다들 아무 말 없이 걷고 있는데, 미첼만이 제이슨의 휴대폰 너머에서 짜증 섞인 목소리로 투덜댔다.

"설거지도 안 해서 냄새가 퍼지도록 하면 어떡하냐." 미첼이 씨제이를 나무랐다. "너 때문에 요새가 더러워졌잖아!"

휴대폰 플래시를 전등 삼아 숲을 빠져나온 우리는 이윽고 씨제이가 사는 동네에 다다랐다. 갑자기 씨제이가 걸음을 멈추더니 고개를 돌려 우리를 바라보며 말했다. "어때, 여기까지 같이 온 걸로도 충분한 것 같은데. 여기서부터는 경호원 없이 나 혼자서도 집에 갈 수 있거든."

말을 마친 씨제이가 다시 고개를 돌려 걷기 시작했고, 우리는 씨제이의 말에 아랑곳하지 않고 녀석을 계속 뒤따랐다. 씨제이의 집이 보이는 거리에 들어서자 제이슨의 불안한 눈빛이 느껴졌다.

제이슨이 어떤 생각을 하고 있는지 알고도 남았다. 만약 우리가 오해하는 거라면 어쩌지? 우리는 똑똑한 리키의 말을 믿었다. 하지만 녀석은 오랜 친구가 아니었다. 만약 리키가 상황을 오인하고 성급하게 결론 내린 것이라면 우리는 그야말로 엄청난 실수를 하는 거였다. 얼간이 취급을 받게 될 건 두말하면 잔소리였고, 행여 씨제이가 우리를 용서하지 않겠다면 그 낭패감이란 이루 말할 수 없을 터였다. 99퍼센트의 확신을 가지고 뛰어든 일일지라도 1퍼센트의 불확실성은 여전히 남아 있기에, 우리는 마음을 졸이지 않을 수 없었다.

씨제이가 집 근처에 다다르자, 리키조차 약간 초조한 기색을 보였다.

그때였다. 씨제이가 집으로 들어가려고 몸을 틀던 그 순간, 돌연 걸음을 멈추고 도보 위에 주저앉았다. 정확히 말하자면 주저앉았다기보다는 허물어지듯 내려앉고 말았다. 그렇게 무너져 내린 씨제이는 양팔로 두 무릎을 끌어안은 채 고개를 떨구었다.

우리는 모두 눈앞에서 그 모습을 지켜봤지만, 영상 통화로 연결된 미첼은 씨제이가 갑자기 증발이라도 한 것처럼 화면에서 쏙 사라져 버린 상황이 어리둥절할 뿐이었다. "씨제이는 어디에 있는 거야?"

"여기에 있어." 다른 친구들을 대신해 내가 답했다. "씨제이는 여기에서……." 순간 울컥한 내 목소리가 약간 갈라졌다. "……잠깐 쉬고 있어." 리키의 말을 통해 씨제이가 곤란에 처해 있음을 나름대로 확신하고는 있었지만, 내 두 눈으로 직접 그게 사실임을 확인하고 나니 전해지는 충격이 예상보다 컸다. 이런 일은 책이나 영화 또는 신문 사회면에서나 볼 법한 가상의 이야기라고만 생각했지, 내 주변에서 실제로 벌어지고 있을 거라고는 생각하지 못했다. 물론 엄마 아빠로부터 버림받은 나와 루크 형도 딱한 신세였지만, 적어도 우리 형제에게는 할머니와 할아버지가 있었다. 하지만 그 누구에게도 기댈 곳 없는 씨제이는 철저히 혼자였다. 이 사실을 진즉 알았더라면 내가 녀석에게 힘이 되어 줄 수도 있었을 텐데 하는 생각이 들었다. 순간 씨제이가 처한 상황이 마냥 애처로웠고 친구의 괴로움을 조금도 짐작하지 못했던 나 자신이 너무 창피해서 온몸이 마비라도 된 듯 움직일 수가 없었다. 마비된 감각이 다시 돌아올 수 있었던 건 이런 생각을 하고 난 뒤부터였다. 그땐 돕지 못했지만, 이젠 기필코 도와야만 해.

나는 씨제이 곁으로 다가가 한쪽 무릎을 꿇고 말했다. "이제 괜찮아. 네 곁에는 우리가 있잖아."

"제발 아무에게도 말하지 말아 줘." 씨제이가 간청하듯 말하며 제이슨을 올려다봤다. "특히 저넬에게는 절대로 얘기하면 안 돼. 걔 아빠가 알면 안 된다고."

"글쎄." 리키가 말했다. "어쩌면 지금 네게 절실한 건 경찰의 도움일지 몰라."

씨제이가 고개를 세차게 저었다. "그건 안 돼! 경찰이 나타나면 마커스는 엄마가 신고한 줄 알고 가만두지 않을 거야."

씨제이가 엄마에게 도움을 청할 수 없는 까닭이 여기에 있었다. 씨제이의 엄마도 가정 폭력의 희생자였던 것이다. 거기까지는 미처 생각이 미치지 못했다.

"우리 집으로 가자." 내가 제안했다. "더 이상 요새에서 잘 필요 없어."

"우리 집도 괜찮아." 제이슨이 얼른 말을 보탰다. "양쪽 집 모두 상관없어. 자전거는 나랑 함께 타면 되고."

"나랑 함께 있어도 돼." 미첼이 덧붙였다. "너한테 대고 기침하지 않기로 약속할게."

미첼의 말에 씨제이가 옅은 미소를 띠었다. "너 안 아프잖아."

"우리 모두 너를 도와주고 싶어 해." 리키가 말했다. "나야 다른 친구들만큼 너와 오래 알고 지내진 않았지만, 너만 괜찮다면 우리 집에서 묵어도 돼. 40년 묵은 소고기 스튜보다는 우리 아빠가 해 주는 요리가 더 맛있을 거야."

"소용없어." 씨제이가 울적하게 말했다. "내 집 놔두고 남의 집에서 묵는 이유에 대해서는 어른들에게 어떻게 설명하려고 그래? 사정을 듣고 내 말을 믿으면 경찰을 부르실 테고, 믿지 않으면 마커스에게 전화를 거실 테지. 어느 쪽이든 내게 득 될 건 없어."

"그럼 우리가 할 수 있는 게 아무것도 없다는 말이야?" 미첼이 소리 높여 안타까움을 표했다. 스피커를 통해 흘러나오는 미첼의 목소리에 애절함과 무력함이 물씬 묻어났다.

내가 씨제이의 어깨에 손을 얹고 말했다. "정말 미안해. 네 사정을 미처 헤아리지 못했어. 일찌감치 알아챘어야 했는데."

제이슨이 우리 옆에 쪼그려 앉았다. "대체 왜 우리에게 아무 말도 안 했던 거야?"

"씨제이를 탓할 게 아니야." 내가 제이슨에게 핀잔을 주었다. "진즉에 상황을 파악하지 못한 우리를 탓해야지."

씨제이가 고개를 가로저었다. “아무도 알아채지 못하게 꼭꼭 숨긴 건 바로 나야. 돌이켜 생각해 보면 내가 불사조놀이라 불렀던 그 많은 행동이 참 우습지 않아? 마커스의 손찌검 때문에 생긴 멍 자국인데도 멍이 든 진짜 이유를 숨기기 위해 달리는 자전거에서 몸을 날리고 계단 아래로 뛰어내리던 그 무식한 행동들 말이야. 우리는 요새에서 〈피라냐〉라든가 〈죠스〉같은 영화를 보고 겁을 먹었어도, 그게 창피해서 서로한테 무섭다는 말도 잘 안 했잖아. 그런데 정말로 대놓고 말하기 힘든 건, 현실 속의 실제 괴물이 내 집에 살고 있고 또 그 괴물이 언제 어떻게 나를 공격할지 모른다는 거야.”

씨제이와 오랜 친구 사이가 아니다 보니 이 상황에 선불리 끼지 못하고 한 발 물러서 있던 리키조차도 씨제이 옆에 무릎을 굽혀 앉으며 말했다. “아무에게도 말하지 않는 게 좋을 거라는 생각은 어떻게 하게 된 거야?”

씨제이가 참담한 표정으로 어깨를 으쓱였다. “처음에는 마커스가 변할 거라고 믿었어. 하지만 그 믿음이 어리석었다는 걸 깨달았을 때쯤, 엄마와 나 자신을 지켜 내려면 내가 나이를 더 먹어서 키도 커지고 힘도 세지는 길밖에 없다는 생각이 들더라.” 씨제이가 한숨을 쉬며 말을 이었다. “그런데 그렇게 되기까지는 시간이 너무 오래 걸리는 거야. 그래서 속절없이 시간이 흐르기만을 기다리다가 결국 엄마와 난 이 지경에 이르고야 말았지. 게다가 엄마는 마커스를 떠날 생각이 없어. 난 마커스가 있는 집으로 돌아갈 생각이 없고. 너희가 날 돕고 싶어 한다는 걸 잘 알지만, 난 도움의 손길이 닿지 못하는 처지에 놓여 있어. 그야말로 속수무

책인 거지.”

씨제이의 말에 우리 중 그 누구도 “아니야, 그렇지 않아!”라고 자신 있게 외치지 못했고, 앞으로의 계획에 관한 이야기 또한 꺼내지 못했다. 우리가 그럴 수밖에 없었다는 건 씨제이가 처한 상황이 그리 단순하지 않음을 보여 주는 방증이었다. 평소 아이디어가 넘치는 리키조차도 딱히 할 말을 찾지 못했다. 씨제이의 말이 옳았다. 녀석의 문제를 해결하기 위해 우리가 할 수 있는 건 현재로서는 아무것도 없었다. 이건 아이들의 힘으로 해결할 수 있는 문제가 아니었다. 그렇지만 어떻게 해서든 씨제이가 수렁에서 빠져나올 수 있도록 도와야 했다.

우리는 도보 위에 서로 따닥따닥 붙어 앉은 채 오랜 시간 침묵을 지켰다.

정적을 깬 건 씨제이였다. “집으로 가자.”

아무 말 없이 우리는 자리에서 일어나 걷기 시작했다.

목적지를 물을 필요는 없었다.

씨제이

요새로 돌아가는 길은 아마 내 평생 가장 긴 여정이었을 것이다. 천근만근 무거운 발걸음을 힘겹게 내디뎠지만, 그 길 위엔 녀석들이 함께 있었다.

이 모든 악몽의 시작, 마커스가 내게 처음 폭력을 행사한 순간이 정확히 언제였는지 기억나지 않는다. 폭력은 점차 드세졌다. 내 멱살을 잡고 흔들던 그의 손은 언젠가부터 있는 힘껏 가슴팍을 밀쳐 대기 시작했고, 회를 거듭할수록 더욱 과감하고 파괴적인 동작이 더해졌다. 마커스의 손찌검이 다른 아이들의 집에서도 흔히 일어날 만한 수준의 체벌이 아니란 걸 깨달았던 순간, 아무도 이 사실을 알아서는 안 된다는 나름의 결론에 이르게 되었다.

하도 많이 맞다 보니 새아빠의 샌드백 신세가 되는 게 더 이상 당황스럽지 않았다. 영문도 모른 채 까닭 없이 맞다 보니 죄책감이 들 이유도 없었다. 우리 집에서 사달이 벌어졌다 하면 그건 순전히 마커스 때문이었다. 하지만 마커스와 한 가족이 된 이상, 그건 우리의 문제이자 우리의 가정사였다. 남들이 왈가왈부할 문제가 아니었다. 그래서 이 문제에 관해서는 친형제보다 가까운 친구들에게도 철저히 함구했다. 우리는 모든 것을 공유하는 사이였지만 그것만은 예외였다. 불사조놀이를 시작해야만 했던 이유도 집안의 비밀을 지키기 위해서였다.

그렇게 수년간 두텁게 쌓아 올린 비밀의 벽이 결국 그날 밤 와르르 무너지고 말았다.

벽 뒤로 숨었던 나를 드러내는 건 무척 두려운 일이었다. 녀석들은 결국 이 사실이 드러나게 된 것이 내게 잘된 일이라 생각할지 몰라도, 솔직히 나는 벽을 허문 녀석들이 미웠다. 내게 있어 친구들에게 민낯을 내보이는 괴로움은 마커스에게 얻어맞는 고통과는 견줄 수 없는 그 이상의 아픔이었다.

이제 더 이상 숨길 것도 없이 나는 완전히 발가벗겨졌다. 지난 수년간 불사조놀이를 꾸며 상처를 위장하고 온갖 핑계와 거짓말로 진실을 감출 때마다 쓰던 가면은 한순간에 벗겨져 나갔다. 내 남루한 실상이 여과 없이 드러난 마당에 이제 친구들을 어떻게 마주한단 말인가?

그에 대한 대답은 이렇다. 그렇다고 이 친구들을 어떻게 마주하지 않을 수 있단 말인가? 내 곁에서 한시도 떠나려 하지 않는데 말이다!

숲속에 접어들자 에반, 제이슨, 리키, 그리고 영상 통화 속 미첼은 비밀 첩보 요원처럼 나를 에워싸고 어두컴컴한 숲길을 호위하듯 걷기 시작했다. 숲의 초입에서 요새까지 절반쯤 걸었을 무렵 제이슨의 휴대폰이 배터리 부족으로 꺼졌고, 그와 동시에 화면 속 미첼의 얼굴도 자취를 감추었다. 그러자 잠시 후 다른 아이들의 휴대폰 전화벨이 차례로 다급하게 울리기 시작했다. 이 얼마나 기묘한 일인가? 세상이 무너져 내린 듯한 절망감에 사로잡혀 있는 와중에 캄캄한 숲속에서 골칫덩어리 미첼의 우스꽝스러운 행동 때문에 다들 폭소를 터뜨리고 있다니.

마침내 내가 전화를 받았다. "응, 미첼."

미첼이 호통을 치듯 말했다. "내가 이 상황을 너 혼자 감당하도록 놔둘 거라고 생각한다면 넌 학교에서 유급을 당해도 싼 멍청이일 거야!"

"알았으니 그만 진정해." 내가 말했다.

미첼의 호통을 듣고 나니 알 것 같았다. 녀석들이 내 인생의 문제를 해결해 줄 수는 없어도 내 곁에 함께 있어 줄 거라는 것을. 내겐 여전히 뒤죽박죽 엉켜 버린 문제가 남아 있지만 더 이상 혼자 끙끙대지 않아도 된다는 것을.

요새에 다다르자 잠시나마 느꼈던 위로의 감정도 사라지고 말았다. 지하 구덩이 속에 또다시 혼자 틀어박혀 있어야 한다는 생각에 문득 정신이 아찔했다. 물론 선인장이 나와 함께 있어 주겠지만, 한 시간 전에 벌어진 일로 깨달은 게 있다면 나를 아끼는 사람을 대신할 만한 화초는 없다는 것이다.

내가 출입구의 뚜껑을 힘껏 들어 올렸다. 뚜껑이 들리는 소리에 묻혀 녀석들이 내 목소리의 떨림을 알아채지 못하길 바라며 말했다. "자, 이제 목적지에 도착했으니 내일 학교에서 보자." 그러면서 왼 다리를 구멍 안에 집어넣고 사다리의 첫 번째 가로대를 밟았다.

에반이 불쑥 얼굴을 들이대며 말했다. "우리 집에서는 아침을 7시에 먹거든. 난 6시 30분에 일어나니까 그 시간 이후에 아무 때

나 와. 같이 아침 먹자."

"방과 후에는 우리 집에 가서 같이 숙제하자." 리키가 제안했다. "숙제를 끝내고 나면 아빠가 고기를 구워 주실 거야."

휴대폰 속 미첼의 음성이 들렸다. "그다음엔 우리 집으로 건너와. 엄마가 저녁 교대 근무로 집을 비우니까 늦게까지 나랑 있어도 돼."

"우리 엄마는 늘 집에 친구 좀 데려오라고 성화야." 제이슨이 말했다. "네가 놀러 오면 이혼 소송으로 복잡한 엄마의 마음을 달래는 데 도움이 될 거야."

"알았어……. 어, 그럴게……. 어, 안녕." 금방이라도 왈칵 쏟아질 듯 눈가에 그렁그렁 맺힌 눈물 때문에 주위의 나무들이 흐릿하게 보였다. 그렇게 녀석들과 인사를 나누자마자 사다리를 타고 허겁지겁 내려갔다.

친구들이 마커스에 관한 사실을 알게 된 건 이제 더 이상 아무렇지도 않았다. 하지만 녀석들에게 내가 우는 모습을 보여 주긴 싫었다.

그로부터 사흘이 지난 지금, 나는 수건을 몸에 두른 채 에반네 집 욕실 앞에 서 있다. 김이 서린 거울의 일부를 닦아 낸 뒤 아이스하키장 주차장에서 마커스에게 따귀를 맞고 사이드미러에 부딪혀 생긴 뺨의 상처를 살펴봤다. 피딱지는 사라졌고 새살이 돋아나던 자리의 홍조도 많이 옅어졌다. 타박상을 입은 갈비뼈도 이제 별로 아프지 않고 찢어지거나 멍든 부위도 대부분 나아 있었다.

내가 만약 마커스가 있는 집으로 돌아갔다면 이 상처들은 새 상처로 덮였겠지만, 나는 아직 요새에 머무르고 있다.

친구들은 여러모로 나를 돕고 있다. 에반네 집은 욕실이 정말 끝내준다. 뜨거운 물이 얼마나 콸콸 잘 나오는지 마치 개인 사우나 시설 같다. 에반은 할아버지가 이런 욕실을 선호한다고 말했다. 게다가 수건도 어쩜 그렇게 보송보송하고 부드러운지, 나는 이틀 전부터 방과 후 에반의 집에 들러 샤워를 하고 있다. 오늘은 여기서 저녁도 먹기로 했는데, 잠까지 잘 수는 없었다. 에반의 할머니가 엄마에게 전화를 걸어 나를 재워도 되는지 물어볼 가능성이 매우 높기 때문이다. 그렇게 되면 마커스가 득달같이 달려올 테고, 3분 후 에반네 현관문을 두드릴 것이었다. 학교와 같은 공공장소에서는 함부로 나를 끌고 나갈 수 없을 테지만, 개인 가정집이라면 능히 그러고도 남을 인간이었다.

마커스로부터 잠시 떨어져 있을지언정 그와 언제 어디서든 맞닥뜨릴 위험은 늘 도사리고 있었다. 게다가 엄마를 혼자 남겨두었다는 죄책감은 날이 갈수록 깊어졌다. 폭력을 행사할 대상 중 한 명이 사라졌으니, 그 모든 분노의 에너지가 엄마에게 쏠린다면 어쩌지? 나의 부재로 엄마가 더 큰 위험에 처하게 된 건 아닐까? 이런 생각이 계속 머릿속을 맴돌며 나를 괴롭히고 있었다.

잠시나마 괴로움을 떨쳐 내려 따뜻한 물에 샤워하기, 깨끗한 옷 챙겨 입기 등과 같은 사소한 일에 집중하려고 노력했다. 여태껏 깔끔함과는 거리가 멀었지만, 혼자 지내면서 이런 일이 얼마나 소중한지 새삼 깨닫게 되었다. 에반은 할머니가 빨래를 돌릴 때 내 옷을 슬쩍 끼워 넣는가 하면, 자기 옷을 내게 몰래 빌려주고 있다. 에반과 나는 체구가 비슷하다 보니 지금까지는 그럭저럭 별다른 의심을 사지 않고 지내고 있다. 그런데 오늘 저녁 식사 자리에서 에반의 할머니가 이렇게 말씀하시는 거였다. "너희 둘은 옷을 맞춰 입고 다니니? 에반도 그런 셔츠가 집에 있는데."

할머니의 말에 에반과 나는 함께 식사 중인 루크 형이 뭔가 낌새를 챈 건 아닌지 반응을 살피며 가슴을 졸였다. 다행히 루크 형은 특유의 찡그린 표정으로 우리를 한 번 노려보았을 뿐, 이내 관심을 거두고 다시 수프를 떠먹는 데 집중했다.

에반의 집에서 너무 많은 시간을 보내면 안 되는 이유가 여기에 있었다. 바로 예이거와 한패인 루크 형이 살고 있었기 때문이다. 루크 형은 평소 우리를 투명 인간 취급했지만, 내가 최근 들어 에반의 집에 머무르는 시간이 많아지고 있음을 혹시나 수상하게 여기는 건 아닌지 걱정되었다.

그날 저녁 식사 이후, 응접실 진열장에 놓인 금테를 두른 중국식 도자기 그릇을 가리키며 내가 말했다. "에반, 저 그릇들 베넷 델라미어 회장의 물건과 비슷하지 않아?"

주방에 있던 루크 형이 그 말을 들었는지 응접실로 연결되는 미닫이문을 열고 불쑥 나타났다. "머리에 피도 안 마른 조그만 녀석들이 베넷 델라미어 회장의 물건에 대해서 뭘 안다고 지껄이는 거야?"

루크 형은 평소 집에 있을 때 만사가 다 귀찮고 지겹다는 듯 반쯤 졸린 표정을 짓고 다녔는데, 왠지 지금은 눈빛이 또랑또랑

했다. 루크 형에게 반려견의 귀가 달렸다면, 하늘을 향해 쫑긋 서 있을 정도로 촉각을 곤두세운 듯한 표정이었다.

에반이 상황을 모면하기 위해 둘러댔다. "얘 말은, 그게 그러니까, 델라미어 일가는 부자니까 저렇게 고급스러워 보이는 물건들이 엄청 많을 거라는 얘기지."

하지만 루크 형이 그냥 넘어갈 리가 없었다. "너희, 혹시 돈이 거기에서 난 거야? 델라미어 가문의 물건을 훔치고 있던 거였어?"

"케이넌에는 이제 델라미어 가문 사람들이 살지 않잖아요." 내가 말했다. "베넷 회장이 죽고 나서 다들 타지로 흩어진 것 아니었어요?"

"바른대로 말하지 못해?" 루크가 사납게 으르렁거렸다.

"말할 게 있어야 말하지!" 에반이 큰 소리로 맞받아쳤다. "대체 우리한테 무슨 돈이 있다고 그러는 거야, 형! 아니라고 몇 번을 말해!"

"내 말 잘 들어!" 루크 형의 말투에서 미묘한 변화가 감지됐다. 방금 전 우리를 심문하던 말투가 순간 간청하는 듯한 말투로 바뀌었다. "너희가 아무리 꼭꼭 숨긴다고 해도 오래 못 가서 들통나고 말 거야. 예이거는 무슨 수를 써서라도 너희의 비밀을 파헤칠 테니까. 나를 상대하는 게 낫겠니, 예이거를 상대하는 게 낫겠니? 예이거를 너무 자극하지 마. 원하는 걸 얻기 위해서는 못 할 짓이 없는 녀석이니까!"

에반과 내가 의아한 눈빛을 교환했다. 루크 형의 말은 위협인 동시에 충고이기도 했다.

우리는 항상 루크 형이 예이거와 한통속이라고만 생각했는데, 루크 형이 방금 보여 준 태도는 둘 사이의 관계가 우리가 생각했던 것과는 다를 수도 있다는 걸 암시했다. 루크 형은 어쩌다 보니 예이거와 어울려 다니게 되었지만, 이제는 예이거의 손아귀에서 벗어나지 못하고 질질 끌려다니는 형편이었다. 그렇다. 루크 형은 예이거를 두려워하고 있었다.

루크 형도 이렇게 겁을 먹고 있는데, 우리가 느끼는 공포감은 얼마나 심하겠는가?

나는 에반네 집에서만 시간을 보내는 건 아니었다. 녀석들의 성화에 못 이겨 두루두루 집을 옮겨 다니다 보니, 한군데에서 너무 오래 머물러 어른들의 의심을 살 일은 없었다. 다만 이 순회 방문에는 약간 신경이 쓰이는 구석이 있었다. 제이슨의 집에는 녀석이 엄마와 지내는 주간에만 방문한다. 제이슨의 아빠 집은 너무 멀어서 가려면 자전거가 필요하기 때문이다. 내 자전거를 우리 집 차고에서 몰래 빼내 올 수도 있지만, 그러면 마커스가 금방 눈치를 채고 나의 동선을 추적하려 들 위험이 있기에 관두었다.

한편, 미첼의 엄마가 미첼의 꾀병을 더 이상 참지 못하고 녀석을 다시 학교에 보낸 덕분에 녀석의 집에서도 머물 수 있게 되었다. 미첼이 학교에 다시 다니다 보니 방과 후에 녀석의 집에 가는 게 자연스러워졌다. 하지만 미첼은 여전히 요새에 가지 않는다. 요새에 놀러 가자고 아무리 졸라 대도 막무가내다. 자신에게 아직 '바이러스'가 남아 있을 테니, 지금 가면 요새가 바이러스로 오염될 거라며 말도 안 되는 고집을 부린다.

때때로 리키의 집에도 들르는데, 거기에선 어린 꼬마가 깨지 않도록 엄청 조용히 있어야만 한다. 시끄러운 소리에 리키의 젖먹이 동생이 잠에서 깨 울기라도 하면 리키가 시험공부에 집중할 수 없기 때문이다. 리키는 새 영재 학교에 진학할 준비를 하고 있는데, 다음 주에 입학시험을 치를 예정이다.

우리는 리키가 잘난 체한다며 늘 못마땅하게 여기지만, 녀석이 책을 파고드는 모습은 꽤나 인상적이다. 녀석의 방은 마치 대학 도서관 같다. 바닥에는 천 페이지 분량의 두툼한 책 몇 권이 굴러다니고, 벽면은 눈가루를 뿌려 놓은 듯 깨알 같은 글씨가 적힌 포스트잇으로 잔뜩 도배되어 있다. 지난번에 보니 화장실에서도 공부를 하는지, 변기 시트 위에 입체 지도책이 펼쳐진 채 히말라야산맥을 드러내고 있었다.

이 녀석은 진짜 영리한 녀석임이 틀림없다. 비록 나는 녀석이 얼마나 머리가 좋은지 판별할 수 없지만 말이다. 여하튼 나와 새아빠 사이의 문제를 밝혀 낼 만큼 머리가 비상한 리키에게 난 큰 빚을 졌다.

"영재 학교에 들어가면 숙제도 입학시험 준비하듯 해야 하는 거야?" 내가 경이로운 표정으로 물었다.

리키가 어깨를 으쓱이며 말했다. "거의 그렇지. 게다가 새로 입학하면 다시 7학년으로 다녀야 할 거야."

"새 학교 들어가면 우린 다시 못 보겠네!"

리키가 씁쓸한 미소를 지어 보이며 말했다. "훗, 녀석들이 퍽이나 서운해하겠다. 특히 미첼 녀석."

순간 가슴이 아렸다. 우리는 리키를 진정한 친구로 받아들인 적이 없었다. 만약 녀석이 요새를 발견하지 않았더라면 우린 대번에 녀석을 내쳤을 것이다.

"저기, 있잖아. 머리 좋은 아이들이 몰려 있는 곳에 진학하더라도 우리 가끔은 시간 내서 보자." 내가 제안했다.

"물론이지." 리키가 말했다. "요새에 가면 늘 만날 수 있을 텐데, 뭘."

그래, 우리에겐 요새가 있었지. 그런데 나는 지금 그 요새를 내 집 삼아 살고 있다 보니 오히려 요새 밖에서 보내는 모든 순간이 소중하게 느껴지기 시작했다. 처음에 지하 요새를 발견했을 때는 단조로운 일상의 탈출구를 찾아낸 듯 설렜는데, 이제는 그 요새가 내 일상의 주된 공간이 되다 보니 심지어 여기를 벗어나 제2의 요새를 찾고 싶다는 마음까지 들었다. 아니, 어쩌면 내가 되찾고 싶은 건 두려워할 존재가 없는 지상에서의 일상인지도 모르겠다.

엄마가 보고 싶다. 엄마를 떠올릴 때마다 대체로 걱정스러운 마음이 앞선다. 리키는 바로 연락이 닿을 수 있는 가정 폭력 피해자 지원 단체의 전화번호를 계속 수집하고 있다. 하지만 합법적인 구호 단체라 하더라도 전화를 걸기가 두렵다. 행여 마커스가 내가 구호를 요청한 걸 눈치채기라도 하면 어쩐단 말인가?

어떤 일이 일어날지는 불 보듯 뻔하다. 헐크로 변해 길길이 날뛰겠지. 리키네 집에 머물고 있는 나야 안전하겠지만, 아수라장이 되고 말 집에 혼자 남겨진 엄마는 어쩌란 말인가?

리키네 집에서 다시 미첼네 집으로 옮겨 갔다. 미첼네 집은 엄마가 야간 근무로 집을 비우기 때문에 밤에 머물기 제격이다. 미첼과 내내 함께 있던 나는 밤 11시가 넘어서야 혼자 요새로 향했다. 한밤중의 케이넌은 을씨년스럽고 황량했다. 멀리서 들려오는 자동차의 요란한 엔진 소리에 문득 소름이 돋았다. 아무래도 피해망상에 사로잡힌 것 같다. 동네에 저런 엔진 소리를 내는 자동차가 한둘이 아닐 텐데, 왠지 예이거의 무스탕 소리처럼 들리니 말이다. 하긴, 으슥한 야밤에 사고 칠 거리를 찾으며 돌아다닐 만한 사람이라고는 이 동네에 예이거 말고는 없을 테니 그렇게 느껴지는 것도 어찌 보면 당연하다.

서둘러 발길을 옮겼다. 동네의 일부 구간은 너무 어두워서 휴대폰의 플래시를 켜고 싶었지만 꾹 참았다. 플래시 앱을 켰다가 배터리가 닳아서 정작 어두컴컴한 숲속에서 휴대폰 전원이 꺼지기라도 한다면 요새를 찾아갈 수 없을 것이기 때문이었다.

마침내 숲의 초입에 다다랐을 때, 뭔가가 시야에 잡혔다. 실눈을 뜨고 살펴보니 자동차였다. 오솔길의 들머리에서 45미터가량 떨어진 곳에 주차된 차는 바로 예이거의 무스탕이었다.

맥박이 빠르게 뛰며 두려움이 엄습했다. 그 둘은 우리가 숲에 돈이 될 만한 뭔가 중요한 걸 숨기고 있음을 기정사실로 여기는 듯했다.

머릿속에 가장 먼저 떠오른 생각은 여기에서 더 나아갈 수는 없다는 거였다. 하지만 그렇다고 계속 여기에 머물러 있을 수도 없는 노릇이었다. 언제가 됐든 루크와 예이거는 차가 있는 이곳으로 돌아올 테고, 그러면 나를 발견하게 될 테니까. 둘이 자리를 뜰 때까지 숨어 있을 곳을 찾을 수도 있었지만, 비상 상황이 언제 종료될지 모른 채 마냥 숨어 있을 수만은 없었다. 최선의 방법은 요새를 향해 발길을 재촉하는 것이었다.

나는 휴대폰 플래시를 켜지 않고 천천히 그리고 조심스럽게 발을 내딛기 시작했다. 혹시라도 덤불 뒤로 급하게 몸을 숨겨야 할 경우를 대비해 최대한 길의 가장자리에 붙어서 걸었다. 특별히 이상한 소리는 들리지 않았다. 평소 예이거는 뱀처럼 조용했지만, 루크는 쉴 새 없이 떠들어 댔기에 루크의 목소리가 들리지 않는다는 건 다행스러운 일이었다. 숲속으로 들어간 지 얼마 되지 않았는데도 칠흑 같은 어둠이 숨통을 조이듯 자욱하게 깔렸다. 바닥을 내딛는 발이 보이지 않을 정도였다. 마치 난간에 의지해 걸음을 옮기듯 손으로 더듬더듬 덤불을 만져 가며 한 발 한 발 조심스레 나아갔다.

위험했지만 잠시 내 위치를 확인하기 위해 1, 2초가량 휴대폰 플래시를 켜지 않을 수 없었다. 그렇다고 오래 켜 둘 순 없었다. 이런 어둠 속에서 플래시를 켜 둔다는 건 조명탄을 높이 쳐들고 "나 여기 있어! 와서 잡아 봐!"라고 외치는 것과 마찬가지일 테니 말이다.

내 걸음은 어쩔 수 없이 더뎠다. 그리고 난 겁에 질려 있었다. 이런 속도라면 내일 아침 등교 시간이 될 때까지도 요새에 도착하지 못할 터였다. 구불구불한 오솔길에서 요새를 향해 제대로 걸음을 옮기고 있는지 확인하기 위해 휴대폰 플래시를 한 번 더

켰다 껐다. 그때였다. 플래시가 꺼지고 사위가 다시 자욱한 어둠으로 뒤덮이던 그 순간, 난 심장이 멎는 줄만 알았다. 내 왼쪽으로 미로 같은 나무 틈새를 뚫고 한 줄기 불빛이 새어 나온 것이다. 불빛의 주인은 바로 루크와 예이거였다!

나는 그 자리에 얼어붙은 채 숨을 멈추었다. 그렇게 얼마나 숨을 죽이고 있었을까, 둘의 목소리가 들리기 시작했다.

루크가 말했다. "이 성가신 벌레들! 왜 숲에는 이렇게 벌레가 바글대는 거야?"

예이거가 말했다. "닥쳐."

둘 중 한 명은 고성능 플래시를 지닌 게 분명했다. 플래시를 움직일 때마다 나무들 틈새로 수백 개의 그림자가 폭포수처럼 쏟아졌다. 나는 근처의 가장 큰 나무 둥치에 몸을 숨겼지만 소용없었다. 플래시 불빛이 사방에서 요동을 쳤고, 도대체 둘이 어느 방향에서 다가오고 있는 건지 종잡을 수 없었다.

요새를 향해 달음박질치고 싶은 마음이 굴뚝같았지만, 그건 저들이 그토록 찾아 헤매는 곳으로 순순히 인도하는 꼴이 될 수도 있었기에 꾹 참았다. 나는 나무 둥치 뒤로 몸을 잔뜩 웅크렸고, 흔들리는 플래시 불빛은 나무들 사이로 현란한 그림자 춤을 선보이며 점점 가까이 다가왔다. 그때였다. 순간 그림자 춤이 멈추고 플래시 불빛이 나를 정면으로 겨냥했다. 불빛에 눈이 부셔 앞이 보이지 않았다.

루크가 말했다. "녀석들 중 한 명이야!"

루크의 말이 끝나기가 무섭게 나는 얼음처럼 굳어 있던 정지 자세를 풀고 앞뒤 가릴 것 없이 맹렬한 속도로 어둠 속을 내달리기 시작했다. 나무뿌리와 덤불에 발목이 걸려 넘어지고 나뭇가지에 얼굴과 팔이 긁혀도 속도를 줄이지 않았다. 루크와 예이거의 손에 붙잡히느니 만신창이가 되는 편이 나았다.

"돌아와, 씨제이!" 루크가 숨을 헐떡이며 힘껏 외쳤다.

"그냥 얘기만 좀 하자고!" 예이거가 덧붙였다.

오, 그럴 테지. 무슨 이야기를 나누고 싶어 하는지 뻔할 뻔자였다. 나는 설령 저들에게 잡히더라도 요새와 관련된 비밀은 반드시 지켜 내기로 이미 단단히 마음먹고 있었다.

루크와 예이거는 나보다 다리가 길었지만, 난 분명 저들보다 이 숲길에 더 익숙했다. 불빛이 점차 희미해지고 초점이 분산되는 것으로 봐서 내가 놈들을 따돌리고 있음을 알 수 있었다. 문제는 나조차도 내가 어디로 내빼고 있는 건지 알 수 없다는 것이었다.

루크와 예이거가 멀찌감치 뒤처지면서 그들이 내뱉는 욕설과 위협하는 소리도 차츰 희미하게 들렸다. 손에 땀을 쥐게 하는 추격전에서 놈들을 따돌렸음을 자축하려던 순간이었다. 달리던 속도를 늦추지 않은 상태에서 느닷없이 나타난 나뭇가지에 가슴을 강타당한 나는 그 자리에서 쓰러지고 말았다. 충격이 얼마나 큰지 내가 바닥에 드러누워 있다는 걸 깨닫기까지 몇 초 정도 걸렸다. 그렇게 정신이 들자마자 나는 몸을 굴려 부근의 덤불 속에 숨었다. 그 상태에서 헐떡이는 숨을 손바닥으로 틀어막았다. 희미했던 플래시 불빛은 다시 밝아졌고, 바닥을 쿵쾅거리는 발자국 소리가 귓가에 울릴 정도로 놈들은 나와 가까운 곳에 다다랐다.

나는 부드러운 흙 위에 배를 깔고 엎드린 채 놈들이 내 목덜미를 움켜잡고 몸을 일으켜 세울 순간을 기다렸다.

그런데 그 순간은 오지 않았다.

나를 뒤쫓던 놈들이 나와 얼마나 근접해 있었는지 정확히는 모르겠지만, 정황상 반경 3미터 이내의 거리였을 터였다. 그런데 놈들은 나를 지나쳐 버렸다. 어떻게 그럴 수 있지? 이해할 수 없는 일이었지만 실제로 그들은 나를 놓쳤다. 등잔 밑이 어둡다고, 아마도 자신들의 발밑에 내가 엎드려 있으리라곤 생각지 못한 모양이었다.

루크와 예이거는 나를 지나치고는 얼마간 숲을 더 헤집고 나서야 결국 놓쳤음을 깨달았다. 그다음에는 도대체 내가 어디로 사라진 것인지를 두고 둘 사이에 열띤 토론이 이어졌다. 내 목소리가 들릴까 봐 숨죽이고 있어야만 하는 상황이 아니었다면, 난 아마 둘이 나누는 이야기에 폭소를 터뜨렸을 것이다.

놈들의 목소리가 들리지 않을 정도로 멀어져 간 다음에도 나는 덤불 아래에 그대로 엎드려 있었다. 놈들이 추격을 포기했는지, 여전히 나를 찾고 있는지, 아니면 어디에서 나를 놓쳤는지를 분석하려고 추적 경로를 복기하고 있는지 알 길이 없었기 때문이다. 그저 내가 완전히 위험에서 벗어났다는 확신이 들 때까지는 이곳에 진흙투성이 상태로 벌레에 물려 가며 마냥 누워 있을 수밖에 없었다. 썩 유쾌한 상황은 아니었지만 별다른 도리가 없었다.

그렇게 생각하던 차에, 저 멀리서 무스탕에 시동이 걸리는 소리가 들려왔다. 그 요란한 엔진 소리가 이렇게 반갑게 들리리라곤 꿈에도 생각지 못했다.

나는 비틀거리며 몸을 일으켰다. 진흙투성이의 몸을 일으키자 사방으로 흙먼지가 날렸다. 어둠 속에서 무언가가 두 눈을 반짝이며 나를 바라보고 있었다. 위험을 무릅쓰고 플래시를 밝혔다. 놈의 정체는 예이거도 루크도 아니었다. 한밤중 숲속에서 벌어진 난동에 영문도 모르고 곤한 잠에서 깨어난 성난 다람쥐였다.

이제는 휴대폰 플래시를 마음껏 켤 수 있었으므로 요새를 찾아가는 건 어렵지 않았다. 사다리를 타고 내려가 요새의 전원을 켜고 나서야 내 상태가 얼마나 엉망진창인지 알 수 있었다. 한 발 한 발 내디딜 때마다 진흙, 나뭇잎, 잔가지가 후드득 바닥에 떨어졌다. 비록 녹초가 될 정도로 피곤했지만 시간을 들여 옷을 털고 바닥을 청소했다.

주방 거울에 비친 내 모습을 보니 씻어야겠다는 생각이 들었다. 싱크대에서 스펀지로 몸의 땟국물을 씻어 내면서, 왜 베넷 델라미어 회장 같은 갑부가 공습 대피소에 욕실을 설치하지 않았는지 문득 궁금해졌다. 아마도 세계 대전이라는 생존을 담보할 수 없는 위험한 상황에서 용모를 단정히 하는 건 사치에 가깝다고 생각한 게 아닐까?

글쎄, 나는 전쟁을 겪어 보지는 않았지만 오늘 밤 벌어진 일을 생각하면 생존이란 참 좋은 단어인 것 같다. 마침내 소파에 지친 몸을 뉘였지만 정신은 말똥말똥했고, 충격에서 헤어나지 못한 몸은 여전히 떨리고 있었다.

나는 얼마나 더 오랫동안 이렇게 살아야만 하는 것일까?

미첼

초콜릿 칩 쿠키를 먹기 전에 쿠키에 박힌 초콜릿 칩 개수를 세어 봤어야 했는데. 분명 13개가 박혀 있었던 게 틀림없다. 그렇지 않다면 왜 말로는 나를 사랑한다고 하면서 엄마는 나를 도로 학교에 보낸단 말인가?

집 밖은 위험하다는 걸 엄마에게 어떻게 설명할 수 있을까? 학교에 나가지 않는 동안 매일 아침 눈을 뜨면 나는 루크와 예이거가 나를 덮칠지도 모른다는 두려움에 사로잡혀 집 밖으로 3미터 이상 벗어나지 않았다. 그런데 이제 다시 학교에 나가게 되었으니, 등하굣길에 놈들에게 붙잡히기라도 한다면 요새에 관한 이야기를 실토할 때까지 나를 가만두지 않을 텐데, 참 큰일이다. 하지만 설령 그런 일이 벌어진다 해도 결코 비밀을 누설하지는 않을 것이다. 다만 문제는 놈들이 화가 나면 내가 브레킨리지 박사의 정원에 무단 방뇨를 했다고 경찰에 신고할 테고, 그렇게 되면 불쌍한 우리 엄마는 교도소 면회실에 찾아와 방탄 유리창을 사이에 두고 수화기인지 뭔지를 집어 든 채 나랑 대화를 나눠야 하겠지. 아, 도대체 엄마는 왜 내 방에 초콜릿 칩 쿠키를 갖다 놔서 일을 이렇게 꼬이게 만든 건지, 야속할 따름이다.

수요일은 불운의 극치를 보여 준 하루였다. 학교에 갔더니 보러가드 선생님이 내가 학교에 안 나온 동안 주에서 시행하는 학력평가가 치러졌다면서 내가 그 시험에 미응시했음을 알려주었다. 그러면서 하는 말이 뭔지 아는가? 오늘 재시험을 보겠다는 거였다.

"말도 안 돼요!" 내가 항변했다. "어떻게 시험을 쳐요? 저는 공부할 기회도 없었는걸요!"

"이건 학교에서 배운 범위 안에서 문제를 내는 시험이 아니란다, 미첼."

"하지만 답을 모르면 어떻게 해요?"

"정해진 답이 있는 시험이 아니니까 너무 걱정하지 마라." 선생님은 최대한 부드러운 목소리로 나를 안심시켰다.

믿을 수 없는 말이었다. 세상에 정해진 답이 없는 시험이 있다니. 만약 그런 시험이 있다면 왜 매번 내 답안지는 온통 빨간색 펜으로 커다랗게 X 표시가 도배되어 돌아온단 말인가?

학교 선생님들은 사기꾼이다. 온갖 감언이설로 학생을 꼬드겨 긴가민가 헷갈리게 하는 데 당해 낼 재간이 없다. 평상시 같으면 교실 밖으로 나가게 해 달라고 빌 텐데, 지금은 시험을 보러 가지 않게 교실 안에 머물게 해 달라고 빌어야 할 형편이다.

하지만 어림도 없는 일이었다. 선생님은 내가 딴 데로 새지 않도록 시험 장소인 도서관까지 동행했다. 선생님은 내가 학교에서 도망치기라도 할까 봐 염려하신 모양인데, 그건 내 사정을 잘 몰라서 그렇다. 루크와 예이거가 내가 학교 밖으로 나오기만을 기다리고 있을 텐데 어딜 도망가겠는가.

시험장에는 나 말고 다른 아이도 있었는데, 아니 글쎄, 바로 리키였다.

"안녕, 미첼."

"여기에 어쩐 일이야?" 내가 물었다. "지난주에 아파서 학교에 못 나온 것도 아니잖아."

"여기서 영재 학교 입학시험을 볼 거라서." 리키가 답했다.

나는 선생님을 돌아보며 외쳤다. "제게 거짓말하신 거예요? 전 영재 학교 입학시험에 통과할 수 없다고요!"

선생님의 목소리에서 참을성이 사라지기 시작했다. "이제 그만 좀 하렴, 미첼. 리키가 보는 시험은 너와는 다르단다."

나 참 기가 막혀서. 그럼 이 똑똑이의 답안을 베낄 수도 없는 노릇 아닌가.

선생님은 나를 자리에 앉히고 시험지를 나눠 줬다. 시험 감독은 사서 선생님이 하실 테니 부정행위 같은 건 생각조차 말라고 당부한 다음 자리를 뜨셨다. 시험장에 남은 나는 OMR 카드 답안지의 타원형 빈칸을 채워 가기 시작했다.

도서관에 있는 사람들이 목소리를 낮춰 수군수군 대화를 나누는 소리가 들렸는데, 강박증이 있는 내게 이런 수군거림은 그야말로 쥐약이다. 통제 불능의 상태에서 여러 사람이 하는 말에 동시에 귀를 기울이다 보니, 머리가 아파서 답안을 채워 나가는 속도도 현저히 느려졌다. 들려오는 소리에 신경을 쓰지 않기 위해선 어쩔 수 없이 내가 말하는 수밖에 없었다. 나름 긴박한 상황이었기에 유일하게 대화를 나눌 상대가 리키뿐이라 할지라도 별수 없었다.

"난 사실 아프지 않았어."

내 말을 들은 리키가 시험 문제를 풀다 말고 속삭였다. "그런데 왜 아픈 척한 거야?"

리키가 내 진짜 친구가 아니라는 생각 때문이었을까, 나는 있는 그대로 사실을 털어놓았다. "놈들이 나를 협박했거든."

"놈들? 누구를 말하는 거야?"

"루크와 예이거 말이야. 내가 못된 짓을 하다가 걔들한테 걸렸거든. 그걸 빌미로 나를 경찰에 신고하겠다고 으름장을 놨어."

리키가 놀라는 눈치였다. "신고?"

우리의 대화를 눈치챈 사서 선생님이 날카롭게 "쉿!" 하며 주의를 주었고, 리키와 난 다시 시험지에 시선을 고정했다. 그때 아이들 한 무리가 도서관에 들어왔다. 그중에는 에반이 끼어 있었는데, 우리를 보더니 슬그머니 옆걸음질로 다가왔다.

"미첼이 범죄를 저질렀대." 리키가 에반에게 낮은 목소리로 말했다.

"아니야!" 내가 목소리를 낮춰 드세게 말했다. "감옥에 가게 될지도 모른다고 했을 뿐이야!"

"뭣 때문에?" 에반이 놀라며 물었다.

"정원에 물 주다가 루크와 예이거한테 걸렸어. 됐냐?"

리키가 어리둥절한 표정으로 물었다. "정원에 물 주는 게 뭐 어때서 그래?"

에반이 키득거리며 답했다. "영재 학교 재입학을 준비한다는 녀석이 아직도 그걸 모르는 거야? 그 정원은 남의 정원이고, 물은 진짜 물이 아니야."

내가 에반에게 입을 다물라고 필사적으로 신호를 주었건만, 녀석은 아랑곳하지 않고 브레킨리지 박사가 애지중지하는 허브 정원에 내가 오줌을 눈다는 얘기를 리키에게 발설하고야 말았다. 내가 있는 자리에서, 그것도 내가 루크와 예이거를 제외하고 가장 적대시하는 인간이 리키 녀석이란 걸 잘 알면서.

리키는 잠시 깜짝 놀라는 표정을 짓다가 이내 큰 소리로 웃기 시작했는데 그게 훨씬 더 굴욕적이었다.

"쉿!" 사서 선생님이 우리를 정면으로 쳐다보며 인상을 썼다. 리키와 나는 다시 시험지에 코를 박았다.

"정원에 오줌 좀 누었다고 감옥에 가는 사람은 없어." 사서 선생님이 등을 돌리고 멀어지자 리키가 중얼거렸다. "미첼, 예이거가 경찰에 신고할 일은 없을 테니 걱정하지 마. 그런 녀석은 경찰 근처에 얼씬도 못 해. 경찰이 자신의 존재를 영영 모르기만을 바라고 있을 테니 절대 그럴 일은 없어."

그 말을 듣자 내내 가슴을 짓누르고 있던 묵직한 역기가 일순간 사라진 것처럼 홀가분한 기분이었다. 길을 걷다 금을 밟으면 엄마 허리가 부러진다는 동요 노랫말이 새빨간 거짓말로 드러난 것만 같은 통쾌한 기분이었다. 지하 감방에 갇혀 있는 내게 리키라는 이방인이 다가와 감옥 열쇠를 건넨 듯, 뜻밖의 구원을 받은 기분이었다!

"그럼 나 이제 요새에 갈 수 있겠네!" 내가 환호했다.

에반이 심각한 표정으로 말했다. "사실은 너희에게 이 말을 전하려고 온 거야. 씨제이가 어젯밤 숲에 매복한 루크 형과 예이거에게 추격당했대."

"씨제이는 별일 없어?" 리키가 깜짝 놀라며 물었다.

"다행히 잘 따돌렸는데, 수풀을 헤치며 도망치다가 몸 여기저기를 심하게 긁힌 모양이야. 중요한 건 말이야…… 씨제이가 그러는데 놈들이 요새에서 고작 축구장 너비만큼 떨어져 있었다는 거야. 그러니까 다시 말하자면……."

"너희들 더 이상 안 되겠구나!" 사서 선생님이 다가오더니 리키의 시험지와 연필을 홱 낚아채고 리키를 책상에서 일으켜 세웠다. "넌 회의실에서 따로 시험을 치르도록 해."

나는 히죽히죽 새어 나오는 웃음을 억누를 수 없었다. 이 얄미운 영재생이 선생님에게 꾸지람을 듣는 건 이번이 처음이 아닐까 싶은데, 그것 참 쌤통이었다.

에반은 지금 웃을 때가 아니라는 듯 심각한 표정으로 말했다. "루크 형과 예이거가 점점 포위망을 좁혀 오고 있다고."

씨제이

엄마는 내게 하루에 스무 번쯤 전화를 걸어 눈물을 흘리며 애원하거나 사납게 야단을 치는데, 그러면서 하는 말은 한결같이 집으로 돌아오라는 것이었다.

"저도 그러고 싶어요." 그럴 때마다 내 대답도 한결같다. "마커스만 사라져 준다면 집으로 돌아갈게요."

"나더러 가정을 파탄 내라고 하는 거니?"

"맞아요. 제가 원하는 게 바로 그거예요. 마커스와 사는 게 얼마나 악몽 같은지 엄마도 잘 알잖아요."

"엄마는 마커스를 사랑한단다. 그리고 우리 둘 다 너를 사랑해!"

"이만 끊을게요."

이렇게 전화를 끊는 게 쉬울 것 같지만 절대 그렇지 않다. 엄마와 오래 떨어져 있을수록 엄마가 무사히 잘 지내는지 걱정만 늘어 갈 뿐이다. 리키가 찾아 준 여러 구호 단체의 전화번호를 엄마에게 건네며 마커스 곁을 떠나더라도 우리가 기거할 곳은 얼마든지 있다고 말해도 엄마는 요지부동이다.

45초 후에 엄마는 내게 다시 전화를 걸어 마커스는 새사람이 되었고, 새아빠는 나를 몹시 보고 싶어 하며, 앞으로 우리 가족에게는 좋은 일만 펼쳐질 거라는 진부한 대사를 늘어놓았다.

그런 말에 넘어갈 내가 아니었다. "마커스가 떠나려 하지 않는다면 엄마가 떠나면 되잖아요."

그러자 엄마가 화제를 바꾸었다. "지금 어디에서 지내고 있는 거니? 친구네 집에서? 내가 널 못 찾을 줄 아니? 엄마들과 통화하면 금방 알아낼 수 있어."

"이만 끊을게요."

엄마가 아무리 을러대도 전혀 겁나지 않았다. 우리 집에서 일어나는 일을 철저히 감추길 원하는 건 엄마 역시 마찬가지였기 때문이다. 따라서 엄마는 내 친구네 집에 전화를 걸 엄두도 못 낼 게 뻔했다. 친구네 부모님이 우리 집에 무슨 문제가 있는지 내게 묻기라도 한다면, 거짓말하는 데 신물이 난 내가 사실대로 말해 버릴 걸 엄마도 염려하고 있을 터였다.

내가 학교에 있는 시간에는 통화가 곤란하다 보니 그럴 때면 엄마는 문자 폭탄을 날린다. 호주머니 속 휴대폰은 쉴 새 없이 울려 댄다. 엄마가 보내는 대부분의 문자 메시지는 내가 별일 없이 잘 지내고 있는지를 확인하는 내용이다. 아직 어린 아들이 집을 떠나 생활하고 있으니 엄마 된 입장에서 그 심정이 오죽하겠는가.

마커스도 내게 문자를 남긴다. "엄마에게 어떻게 그럴 수 있니?"를 시작으로 "아들아, 어서 집에 돌아오렴. 네가 없으니 집이 텅 빈 것 같구나."를 거쳐 "이러고도 네가 무사할 것 같으냐?"에

이르기까지 회유와 겁박이 담긴 문자를 번갈아 가며 전송한다.

하지만 더 이상 마커스의 문자를 확인할 일은 없다. 수신을 차단했기 때문이다. 진즉에 이렇게 할 걸 그랬다. 요새에서 잠을 자기 시작한 다음부터는 휴대폰 위치 추적을 못 하도록 설정도 해 두었다. 이토록 쉽게 마커스의 연락을 차단할 방법이 있다는 걸 나는 왜 더 일찍 떠올리지 못했을까?

내 인생에서 마커스란 존재를 싹둑 잘라 내는 일도 그렇게 간편하게 처리할 수 있다면 얼마나 좋을까.

난 이제 빈털터리라서 더 이상 학교 식당에서 점심을 사 먹을 수 없다.

저넬의 말대로라면 경찰이 수상한 낌새를 채고 전당포 주변을 예의주시하고 있을 테니, 베넷 델라미어 회장의 식사 도구를 전당포에 파는 건 이제 불가능하다.

어제 나는 요새에서 통조림 한 캔을 갈색 봉투에 담아 학교에 가져왔다. 그런데 아뿔싸, 통조림 따개를 깜빡하고 못 챙겼다. 이 구닥다리 통조림은 뚜껑을 잡아당겨 따는 손잡이가 없는 게 문제다. 어쩔 수 없이 식당 아주머니에게 통조림 따개를 빌려야 했다.

아주머니는 40년 전 추억의 통조림 브랜드를 알아보더니 탄성을 질렀다. “어렸을 때 이후로는 본 적 없던 상표를 여기서 다 보네!”

확실히 한물간 상표를 두른 통조림을 공공장소에 들고 와 사람들의 이목을 끄는 건 좋은 생각이 아니었다. 오늘은 녀석들이 점심으로 먹을 샌드위치를 내게 십시일반으로 나눠 주었다. 덕분에 햄, 참치, 치즈, 땅콩버터 등 저마다 다른 재료로 만든 네 가지 샌드위치를 두루 맛볼 수 있어 좋았다. 하지만 샌드위치 하나를 통째로 먹은 게 아니라 조금씩 떼어 준 걸 먹다 보니 배가 덜 차는 느낌이 드는 것이 약간 아쉬웠다.

리키가 생각하기 나름이라며 이렇게 말했다. "따지고 보면 넌 우리보다 더 많이 먹은 거야. 우린 너한테 샌드위치의 4분의 1을 나눠 주었으니까 각자 4분의 3을 먹었지만, 너는 네 개의 조각을 모아 하나의 온전한 샌드위치를 먹은 셈이잖아."

"옳거니!" 미첼이 내 쟁반 위에 있던 네모난 호두 칩 브라우니를 집어 들었다. "내가 공평히 음식을 나누고자 이 브라우니를 압수하노라."

"그 절반은 내가 압수하노라." 에반이 미첼이 집어 든 과자를 낚아채 반 토막 내더니 입안에 쏙 집어넣었다. 제이슨이 나머지 절반을 우물우물 씹고 있는 미첼을 향해 물었다. "호두 칩 개수는 세고 먹는 거야?"

그 말에 미첼은 실수로 꿀꺽 삼킨 두꺼비가 목젖 아래에서 폴짝폴짝 뛰기라도 하듯 식겁한 표정을 지으며 어쩔 줄 몰라 했다. 그 모습에 우리는 배꼽을 잡고 웃었다. 엄마를 발견한 건 바로 그때였다. 엄마는 학교 식당 출입구에 서서 점심을 먹는 아이들 사이를 두리번거리며 나를 찾고 있었다.

나는 자리에서 벌떡 일어나 엄마에게 달려갔다. 하지만 엄마에게 가까이 다가갈수록 걸음이 느려지기 시작했다. 엄마가 여기 온 건 마커스가 있는 집으로 나를 데려가기 위해서라는 생각이 들어서였다. 보나 마나 엄마는 마커스가 개과천선했다는 날조된 '증거'를 제시하려 들 터였다. 마커스가 내게 주려고 신형 노트북을 샀다거나, 분노를 다스리기 위해 마음 수련 강좌에 등록했다거나, 내가 너무 보고 싶어 밤마다 눈물로 베갯잇을 적신다는 둥, 이런저런 말을 꾸며 대며 내 마음을 돌리려 할 게 뻔했다.

하지만 그런 말에 속아 넘어갈 내가 아니었다. 엄마가 걱정스러운 눈빛으로 내 안색을 살폈다. "지난번에 봤을 때보다는 더 좋아 보이는구나, 씨제이."

에반의 할머니 댁에서 샤워도 하고 옷도 빨아 입을 뿐만 아니라 친구들 집을 옮겨 다니며 극진한 환대를 받고 있다는 이야기를 들려 줄 기분이 아니었기에, 나는 퉁명스럽게 말했다. "엄마가 무슨 말을 하려는지 알지만, 내 대답은 변함없어요."

그러자 엄마가 거세게 고개를 가로저었다. "그런 게 아니라, 엄마는 네 생각이 옳다고 말하려고 온 거야. 네 말대로 우리 둘 다 그 사람에게서 떨어져 있어야 해." 엄마가 마커스를 '그 사람'이라고 불렀다.

그제야 나는 엄마의 왼쪽 눈가가 살짝 부어올라 있고, 다른 쪽에 비해 화장이 진하다는 걸 알아챘다.

"그 작자가 또 엄마를 때린 거죠?" 대뜸 그렇게 물었지만, 하나 마나 한 질문이었다. 당연히 그 작자에게 맞았겠지. 마커스가 누구던가. 사람 패는 데 선수 아니던가. 마커스가 휘두르는 폭력의 피해자가 되려면 두 가지 조건만 충족하면 된다. 그보다 힘이 약할 것, 그리고 사정거리 안에 있을 것.

내 물음에 엄마는 바로 이해하기 어려운 대답을 했다. "네 잘못이 아니란다."

엄마는 대체 왜 그런 말을 한 걸까? 물론 내 잘못이 아니었다. 엄마를 때린 건 마커스였으니까. 하지만 엄마가 마커스에게 폭행당한 건 전적으로 내 탓이었음을 이내 깨달았다. 엄마를 그 작자의 손아귀에 남겨 둔 채 혼자 집을 떠난 건 바로 나였으니까. 내 몸의 상처가 입증하듯 그 작자가 어떤 짓을 할지 뻔히 알면서도 엄마 곁을 떠난 건 바로 나였다. 물론 탱크 같은 마커스에 맞서 싸울 수는 없는 노릇이었지만, 적어도 내가 집에 남아 있었다면 마커스는 그 누구도 이해 못 할 분노의 화살을 엄마가 아닌 내게 겨냥했을 터였다. 난 도대체 무슨 생각으로 엄마를 혼자 놔둔 것일까? 어쩜 이렇게 멍청하고 이기적일 수가 있단 말인가?

"이제 우리 어떡해요?" 태연하게 말하려고 애썼지만 내 목소리는 어린아이처럼 높고 떨리고 있었다.

"무슨 수가 있을 거야. 엄마가 생각해 볼게. 네가 알려 준 구호 단체에 연락을 하는 것도 한 가지 방법일 테고. 마커스는 아직 눈치채지 못했지만, 내가 자기를 떠난 걸 눈치채자마자 내 행방을 수소문하겠지."

갑자기 자신감이 차오르기 시작했다. "우리가 머물 곳이 한 군데 있긴 해요. 여기서 잠깐만 기다리세요!"

그렇게 말하고는 급히 방향을 틀어 앉아 있던 식탁으로 서둘러 달려갔다. 녀석들은 다들 일어선 채 나를 걱정스럽게 쳐다보고 있었다.

제이슨이 맨 먼저 말을 꺼냈다. “엄마는 괜찮으셔?”

그 말에 진한 화장으로 덧칠한 엄마의 부은 눈두덩이를 떠올렸다. 괜찮다는 말을 입에 올릴 상황은 아니었지만, 한편으로는 내 앞날에 드리워진 암운을 뚫고 찬란한 한 줄기 햇살이 비치고 있었다. 엄마가 마침내 작심하고 마커스를 떠난 것이다.

“엄마는…… 괜찮아.” 내가 답했다. “적어도 앞으로는 그럴 거야.”

리키가 조심스레 입을 열었다. “엄마를 따라서 집에 돌아갈 건 아니지? 그러니까 내 말은, 아직 집에는…….”

내가 고개를 저었다. “얘들아, 너희에게 긴히 부탁할 게 있어. 이건 정말 쉽게 결정할 수 있는 일은 아닐 테지만, 내가 요새에 한 사람을 더 데려갈 수 있도록 너희가 허락해 주면 좋겠어.”

미첼의 눈이 커졌다. “네 엄마?”

내가 굳이 답하지 않아도 녀석들은 모두, 심지어 미첼마저, 이 상황을 이해했다. 내 부탁을 받아들인다면 줄곧 우리의 피신처였던 요새는 이제 진짜 위험에 처한 누군가의 피신처로 쓰이게 될 거라는 걸. 그렇게 되면 요새의 비밀이 밖으로 새어 나갈 위험 부담도 그 어느 때보다 높아질 거라는 걸.

“내 부탁이 어떤 의미를 갖는지 알겠어?” 녀석들이 충분히 생각하고 결정을 내릴 수 있도록 내가 설명을 보탰다. “우리 요새의 제1 규칙은 어른들은 절대 몰라야 한다는 거였어. 일단 어른들이 요새의 존재를 알게 되면…….”

내가 말을 멈추었지만 다들 충분히 이해하고 있었다. 어른들은 삽시간에 요새 이야기를 퍼뜨릴 게 뻔했다. 한번 입 밖으로 나온 이야기는 같은 반 학부모에게로, 경찰에게로, 공무원에게로, 안전 진단 관계자에게로 빠르게 퍼져 나갈 터였다. 엄마를 요새에 데려간다는 건 우리의 요새를 영영 잃게 될 첫 번째 수순이 될 수 있었다.

에반이 내 어깨에 손을 얹으며 말했다. "그렇게 해."

"무조건." 제이슨이 덧붙였다.

"세상에는 멋지고 근사한 요새를 지키는 일보다 더 중요한 일도 있는 거야." 미첼이 거들었다.

살면서 맞닥뜨린 가장 큰 행운이 연기처럼 사라져 버릴 위기에 처해 있음에도 내게 도움의 손길을 내미는 친구들이 너무나도 고마웠다. 평생 잊지 못할 감동적인 순간이었다.

리키가 나를 그윽하게 바라보며 말했다. "행운을 빌게."

나는 고개를 돌려 학교 식당 입구에 서 있는 엄마를 바라봤다. 부디 우리 모자가 이 난관을 잘 헤쳐 나갈 수 있기를 마음속으로 간절히 빌었다.

엄마의 차 안에는 작은 짐 가방이 실려 있었다. 그걸 보자 가슴이 쿵쾅댔다. 마음속으로만 생각하던 일이 실제로 벌어지고 있었다. 마침내 우리는 마커스의 손아귀에서 벗어나는 길을 택한 것이다. 하지만 두려운 선택이기도 했다. 마커스는 생각만 해도 끔찍한 인간이었지만 적당히 비위를 맞추며 사는 길을 택할 수도 있었다. 이제 우리는 예측할 수 없는 미래를 향해 발을 내딛고 있다. 그 안개처럼 뿌연 미래에는 마커스가 우리를 찾아내면 무지막지한 앙갚음을 당할 수도 있다는 공포가 자리잡고 있었다.

엄마와 난 숲에서 몇 블록 떨어진 곳에 차를 세워 두고 걷기 시작했다. 우리는 오솔길을 따라 걸으며 숲속으로 깊숙이 들어갔고, 나란히 걷던 엄마는 혹시 제정신이기는 한 거냐는 듯한 표정으로 나를 바라봤다. "너희 그 요새라는 건 어디에 있니?"

"거의 다 왔어요. 아직은 믿기지 않으실 테지만요."

"할머니 댁에 찾아가는 '빨간 모자' 소녀가 된 기분이구나." 엄마가 웃으며 말했지만 그 웃음엔 긴장감이 서려 있었다.

"거긴 안전해요." 내가 엄마를 안심시키듯 말했다. "마커스가 절대 찾을 수 없는 곳이거든요."

얼마 뒤 걸음을 멈춘 내가 바닥의 나뭇가지를 걷어 내고 쇠붙이 뚜껑을 드러내자, 엄마는 말없이 눈을 동그랗게 떴다. 내가 뚜껑을 열어젖히고 엄마의 짐 가방을 구멍 아래로 떨어뜨렸다. 그러고는 엄마를 도와 사다리를 타고 내려간 다음 요새의 전원 스위치를 켰다. 탁 소리와 함께 전등에 불이 들어왔고, 이내 요새 내부의 웅장한 자태가 드러났다.

엄마가 놀라서 숨을 '흡' 하고 들이마셨다. 이제 요새에 익숙해진 친구 녀석들은, 특히 요새 안에서 살아 온 나는 더 이상 놀라지 않지만, 엄마의 휘둥그레진 눈을 보니 허리케인이 불어닥친 다음 날 우리가 우연히 이 요새를 발견했던 순간이 떠올랐다. 그야말로 마술 같던 순간이었다.

"여긴 뭐 하는 곳이니?"

"여긴 베넷 델라미어 회장의 공습 대피소예요. 우리가 추측하기로는 제3차 세계 대전을 예상하고 전쟁에서 살아남기 위해 만든 공간 같아요. 델라미어 회장은 이 공간을 누구와도 공유할 계획이 없었던 모양이에요. 우리 말고는 이곳에 관해 아는 사람이 아무도 없는 것 같거든요."

"베넷 델라미어 회장이라……." 엄마가 그 이름을 곱씹었다. "수년 만에 들어 보는 이름이구나. 생전에 굉장히 독특한 사람이었다는 얘기는 들었다만 이런 곳을 지었으리라고는 꿈에도 몰랐는걸."

고급 접시와 순은으로 만들어진 식사 도구, 통조림이 가득한 식료품 저장고, 내가 태어나기 전은 말할 것도 없고 엄마가 태어나기도 전에 출시되었던 오래된 LP 음반과 비디오테이프 등등 요새 내부의 자랑거리로 삼을 만한 것을 이것저것 보여 주었다.

엄마가 나 때문에 푹 꺼져 버린 듯한 소파에 눈길을 두며 물었다. "여기에서 살고 있었던 거니, 씨제이?"

"친구들 집을 전전하긴 했지만 잠은 여기에서 잤어요."

엄마가 눈물을 글썽이며 말했다. "네가 이런 고생을 하게 하다니, 엄마가 정말 미안하구나."

하지만 엄마는 이내 연약한 모습을 거두고 강인한 모습을 보였다. 지나간 일을 후회하느라 많은 에너지를 낭비할 수는 없었던 것이다. 마커스를 떠나기까지 오랜 시간이 걸렸지만, 이제는 요새 안에 아들과 남기로 결심한 용기 있는 엄마였다. 엄마는 애틀랜타와 뉴저지에 사촌이 있었다. 마음만 먹으면 여기에서 가까운 애틀랜타로 차를 몰아 사촌 집에 기거할 수도 있었다. 하지만 마커스가 그 주소를 알기에 우리를 뒤쫓아 올 위험이 있었다. 엄마의 일자리도 문제였다. 우리가 케이넌을 떠나면 엄마는 직장을 잃을 테고, 그럼 우린 어떻게 생계를 유지한단 말인가? 그런데 생각해 보니 이 모든 일이 애당초 마커스 때문에 빚어진 건데, 왜 우리가 살고 있던 곳을 떠나 달아나야 한단 말인가?

엄마를 바라보았다. 엄마는 귀에 전화기를 바짝 갖다 댄 채 변호사 사무실과 여성 쉼터에 전화를 걸어 메시지를 남기거나 통화 내용을 받아 적고 있었다. 엄마는 앞으로 해야 할 일이 무엇인지를 알고 계획대로 척척 처리해 나가는 듯 보였다. 하지만 그 순간 불현듯 내 머릿속에는 190센티미터가 넘는 거구의 마커스가 떠올랐다. 아무리 계획을 잘 세워 대책을 마련한다고 한들, 마커스와 정면으로 마주치기라도 하는 날에는 결국 끔찍한 일이 벌어지고 모든 게 허사로 돌아갈 터였다.

우리가 택한 미래에는 희망과 절망이 공존하고 있었다.

리키

수업은 무슨 수업.

씨제이와 씨제이의 엄마가 지금 어떤 상황에 처해 있는지를 알고 있는 마당에 수업에 집중할 수 있는 녀석은 아무도 없었다. 씨제이가 엄마를 요새에 데려갈 수 있도록 우리에게 부탁한 건 단 한 가지 이유 때문이었다. 아줌마는 남편에게서 숨을 곳이 필요했던 것이다.

세상에서 가장 좋은 아빠인 줄로만 알았던 마커스가 그동안 가면을 쓰고 좋은 아빠 행세를 한 것에 지나지 않았다니. 지축이 흔들리는 것 같은 충격적인 사실에 놀란 우리는 그 밖의 다른 일들에 좀처럼 신경을 쓸 수가 없었다.

내가 좀비처럼 초점을 잃은 눈으로 오후 수업 시간을 보내자, 선생님들이 갑자기 멍청해진 나를 두고 돌아가며 빈정댔다.

“왜 그래, 리키?” 내가 화이트보드 앞에 서서 기하학 문제를 풀지 못하고 끙끙대며 서 있자 선생님이 물었다. “정신을 어디 비밀 장소에라도 두고 온 거니?”

그 말에 반 아이들이 일제히 웃음을 터뜨렸지만 에반은 웃지 않았다. 에반은 내가 어디에 정신을 두고 있는지 정확히 알고 있었다. 그건 에반도 마찬가지였다. 우리의 정신은 온통 요새에 쏠려 있었던 것이다.

우리는 오후 수업 내내 씨제이에게 문자를 보내 별일 없는지를 물었다. 학교가 끝날 때쯤 우리 넷이 씨제이에게 보낸 문자 수는 총 37개였는데, 그중 미첼이 보낸 것만 23개였다.

그렇게 많은 문자를 보냈음에도 우리가 받은 답장은 단 두 개에 불과했다. 씨제이와 아줌마가 요새에 처음 도착했을 때 받은 '페루 도착'과 그로부터 한 시간쯤 후에 받은 '전할 소식 없음'이 답장의 전부였다.

"전할 소식이 없다고?" 미첼이 9교시 수업을 앞둔 쉬는 시간에 언성을 높였다. "이럴 수는 없어! 아니, 어떻게 우리에게 아무 말도 해 주지 않을 수 있어?"

"정말로 딱히 할 얘기가 없을 수도 있잖아." 내가 씨제이를 변호하듯 말했다.

"미첼 말이 맞아." 제이슨이 말했다. "상황이 어떻게 돌아가고 있는지 알지 못하는 게 얼마나 속 터지는 일인데."

"가뜩이나 강박증이 있는 난 오죽하겠냐고!" 미첼이 불퉁거렸다. "도무지 다른 생각을 할 수가 없단 말이야."

"이번에는 네 말에 백 퍼센트 동감이야." 내가 결국 미첼의 말을 거들었다. "우린 지금 씨제이와 씨제이 엄마 생각에 완전히 사로잡혀 있어."

마지막 수업이 종료되었음을 알리는 종이 울리자, 우리는 복도 구석에 자리를 잡고 어떻게 해야 할지를 의논했다.

"어떻게 하다니?" 미첼이 물었다. "이미 답은 뻔한 거 아냐? 요새에 가야지, 안 그래?"

내가 주저하며 말했다. "글쎄, 그래도 되는지 잘 모르겠어. 씨제이가 우리를 필요로 했다면 요새에 와 달라고 요청했을 거야. 가정이 파탄 난 민감한 상황이다 보니 섣불리 행동하기가 좀 그래."

"그런 상황이라면 내가 잘 알지." 제이슨이 끙 앓는 소리를 냈다.

"음, 난 요새에 가 볼래." 에반이 결심한 듯 말했다. "내 도움이 필요 없다고 한다면 다시 발길을 돌리더라도 일단 가서 도와줄 건 없는지 물어봐야겠어."

일리 있는 말이었다. 그래서 에반과 미첼 그리고 나는 요새를 향해 바로 출발하기로 하고, 저넬과 데이트 약속이 잡혀 있는 제이슨은 데이트가 끝나는 대로 최대한 빨리 우리와 합류하기로 하고 자리를 떴다.

그런데 학교 정문을 벗어나자마자 하교하는 아이들을 기다리는 학부모 차량 대기열 사이에서 너무나도 익숙한 엔진 소리가 요란하게 울려 퍼지고 있었다. 미니밴과 SUV 차량 사이에 서 있던 무스탕이 예이거가 끽끽 밟아 대는 브레이크 동작에 맞춰 위아래로 들썩이고 있었다.

"오, 안 돼!" 미첼이 신음을 토해 냈다. "요새에 가기는 글렀는걸. 놈들이 우리를 따라올 거야!"

"놈들을 따돌리면 되잖아." 에반이 말했다.

미첼이 말도 안 된다는 표정을 지었다. "어떻게 따돌려? 놈들에겐 차가 있는데!"

"내게 생각이 있어." 내가 말했다. "몇 분 정도만 저놈들 관심을 딴 데로 돌릴 수 있겠어?"

미첼이 깜짝 놀라며 물었다. "뭐? 어쩌려고?"

"내가 해 볼게. 평소 루크 형이 방문 손잡이에 더러운 양말을 걸어 두는 게 못마땅해서 언젠가 적당한 때를 봐서 그러지 말라고 얘기할 참이었거든." 에반이 결심한 듯 말했다. "지금 그 일을 따지고 들면 시간을 좀 벌 수 있을 거야."

"그럼 부탁해!" 나는 이렇게 말하고 회전 교차로를 따라 빠르게 이동해서 무스탕 뒤로 슬그머니 접근했다. 곁눈질로 살펴보니 에반과 미첼이 루크와 예이거에게 다가가고 있었다.

완벽했다. 놈들은 나를 보지 못했다. 나는 몸을 낮춰 차량 대기열의 가장자리에 있는 잔디밭으로 다가가 양손으로 흙 두 덩이를 꽉 움켜쥐었다. 그러고는 후방 거울에 내 모습이 잡히지 않도록 몸을 잔뜩 웅크린 채 무스탕 뒤쪽으로 다가갔다.

낮게 그르렁대는 엔진 소리 너머로 예이거의 목소리가 들렸다. "오, 이게 누구야? 아무짝에도 쓸모없는 인간 스프링클러 미첼이네. 요즘도 채소밭에 물은 잘 주고 있냐?"

"채소가 아니라 허브거든!" 그런 다음 미첼이 말을 더듬었다. "물은…… 못 주고 있어."

"루크 형, 자꾸 그럴 거야?" 에반이 벼르던 말을 꺼냈다. "양말 안 빨고 계속 그렇게 놔두면 나도 할머니에게 이르는 수밖에 없어."

그때였다. 무스탕 뒤쪽에 바짝 붙어 있던 나는 쌍기통 배기관에 잔디가 뒤섞인 진흙 두 덩이를 나란히 쑤셔 박았다. 내가 바랐던 것 이상으로 크기가 아주 딱 들어맞았다. 어젯밤에 비가 내린 덕분에 축축이 젖은 진흙은 마치 시멘트 반죽처럼 배기관 양쪽의 개구부를 완전히 틀어막았다. 작전 수행을 마무리한 나는 몸을 일으켜 냅다 뛰기 시작했고, 에반과 미첼 사이를 지나칠 때 둘의 어깨를 툭 치며 신호를 보냈다. 이내 녀석들도 내 뒤에 바짝 붙어 뛰기 시작했다.

차량 대기열을 따라 전력 질주를 하는 사이, 무스탕의 성난 엔진이 크게 부풀어 오르는 소리가 들렸다. 나는 이후에 벌어질 일이 너무 궁금해서 달리는 도중에 어깨 너머로 고개를 돌렸다. 예이거의 빨간 스포츠카는 돼지 멱따는 소리를 내며 몇 미터 전진하는 듯하더니 이내 쿨럭대며 차로 한가운데에 풀썩 주저앉고 말았다. 살면서 구경한 가장 아름다운 광경 중 하나였다.

미첼이 놀란 눈을 희번덕이며 물었다. "뭘 어떻게 한 거야?"

"멈추지 말고 계속 달려." 내가 숨을 헐떡이며 말했다. "놈들이 쌍기통 배기관에 박힌 진흙을 빼내고 나면 우리를 금방 뒤쫓을 테니까."

이윽고 동네로 접어든 우리는 놈들이 무스탕을 다시 소생시켜 우리를 추격할 경우를 대비하여 이웃집 뒷마당을 가로지르고 울타리를 넘어서 도망쳤다. 그렇게 숲의 오솔길에 다다를 때까지 속력을 늦추지 않았다.

달리기를 멈춘 나는 대체 어찌 된 영문인지 궁금해하는 녀석들에게 자동차 모터의 작동 방식에 대해 간단히 설명했다. "배기관이 꽉 막혀 배기가스가 밖으로 빠져나가지 못하고 외부의 신선한 공기가 연소실로 유입되지 못하면 엔진은 멈추게 되어 있어."

"영원히?" 미첼이 떨리는 목소리로 물었다.

내가 고개를 저었다. "배기관에 박힌 이물질을 제거하고 나면 다시 작동할 거야. 하지만 자동차가 고장 나는 원인은 한두 가지가 아니라서 놈들이 그걸 찾을 때까지는 시간이 꽤 걸릴 거야."

"그동안 우리는 멀찌감치 달아날 시간을 버는 거고." 에반이 만족스러운 표정으로 말을 덧붙였다.

미첼이 나를 존경스럽다는 듯 바라봤다. 처음 있는 일이었다.

요새에 도착하고 난 뒤에도 우리는 루크와 예이거의 동태를 살피기 위해 굳이 망루 나무에 오를 필요가 없었다. 우리는 그들이 어디에 있는지 정확히 알고 있었다. 둘은 학교 앞 차량 통행로를 가로막은 채 엔진이 꺼져 버린 차 안에 앉아 성난 학부모들이 신경질적으로 눌러 대는 경적에 파묻혀 있을 게 뻔했다.

우리는 요새의 출입구 뚜껑을 열어젖히고 안으로 들어섰다.

씨제이가 황급히 사다리 쪽으로 달려와 우리를 막아섰다. "너희, 여기에 오면 어떡해!"

녀석의 뒤로 씨제이의 엄마가 소파에 앉아 휴대폰으로 통화를 하는 모습이 보였다.

"뭐 도울 게 없을까 해서." 에반이 말했다.

"이건 사적인 문제야." 씨제이가 대꾸했다.

그때 씨제이의 엄마가 소파에서 일어서며 말했다. "이젠 더 이상 사적인 문제가 아니란다. 씨제이, 들어오라고 하렴."

에반

우리가 요새에 들른 걸 두고 씨제이가 유별나게 반응한 이유는 충분히 짐작하고도 남는다.

엄마와 아빠가 약물 치료 재활원에 들어갔을 때 난 아무도 이 사실을 모르길 바랐으나 결국 모두 알아 버렸다. 케이넌 같은 작은 도시에서 그런 소문은 삽시간에 쫙 퍼지게 마련이다. 마치 동네 이장이 사방팔방 돌아다니며 집집마다 창문 아래에서 목청껏 소식을 전하는 것과 같달까. 거의 일면식도 없는 사람들의 눈빛에서도 왠지 우리 형제에 대한 수군거림이 느껴졌다. 쟤들이구나, 지금은 조부모님 댁에 있다지……. 엄마 아빠는 아직 살아 있대. 자식들을 보살피기는커녕 늘 약물에만 취해 있었다지, 글쎄. 우편배달부, 초등학교 교통안전 지킴이, 극장 매표소 직원에 이르기까지 케이넌에서 우리 집 사정을 모르는 이가 없었다. 그건 마치 나를 수술대 위에 눕혀 놓고 가슴을 가른 다음 온 동네 사람들이 모두 달라붙어 현미경으로 오장육부를 들여다보는 것 같은 기분이다. 결국 나의 가장 사적이고 내밀한 부분이 모든 사람의 입방아에 오르내리게 되는 셈인데, 그건 사람들이 내게 애정

어린 관심이 있어서가 아니라 단지 우리 집 돌아가는 꼬락서니가 흥미롭고 재미나기까지 한 일종의 가십거리였기 때문이다.

나는 그게 무척 싫었다. 굴욕적인 데다가 고통스럽기까지 했다. 체육 시간에 입고 있던 반바지가 찢어졌을 때 느끼는 수치심과 한 소년의 세계가 비참하게 무너지고 깡그리 전소되었을 때 느끼는 굴욕감은 완전 차원이 달랐다. 할머니 할아버지의 보살핌을 받는 것도 나쁠 건 없지만, 엄마 아빠는 뒤도 돌아보지 않고 루크 형과 나를 떠났다. 그건 어린 소년이 감당하기에는 너무 큰 고통이었다.

당시 내게 벌어진 일을 죽고 못 사는 내 절친들조차 모르길 바랐다. 언젠가 루크 형은 이렇게 말한 적이 있다. "네 친구들이 진짜 친구라면 네 상처를 건드려 너를 힘들게 하지 않을 거야." 형의 말은 옳았다. 지금까지도 내가 먼저 말을 꺼내 위로받고 싶을 때를 제외하곤 녀석들은 우리 엄마 아빠 얘기를 결코 입 밖에 내지 않는다. 평소 쉴 새 없이 입을 놀려 대는 미첼조차 그렇다. 그게 바로 우정이다.

난 지금까지도 그때의 어두웠던 시절을 종종 떠올린다. 그 아픈 기억을 완전히 극복할 날이 과연 올는지는 잘 모르겠다. 요새에서 슈토 아줌마로부터 마커스가 얼마나 위험한 인물이며, 어떻게 씨제이와 함께 마커스의 곁을 떠나기로 마음먹게 되었는지 그간의 사정 이야기를 듣는 동안, 한동안 내 의식 아래에 머물러 있던 유년의 쓰라린 기억이 다시 밀물처럼 밀려왔다. 문득 씨제이를 바라봤다. 자물쇠가 달린 일기장에 남몰래 적어 두었던 내밀한 이야기가 만천하에 공개된 듯 수치심과 두려움에 사로잡힌 모습이었다. 그 모습에 가슴이 너무 아려 왔다.

"내 얘기 좀 들어 봐." 나는 목소리를 너무 깔지 않으려 애쓰며 씨제이에게 말을 건넸다. "스스로 통제할 수 없는 상황에 처한다는 게 어떤 건지 난 알아." 녀석이 내 시선을 피하기에 얼른 말을 보탰다. "아직도 기억하거든." 나를 바라보는 씨제이의 눈이 살짝 커졌다. 자신이 처한 상황과 내가 겪었던 상황을 단 한 번도 연결해서 생각해 본 적이 없는 눈치였다. 표면상으로 두 상황이 완전히 다르게 보였지만, 본인의 의지와 관계없이 벌어진 상황을 감내하는 것 외에는 달리 할 수 있는 게 없다는 점에서는 다를 바 없었다. 어른들이 초래한 상황에 그저 무력하게 휘둘릴 수밖에 없는 아이의 심정을 난 충분히 이해할 수 있었다.

"도움이 필요한 게 있거든 뭐든 얘기해." 리키가 끼어들며 말했다.

"도울 일이 있거든 네 진짜 친구들에게 언제든 말해." 미첼이 리키를 노려보며 말을 이었다.

씨제이는 리키와 다른 아이들 사이에 흐르는 묘한 긴장감을 눈치채지 못한 듯, 우리와 눈을 마주치지 않은 채 "다들 고마워." 라고 나지막하게 중얼거렸다.

나는 짐작할 수 있었다. 씨제이에게 지금 이 상황이 불편하기 짝이 없으리란 걸. 엄마가 여성 쉼터에 전화를 걸어 몸을 의탁할 장소를 애걸하는 와중에, 어떻게든 도와주겠다며 두 팔을 걷어붙인 친구들 앞에 정면으로 서 있는 기분이 과연 어떠하겠는가? 설상가상으로 퇴근 후 집에 도착해 상황 파악을 마친 마커스는 씨제이의 엄마에게 끊임없이 전화를 해 대고 연속으로 문자 메시지를 보내고 있었다. 굳이 메시지 내용을 확인하지 않더라도 그가 지금 얼마나 흥분해 있을지 눈에 선했다. 아줌마는 내색하지 않았지만 휴대폰 너머로 전해지는 마커스의 분노를 접하고 두려움에 떨고 있을 게 분명했다. 보나 마나 마커스는 화가 머리끝까지 치밀어 올랐을 테고, 눈에는 살기가 가득할 게 뻔했다. 핑, 핑, 핑 하며 쉴 새 없이 울려 대는 문자 메시지 알림음이 밀폐된 지하 공간에 메아리쳤다. 그 소리에 난 정말이지 미쳐 버릴 것만 같았는데, 씨제이와 아줌마의 심정은 오죽할까.

나는 씨제이의 불사조놀이와 그것 때문에 생긴 줄로만 알고 있었던 녀석의 갖가지 상처를 떠올렸다. 찰과상과 타박상, 검게 멍든 눈두덩이, 거의 부러지기 직전까지 갔던 갈비뼈. 우리는 친구랍시고 녀석이 스턴트 연기를 펼치다가 코피를 흘리고 뼈가 다 보일 정도로 깊게 팬 상처를 입었을 때도 그저 못 말리는 녀석이라는 듯 눈을 희번덕거렸고, 심지어 웃음을 터뜨리기까지 했다. 하지만 지금은 휴대폰 너머로 넌지시 들려오는 마커스의 분노에 찬 목소리에 등골이 오싹해지고 할 말을 잃고 말았다.

요새가 없었다면 씨제이와 아줌마는 안전하게 몸을 숨길 곳이 없었을 것이다. 리키가 허리케인이 불어닥친 다음 날 덤불 속에서 쇠붙이 뚜껑을 우연히 발견했으니 망정이지, 그때 만약 무심코 지나쳤다면 어쩔 뻔했을까?

안타까운 마음에 내가 씨제이의 어깨에 손을 얹으려 했으나, 잔뜩 예민해져 있던 녀석은 어깨를 튕기며 내 손길을 거부했다.

제이슨

"어떻게 생각해?"

"뭘?"

오해는 없기를 바란다. 여자 친구가 있다는 건 실로 굉장한 일이다. 만족도로 따지면 98퍼센트 정도 되려나. 하지만 씨제이가 곤경에 처해 있는 이런 순간에 저넬과의 대화에 보조를 맞추기란 여간 힘든 일이 아니다. 저넬의 말에 귀를 기울이고 있어도 좀처럼 귀에 들어오지 않는다. 씨제이와 아줌마 생각에 이미 내 마음은 녀석들과 함께 숲속 요새에 가 있기 때문이었다.

"콩 주머니 쿠션 의자 말이야." 저넬이 나를 물끄러미 쳐다보며 답했다.

콩 주머니 쿠션 의자? 그게 무슨 말이지? 이런, 나의 청해력은 생각보다 훨씬 심각한 수준임에 틀림없다! 일단 무턱대고 내뱉었다. "음, 좋아……."

우리 둘은 숲속의 오솔길을 걷는 중이었다. 그래서 나는 더욱 저넬의 말에 집중할 수가 없었다. 한시바삐 요새에 들러 씨제이에게 별일이 없는지 살펴보고 싶었다. 그러다 어쩌면 저넬도 요새에 들르고 싶어 할지도 모른다는 생각이 퍼뜩 들었다. 그렇게 해도 괜찮을지는 씨제이의 반응에 달려 있었다. 녀석에게 전화를 걸어 물어보는 수밖에 없었지만, 저넬이 보는 앞에서 그렇게 할 수는 없었다. 문득 저넬이 걸음을 멈추고 나를 바라보며 말했다.
"내가 무슨 말 하고 있는지 모르는 거지, 그렇지?"

"그 뭐였더라…… 콩 주머니 쿠션 의자 얘기하지 않았어?"

"요새에는 소파가 달랑 하나 있는데, 우리는 모두 여섯 명이니 앉을 자리가 비좁아서 영화를 보거나 수다를 떨 때 불편하잖아."

수다? 역시 소녀다운 어휘 선택이었다. 사내아이들은 수다를 떨지 않는다.

"그래서 콩 주머니 쿠션 의자를 갖다 놓으면 딱 좋을 것 같아." 저넬이 말을 이었다. "무척 편안할 뿐 아니라 요새 출입구를 통해 집어넣기에도 무리가 없잖아. 우리 집 지하실에 아무도 사용하지 않는 의자가 두 개 있어. 다른 아이들의 집에도 남는 의자 하나쯤은 있을지 몰라."

저넬이 호주머니에서 줄자를 꺼내 들었다. 요새에 들여놓기 적당한 의자 규격을 가늠하기 위해 만반의 준비를 해 온 모양이었다. 몹쓸 질병을 퇴치한 공로로 노벨상 수상자 후보에 이름을 올리기라도 한 듯, 저넬의 눈빛이 반짝반짝 빛났다.

흰개미 떼가 파먹어 속이 텅 빈 나무 그루터기에 거의 다다랐을 무렵이었다. 갑자기 두 사람이 우리의 앞길을 가로막았다. 루크와 예이거였다.

"이런 외딴곳에서 너희를 다 마주치다니, 참 별일이야." 예이거가 주머니칼로 손질 중인 손톱에 시선을 고정한 채 껄렁하게 말했다.

"그렇게 긴 칼은 소지하고 다니면 안 될 텐데." 저넬이 차분하게 대꾸했다. "가지고 다닐 수 있는 칼에는 그 길이가 법으로 정해져 있거든."

예이거가 눈을 부릅뜨고 저넬을 노려봤다. 긴장되는 순간이었다. "글쎄, 지금 자가 없어서 길이를 재 볼 수가 없는데. 이를 어쩌나?"

저넬은 정말 보통내기가 아니었다. 예이거의 무시무시한 눈빛에도 움츠러드는 기색이 전혀 없이 이렇게 대꾸했다. "내 거 빌려줄까?" 그러면서 손에 들고 있던 줄자를 예이거에게 건넸다.

저넬의 대응에 예이거도 깜짝 놀랐을 게 분명했지만, 자기보다 약한 사람을 괴롭히는 불량배들이 흔히 그러하듯 당황하는 표정을 내비치지는 않았다.

"어디 가는 중이었냐?" 루크가 우리에게 물었다.

내가 어깨를 으쓱하며 말했다. "그냥 산책 중이었어." 최대한 내색하지 않으려 했지만 내 목소리에는 긴장감이 서려 있었다.

"도시락 까먹을 원탁 바위를 찾고 있는 거라면 경로를 한참 이탈했는걸." 예이거가 빈정댔다.

"왜, 난 숲속에서 여자 친구랑 산책도 못 하냐?" 내가 강하게 맞섰다.

"너희, 지금 산책하는 것 아니잖아." 루크가 맞받아쳤다. "내 멍청한 동생 놈과 나머지 머저리들을 만나러 가는 길이었다는 거 다 알아."

저넬이 나무 주위를 이리저리 살피며 물었다. "걔들을 어디서 만난다는 거지? 여기? 아니면 저기?"

"그건 너희가 우리에게 답해야지." 루크가 쏘아붙였다.

예이거가 주머니칼을 접어 청바지에 집어넣으며 말했다. "지금 루크가 너희에게 부탁하고 있다고 생각하는 모양인데, 우리도 지금 많이 참고 있는 거야. 그러니까 계속 이딴 식으로 나오면 나도 성깔을 안 부릴 수가 없어." 예이거가 내뱉은 '성깔'이라는 단어의 쌍기역 소리가 유난히 톡 쏘듯 들렸다. "너희의 진짜 은신처가 어디야?"

두 사람이 우리에게 더욱 가까이 다가오기 시작했다. 겁에 질린 내 두 다리가 후들거렸다. 내가 놈들에게 흠씬 두들겨 맞는 건 그렇다 쳐도, 저넬은 어떻게 보호한단 말인가? 나는 저넬의 손목을 꽉 쥐고 뒤편의 오솔길 방향으로 툭툭 잡아당겼다. '놈들은 내가 막아설 테니 넌 어서 도망쳐.' 내가 전하는 메시지를 저넬이 알아듣기를 바랐다.

그런데 웬걸, 내 여자 친구는 내가 생각했던 그런 보호가 필요 없었다. 루크와 예이거에게 잔뜩 겁을 집어먹은 건 나였을 뿐, 저넬은 나와 달리 의기양양했다.

저넬이 휴대폰의 키패드에 손가락을 갖다 대며 말했다. "우물 정 자를 누르면 내가 위험에 처했다는 신호가 우리 아빠에게 곧바로 전달될 거야. 내가 이 버튼을 누르길 바라니?"

다가오던 루크와 예이거가 걸음을 멈추었다. "너, 제법이구나." 예이거가 담담하게 말했다. "하지만 게임은 아직 끝나지 않았다는 걸 기억해. 또 보자고."

우리는 뒤로 돌아 걷기 시작했다. 나는 서너 걸음마다 어깨 너머를 흘낏 뒤돌아보며 놈들이 우리를 따라오지는 않는지 살폈다. 둘은 잔뜩 성난 얼굴로 그 자리에서 한참 동안 우리를 지켜봤다. 직선으로 뻗은 오솔길은 어느덧 곡선으로 방향을 틀었고, 그제야 우리는 둘의 시야에서 벗어났다.

"이제 어디로 가지?" 저넬이 속삭이는 목소리로 물었다.

"계속 걸어." 내가 나지막하게 답했다. "지옥만 아니라면 어디든 괜찮으니까. 놈들이 완전히 사라졌다는 확신이 들 때까지는 요새 근처에 얼씬도 해서는 안 돼."

씨제이

엄마는 우리가 머물 거처를 아직 구하지 못했다. "주변에 마땅한 보호 시설이 없구나, 씨제이." 엄마가 설명했다.

엄마는 마치 그게 교통 체증이나 와이파이 접속 불량처럼 경미한 불편 사항 가운데 하나인 것처럼 말했다. 그래서 나도 "네, 괜찮아요, 엄마." 하고 대수롭지 않게 답했지만, 나는 엄마가 이 문제로 심하게 스트레스받는다는 걸 알 수 있었다. 사실 그건 나도 마찬가지였다. 엄마는 나와 함께 오후 내내 요새에 틀어박혀 임시 거처로 삼을 보호 시설을 알아보고 있었는데, 마땅한 데가 없다 보니 점점 더 먼 곳으로 연락을 취하고 있는 형편이었다. 우리 모자를 받아 줄 곳이 아무 데도 없다면 어쩐단 말인가?

전화를 거는 곳마다 상담원과 연결되기까지 중간에 여러 단계를 거쳐야 해서 시간이 꽤 오래 걸렸지만, 그런 불편함을 감수하고 휴대폰에 들러붙어 도움을 청하는 엄마의 모습을 지켜보는 건 고문에 가까웠다. 게다가 통화 중에 마커스에게 걸려 온 전화가 울릴 때마다 엄마의 몸이 순간적으로 뻣뻣하게 굳었다.

이 상황을 지켜보는 친구 녀석들의 시선도 여간 신경이 쓰이는 게 아니었다. 엄마와 나를 돕겠다는 녀석들의 선의는 고맙지만, 왜 다들 한결같이 내게서 시선을 떼지 않고 나를 뚫어져라 쳐다보는 것인지 이해할 수 없었다. 물론 요새가 으리으리한 궁전도 아니고 밀폐된 지하 공간에 불과하다 보니 녀석들의 시선을 피할 도리는 없다손 치더라도, 내가 불편해하는 것 같으면 적당히 시선을 거둘 줄도 알아야 하는 것 아닌가? 에반과 리키는 그래도 나와 눈이 마주치면 시선을 피하기라도 하는데, 미첼 이 녀석은 그러든 말든 아랑곳없이 시종일관 나만 바라볼 뿐이다.

자신이 가장 깊숙이 숨겨 왔던 비밀이 세상에 적나라하게 드러난다는 건 끔찍한 일이지만, 이왕 이렇게 되고 보니 한편으론 홀가분한 면도 있다. 비밀이 노출됨으로써 감당해야 할 공포감과 수치심이 지나가고 나니, 이제는 깊은 안도감이 찾아왔다. 비밀을 끌어안고 혼자 끙끙 앓는 건 고통스러운 일이다. 그건 마치 연극배우가 연극이 끝난 후에도 자신의 본모습을 감춘 채 평생 극중 인물로 살아야 하는 것과 같다. 그동안 나는 친구들에게 마커스가 내게 저지른 몹쓸 짓은 물론이요, 그가 내게 신형 휴대폰과 게임기와 스케이트보드를 사 주었던 진짜 이유를 말할 수 없었다. 가장 참기 힘든 건 녀석들이 나를 멋지고 자상한 새아빠를 둔 행운아로 취급하며 부러움 가득한 목소리로 마커스를 치켜세울 때 입을 꾹 다물고 있어야 한다는 거였다. 그건 참으로 고약한 일이었다.

나를 돕고자 녀석들이 요새에 찾아왔을 때, 솔직히 말하면 가슴이 뭉클했다. 그런다고 내 문제가 쉽게 해결되지는 않겠지만, 그냥 이렇게 곁에 함께 있어 주는 것만으로도 많은 위로가 되었다. 특히 에반은 어린 소년으로서 감당하기 어려운 집안 문제를 겪고 있는 게 나만이 아니라는 점을 상기시켜 준 고마운 친구다. 자기 부모님 얘기를 직접적으로 언급하지는 않았어도 내게 무슨 말을 전하고 싶은지 충분히 알 수 있었다.

문득 이런 생각이 들었다. 만약 베넷 델라미어 회장이 지금 이 순간 자신이 지은 공습 대피소에 한 무리의 사람들이 숨어 들어와 있는 걸 본다면 어떤 반응을 보일까? 제3차 세계 대전을 염두에 두고 구축한 이 피난처를 우리가 차지하고 있을 줄은 꿈에도 생각지 못했을 테지만, 다르게 생각하면 우리야말로 외부의 적으로부터 몸을 숨기고 있으니 델라미어 회장의 의도에 정확히 부합하게 이 공간을 사용하는 중이었다.

그때였다. 요새의 출입구 뚜껑이 끼익 하고 열리더니 위에서 뭔가 육중한 게 지하 바닥으로 쿵 하고 떨어지는 소리가 들렸다.
"여긴 대체 뭐 하는 데야?" 귀에 너무나도 익은 목소리가 지하실에 크게 울려 퍼졌다.

마커스였다. 그 건장한 사나이는 사다리를 타고 내려오는 대신 한달음에 폴짝 뛰어내려 바닥에 착지했고, 이내 고개를 돌려 우리를 바라봤다. 그의 솥뚜껑만 한 주먹에는 아이폰이 쥐어져 있었다. 그러잖아도 덩치가 산만 한 사내가 비좁은 지하 공간에 있다 보니 원래보다 두 배는 더 커 보였다. 소스라치게 놀란 우리는 뒷걸음질을 치지 않을 수 없었다.

마커스를 여기서 보게 될 줄이야. 숲속에서 한 마리 야생 불곰과 맞닥뜨린 기분이었다.

지하에서 우리를 막다른 벽에 몰아넣은 이 괴물 같은 최상위 포식자가 과연 무슨 말을 내뱉을지 가슴이 쿵쾅거렸다.

"에벌린, 당신 휴대폰이 위치 추적이 되어서 천만다행이야! 내가 얼마나 걱정했는지 알기나 해?"

그 순간 나는 가슴이 얼어붙는 것만 같았다. 내 휴대폰은 위치 추적이 되지 않도록 철저히 막아 놓고선, 엄마 휴대폰까지는 미처 생각지 못했다. 어쩌면 이렇게 어리석을 수 있는지! 내가 모든 걸 망쳐 버리고 말았다!

최상위 포식자 마커스는 시선을 돌리더니 마치 오래전에 잃어버린 아이를 되찾은 듯 나를 와락 껴안았다. "너를 다시는 못 보는 줄 알고 얼마나 노심초사했는지 모른단다, 씨제이!"

이 광경을 지켜보던 녀석들의 눈이 휘둥그레졌다. 이 다정하고 자상한 가장으로부터 왜 뒷걸음질을 쳐야 하는지 의아하다는 표정이었다.

하지만 녀석들은 진실을 알고 있음을, 내가 한 말을 믿고 있음을 의심치 않았다. 내가 마커스를 있는 힘껏 밀쳐 내며 외쳤다. "우리를 가만히 내버려 둬!"

마커스가 한 걸음 뒤로 물러섰다. 충격에 휩싸인 표정이었다. "내게 어떻게 그런 말을 할 수가 있니? 내가 너에게 늘 좋은 아빠였다는 걸 몰라서 하는 말이니?"

마커스의 질문에 나는 하도 어이가 없어서 하마터면 마커스의 얼굴에 침을 튀겨 가며 웃을 뻔했다. 그 순간 내 앞에 마주 선 이가 마커스란 걸 다시 한번 상기했다. 마커스와의 사이에서 웃음을 터뜨릴 만한 일이란 결코 존재할 수 없었다. 그가 내 몸에 남긴 온갖 상처가 머릿속에 주마등처럼 스쳐 지나갔다. 나를 주먹과 손바닥으로 무참히 두들겨 패던 그 잔인함이, 마치 레슬링 상대 다루듯 인정사정없이 내 팔을 비틀고 몸을 꺾어 대던 그 난폭함이, 불 꺼진 방에 누워 그가 저벅저벅 걸어오던 소리에 촉각을 곤두세워야 했던 그 공포의 나날이 떠올랐다. 이에 더해 엄마에게 가해지던 그 우악스러운 손찌검의 기억까지 합쳐지면서 내 온몸은 주체할 수 없는 분노에 휩싸이고 말았다. 결국 나는 앞뒤 가릴 새 없이 작은 주먹을 휘두르며 마커스에게 달려들었다.

나를 벌레처럼 짓이겨 버릴 수도 있는 고질라를 향해 무모하게 덤벼드는 승산 없는 싸움이었다. 하지만 나는 이 사실을 깨닫기에는 너무나 격분해 있었다. 다행히 친구 녀석들은 감정에 치우친 나와 달리 이성적인 판단을 내렸던 모양이다. 녀석들이 일심동체로 움직이며 마커스를 향해 돌진하는 나를 붙잡고 놔 주지 않는 바람에, 내 공격은 허사로 돌아갔다.

나를 붙잡은 채 뜯어말리는 녀석들을 뿌리치기 위해 안간힘을 쓰며 고래고래 소리를 질렀다. "이거 놔! 놓으란 말이야!"

녀석들은 나를 더욱 단단히 부여잡았고, 명을 재촉하는 내 앞길을 막아섰다.

"진정해, 씨제이!" 에반이 목소리를 낮춰 말했다.

그때였다. 마치 지금껏 보고 있던 TV 채널이 갑자기 휙 돌아가기라도 한 듯 눈앞의 마커스가 완전히 딴사람이 되어 있었다. 다정다감한 가장의 모습은 온데간데없이 사라지고, 시뻘겋게 달아오른 낯빛은 급기야 자주색으로 변해 있었다. 가늘게 뜬 눈은 분노로 이글거렸고, 그야말로 헐크로 변하기라도 할 것 같은 기세로 요새 전체를 꽉 메울 만큼 몸이 부풀어 오른 것만 같았다.

이제 우리의 운명은 마커스의 손아귀에 놓이게 되었다.

내 친구들은 두 얼굴의 사나이 마커스의 폭발 직전 모습을 목격한 게 이번이 처음이겠지만, 엄마에겐 익숙한 장면이었다. 위험을 느낀 엄마가 한달음에 달려와 내 앞을 가로막고 섰다.

"여보, 얘는 당신에게 덤벼들려고 한 게 아니에요……."

마커스가 마치 거추장스러운 거미줄을 쓸어 내듯 내 앞을 막아선 엄마를 한 팔로 강하게 밀쳐 냈다. 엄마는 속수무책으로 중심을 잃고 구형 LP 전축이 놓인 쪽으로 나가떨어졌다. 턴테이블을 덮고 있던 아크릴 유리가 엄마 몸에 눌려 우지끈 박살이 나 버렸다.

마커스의 성난 포효는 작은 지하 은신처 정도가 아니라 2만 석 규모의 경기장을 가득 메울 정도로 우렁찼다.

"네 놈이 태어난 걸 후회하게 해 주마……."

마커스가 거친 숨을 내쉬며 내게로 다가왔다.

제이슨

저넬과 나는 녀석들에게서 벗어난 이후 30분 동안 숲속을 배회했다. 그러고 나서야 이제 요새로 돌아가도 안전할 것 같다는 생각이 들었다.

요새의 출입구 근처에 다다랐을 때, 처음 내 눈에 띈 건 출입구 뚜껑이 열려 있다는 것이었다. 그걸 본 저넬이 한마디 했다.

"아니, 출입구를 저런 상태로 두다니……."

나 역시 못마땅한 표정으로 저넬의 말에 고개를 끄덕였다.

"루크와 에이거가 주변을 어슬렁거린다는 걸 단톡방에 남겼건만, 내 말을 흘려들은 녀석이 있는 모양이야."

그렇게 입구에 거의 다다랐을 무렵이었다. 주변에 매복해 있었던 건지, 별안간 둘이 모습을 드러냈다. 루크는 잽싸게 몸을 날려 내게 달려들더니 나를 바닥에 자빠뜨렸다. 저넬이 비명을 질렀지만 에이거가 손으로 입을 틀어막는 바람에 짧은 외침에 그치고 말았다. 저넬이 바닥에 떨어진 휴대폰을 향해 얼른 손을 뻗었으나 저넬의 손이 닿기가 무섭게 에이거가 그것을 발로 걷어찼고, 저넬의 휴대폰은 바닥을 통통 튀듯 구르며 덤불 속으로 사라져 버렸다.

“저넬!” 내가 여자 친구를 구하러 가기 위해 안간힘을 썼지만 루크가 내 위에 올라타 나를 강하게 압박하고 있었기에 꼼짝달싹할 수가 없었다.

예이거가 바닥에 쓰러진 저넬을 질질 잡아끌며 요새의 쇠붙이 뚜껑 위에 올라섰다. “자, 이 안에 과연 무엇이 있을까?”

“그 안에 들어가선 안 돼!” 내가 예이거를 향해 큰 소리로 외쳤지만 여태 살면서 입 밖으로 내뱉은 말 중 가장 어리석은 말이 아니었을까 싶다. 사실 그 순간 머릿속에는 아무런 생각도 없었다. 다만, 우리의 요새가 놈들에게 발각되었고 그건 다 내 잘못이라는 자책만이 머릿속을 어지럽힐 뿐이었다. 내가 친구 녀석들에게 큰 실망을 안겨 준 셈이었다. 녀석들이 나를 영영 용서하지 않겠다고 하더라도 내가 달리 할 말은 없을 터였다.

루크가 나를 짓누르고 있던 몸을 일으켜 세우더니 일이 이렇게 되어 미안하다는 듯한 시선으로 나를 내려다봤다. “그러게 좀 더 일찍 털어놨더라면 우리가 이렇게까지 할 필요는 없었잖아, 제이슨.” 그 말을 끝으로 둘은 사다리를 타고 사라졌다.

바닥에서 힘겹게 몸을 일으킨 나는 저넬을 찾았다. 저넬은 엉금엉금 기는 자세로 덤불을 뒤지며 휴대폰을 찾고 있었다.

“집으로 돌아가!” 저넬을 향해 내가 외쳤다. “넌 이 일에 휘말려서는 안 돼!”

그 말을 남기고 나는 구멍 안으로 서둘러 몸을 집어넣었다. 급한 마음에 사다리의 중간 지점에서 허겁지겁 뛰어내린 나는 바닥에 착지하다가 자칫 발목을 접질릴 뻔했다. 애초에 내부 상황을 알 수는 없는 노릇이었지만, 설마 내 눈앞에 이런 상황이 펼쳐져 있으리라고는 정말 생각도 못 했다.

요새 안은 그야말로 사람들로 꽉 차 있어서 누가 누구인지를 확인하는 데 시간이 걸렸다. 루크와 예이거는 굳이 식별이 필요 없었고, 안에는 당연히 친구 녀석들과 씨제이의 엄마가 있을 터였다. 그런데 씨제이의 새아빠는 대체 어쩐 일이란 말인가?

마커스는 화가 잔뜩 나서 고래고래 소리를 지르고 있었다. 그러던 중 루크와 예이거가 난데없이 등장한 상황이었다. 마커스가 두 녀석을 뒤돌아보며 물었다. "너희는 누구야? 여기엔 무슨 볼일이 있어서 온 거야?"

마커스는 덩치가 큰 데다 잔뜩 흥분한 상태라 누구든 그런 그의 모습을 보면 겁을 집어먹을 만했지만, 확실히 예이거는 두려움을 모르는 놈이었다. "이봐, 아저씨, 여긴 자유 국가라고. 내가 여기 들락거리는데 아저씨 허락을 맡아야 할 필요는 없잖아." 예이거가 듣는 이의 심사를 뒤틀리게 하는 특유의 빈정대는 말투로 대꾸했다. "그러는 댁은 여기에서 무슨 일을 보고 계시우?"

"쟤 이름은 예이거 데블린이에요." 미첼이 불쑥 끼어들었다. "지난 몇 주 동안 우리를 내내 괴롭혀 온 놈이에요!"

예이거가 큰 소리로 웃으며 말했다. "그래, 네 말이 맞단다, 아가야. 고자질 놀이가 하고 싶은 모양……."

예이거는 말을 끝맺지 못했다. 마커스가 솥뚜껑만 한 손을 뻗어 놈의 목을 꽉 조였기 때문이었다. 그 상태로 마커스는 고개를 돌려 씨제이에게 물었다. "그게 사실이냐, 아들? 이놈이 너를 괴롭혀 온 거냐?"

씨제이가 예이거를 쳐다보았다. 강력한 손아귀에 목이 졸려 숨통이 막혀 버린 놈의 얼굴에서 점점 핏기가 가시고 있었다. 물론 우리는 모두 예이거를 혐오했다. 하지만 그렇다고 지금의 위급한 상황을 가만히 두고만 보는 건 말이 안 됐다.

"그만 놔 줘요!" 씨제이가 다급히 말했다.

마커스가 예이거의 목을 쥔 손아귀에 더욱 힘을 주었다. "내 아들을 건드렸다간 아무도 무사하지 못해! 알아들어?"

"난 당신 아들이 아니야!" 씨제이가 울부짖다시피 외쳤다. "난 당신과 아무런 관계도 아니라고!"

그 말은 마커스의 화를 더욱 돋울 뿐이었다. 마커스가 예이거의 목을 쥔 상태로 바닥에서 그대로 들어 올리더니 공중에서 조금씩 흔들어 댔다. 기도가 막힌 예이거의 입에서 꺼이꺼이 숨이 넘어가는 소리가 새어 나왔다. 그 자리에 있는 우리 모두 바닥에서 한 발짝도 움직이지 못하고, 그저 공포에 사로잡힌 채 그 상황을 지켜보고 있었다.

"여보, 제발!" 씨제이의 엄마가 애걸하다시피 말했다. "제발, 그만둬요!"

그때였다. 현장에 있던 우리는 일제히 지하 요새를 배경으로 만들어진 미니어처 모형 속 피규어라도 된 것처럼 미동도, 숨소리도 없이 그 자리에 굳어 버렸다. 유일하게 살아서 숨을 내쉬는 건 예이거뿐이었다. 우리가 소스라치게 놀란 눈으로 목격한 건 바로 예이거의 칼부림이었다. 마커스의 손아귀에서 버둥대던 놈은 청바지 호주머니에 손을 집어넣더니 주머니칼을 꺼내 들었다. 착, 하는 소리와 함께 접혀 있던 칼날이 밖으로 튀어나왔고 칼날에

반사된 전등 빛이 번갯불처럼 번뜩이던 그 찰나의 순간, 칼날은 다시 자취를 감추었다. 시야에서 사라진 칼은 마커스의 옆구리에 깊숙이 박혀 있었다.

마커스가 극심한 고통과 격분에서 비롯된 괴성을 지르며 바닥에 풀썩 쓰러졌다. 마커스의 손아귀에서 벗어난 예이거가 가쁜 숨을 몰아쉬며 비틀비틀 뒷걸음질을 쳤다. 손에는 여전히 주머니칼이 꽉 쥐어져 있었다. 유혈이 낭자한 그 광경을 지켜보고 있자니, 나는 속이 울렁거리고 금방이라도 기절할 것만 같았다. 정신을 차리려 입술을 꽉 깨물었다. 하지만 쓰러진 마커스의 주변으로 고이는 얕은 핏빛 웅덩이를 보니 다시 눈앞이 아득해졌다.

아줌마가 바닥에 무릎을 꿇고 슬피 울기 시작했다. 그 울음은 어떻게 이런 일이 현실에서 벌어질 수 있는지 도무지 믿기지 않는다는 통곡처럼 들렸다.

대혼돈의 무법 지대에서 가장 먼저 정신을 차린 건 리키였다. 리키가 휴대폰을 꺼내 911을 차례대로 눌렀다.

"휴대폰에서 손 떼!" 예이거가 명령했다.

"이 사람 피를 흘리고 있잖아!" 리키가 바닥에 쓰러진 마커스를 가리키며 말했다. "얼른 응급차를 불러야 한다고!"

"내가 휴대폰에서 손 떼라고 했지!" 예이거는 주머니칼이 리키를 향하도록 손에 쥔 다음 칼끝으로 원을 그리며 소리쳤다. "자, 여기 어디에 돈이 숨겨져 있는지 누가 먼저 말해 볼까?"

루크가 긴장한 목소리로 말을 건넸다. "예이거, 저 아저씨 상태가 심각해 보여. 우선 의사를 부르는 게 좋을 것 같아."

"내가 찾으러 온 걸 손에 넣기 전까지는 어림도 없어!" 예이거가 루크에게 사납게 쏘아붙였다. 하지만 예이거의 목소리에서 평소와 다른 점이 느껴졌다. 특유의 빈정거림이 사라지고 극도의 긴장감과 두려움이 묻어난 말투였다. 그렇다. 그는 칼로 사람을 찌른 뒤였다. 물론 그건 정당방위로 빚어진 일이라고 둘러댈 수도 있었다. 하지만 응급 구조 요청을 막은 탓에 마커스가 결국 죽기라도 한다면 이에 대해선 둘러댈 말이 없을 터였다. 오롯이 자신의 탓, 자기 잘못으로 귀결될 일이었다. 이런 난감한 상황이 예이거를 훨씬 더 위험하고 난폭하게 몰고 가고 있었고, 우리 모두 그걸 감지했다.

미첼이 주방 서랍을 덜컥 열더니 거무튀튀한 식사 도구 한 움큼을 집어 들고 예이거를 향해 내밀었다. "이거야! 우리가 내다 판 게 바로 이거라고!"

그걸 본 예이거가 버럭 화를 내며 칼을 들지 않은 손으로 미첼이 내민 손을 후려쳤다. 그 바람에 포크며 나이프, 수저들이 쨍그랑 소리를 내며 떨어져 철제 바닥 위에 어지럽게 흩어졌다. "이게 어디서 쓰레기를 내밀고 허튼소리를 지껄이는 거야! 너 내가 바보로 보이냐?"

에반이 미첼의 앞을 막아서며 말했다. "얘가 하는 말 사실이야! 광택을 내 보면 알게 될 거야. 저거 다 순은이라고!"

그렇게 말하더니 에반은 예이거에게 한 걸음 다가섰다. 에반의 가슴이 예이거가 겨눈 칼끝과 불과 몇 센티미터밖에 떨어져 있지 않았다. 내가 에반을 뒤로 무르게 하려고 녀석의 어깨를 덥석 잡았지만, 에반은 그럴 필요 없다는 듯 내 손을 어깨로 튕겨 내고는 내게 말했다. "이게 다 누구 때문에 벌어진 일인지 모르겠어?"

감정이 격해진 에반의 목소리가 떨리고 있었다. "이건 모두 내 탓이야! 내가 루크의 동생이 아니었다면, 이 양아치 새끼가 우리에게 관심을 둘 일도 없었을 테니까!"

이 말을 들은 예이거의 분노는 극에 달한 듯 보였다. 금방이라도 또 일을 저지를 기세였다. 수적으로 열세였지만 칼을 들고 있는 건 예이거였다. 그렇기에 상황에 대한 통제권은 예이거에게 있었다. 게다가 놈은 칼을 그저 멋으로 들고 다니는 게 아니었다. 순간 칼을 든 쪽의 팔근육이 불거지더니 놈이 팔을 뒤로 뺐다. 그리고 힘껏 칼을 앞으로 쑤셔 넣으려던 찰나였다.

"안 돼!" 내가 숨이 넘어갈 듯한 목소리로 절규했다.

그때였다. 칼이 에반에게 채 닿기도 전에 예이거가 누군가의 강한 힘에 밀려 옆으로 나가떨어졌다. 바로 루크였다. 상대를 향해 돌진하는 미식축구 선수처럼 예이거를 몸으로 밀쳐 바닥에 쓰러뜨린 루크가 순식간에 무릎으로 놈의 가슴을 짓눌렀다. 루크의 배신에 광분한 예이거가 루크를 향해 사정없이 칼을 휘두르려 하자, 이번에는 에반이 달려가 예이거의 팔을 붙잡고 형의 몸에 칼이 닿지 않도록 안간힘을 썼다. 에반을 도와 씨제이가 가세했고, 리키와 나도 힘을 보탰다. 결국 우리는 놈의 손에서 칼을 빼냈고, 주인을 잃은 칼은 바닥을 굴렀다. 그때 미첼이 바닥에 떨어진 칼을 집어 들더니 마치 시뻘겋게 달군 쇠붙이를 손에 쥐기라도 한 것처럼 저글링을 하듯 양손으로 번갈아 가며 어설프게 쥐어서는 간이 화장실 변기 속으로 던져 버렸다.

지하 요새 안은 그야말로 아수라장이었다. 우리 넷은 루크를 도와 미친 듯이 버둥거리는 예이거의 위에 올라타 놈을 제압하기 위해 사력을 다했고, 마커스는 우리 옆에서 의식을 잃은 채 쓰러져 피를 흘리고 있었다. 아줌마는 흐느껴 울며 휴대폰으로 911에 전화를 걸고 있었다. 이렇게 정신없는 상황이다 보니 사다리를 타고 내려와 바닥에 발을 딛고 선 경찰을 아무도 보지 못한 건 당연한 일이었다.

"다들 동작 그만!"

경찰 공무원의 명령을 듣는 게 이렇게 행복한 일인지 미처 몰랐다. 이건 나만의 생각이 아닐 게 틀림없었다.

3초 후에 경찰관은 다섯 명으로 늘어났다. 요새 안은 발 디딜 틈 없이 그야말로 인산인해를 이루었다. 상황을 정리하는 경찰관의 업무 처리는 꽤나 인상적이었다. 그들은 우선 마커스를 후송하기 위한 구급차를 불렀고, 그다음 바닥에 한데 뒤엉킨 우리를 일으켜 세웠다. 경찰에게 저마다 상황을 설명하느라 한바탕 왁자지껄한 소음이 이어졌다. 과연 우리가 하는 말을 경찰이 알아들었을지 의문이었지만, 혼란한 잡음이 잠잠해지고 나자 예이거에게 수갑이 채워졌다. 경찰은 루크에게도 수갑을 채워야 할지를 두고 의견이 갈린 듯 보였는데, 씨제이의 엄마가 루크 덕에 추가적인 불상사를 면할 수 있었다고 설명하자 경찰은 루크를 연행하지 않았다.

경찰들 중에 한 사람이 사다리 옆에 서서 숲속으로 들것을 가지고 오라고 구급대에 무전기로 지시하고 있었다. 그는 바로 저넬의 아빠, 야브로스키 경감이었다. 그제야 상황 파악이 되었다. 우리가 절체절명의 순간에 가까스로 구조될 수 있었던 까닭이 여기에 있었다. 저넬이 휴대폰을 찾아서 아빠에게 전화를 걸었던 것이다!

"제이슨." 저넬의 아빠가 무전기를 주머니에 집어넣고는 경찰관의 눈매로 나를 뚫어져라 쳐다봤다. "내 딸이 어쩌다 이곳에 오게 되었는지에 관해서는 조만간 얘기를 좀 나눠야겠구나."

하마터면 이렇게 대꾸할 뻔했다. "도무지 물러설 생각을 해야 말이죠." 야브로스키 경감이야말로 저넬에게 '안 돼'라고 말하는 게 얼마나 어려운 일인지 누구보다 잘 알고 있을 것이기 때문이다. 저넬은 주견이 뚜렷한 데다 고집이 센 소녀였다. 하지만 내 경솔한 대답으로 저넬이 곤란해지는 일은 없어야 했기에 나는 최대한 공손히 답했다. 더군다나 저넬은 우리를 구출하기 위해 경찰을 부른 장본인 아니던가.

"네, 알겠습니다, 야브로스키 경감님."

사다리를 타고 요새 밖으로 나오자 걱정스러운 표정으로 나를 기다리던 저넬이 보였다. 그 순간, 저넬이 내 여자 친구라는 사실이 무척 자랑스러웠다. 녀석들이야 로미오라고 부르면서 저넬과 사귀는 나를 놀려 대지만, 생각해 보라. 저넬 덕분에 오늘 상황이 다행히 이쯤에서 종료될 수 있었던 것 아닌가. 저넬이 아니었다면 요새에서의 상황이 어떻게 전개되었을지 모를 일이다. 물론 아줌마가 경찰에 전화를 걸려던 참이긴 했지만, 요새의 위치를 설명하고 경찰이 출동하는 동안 얼마든지 반전이 일어날 수 있었다. 마커스가 정신을 차리고 일어나 다시 폭력을 행사했을 수도 있고, 어쩌면 에이거가 루크를 구슬려 다시 자기편에 서도록 했을 수도 있다.

나는 저넬을 보자마자 이렇게 말했다. "너 없으면 난 어떻게 살까!"

"걱정하지 마. 나 없이 살 일은 없을 테니까." 저넬이 그렇게 답하며 나를 꼭 껴안았다.

내 말은 저넬이 아빠에게 전화를 걸어 경찰을 출동시킨 일을 두고 한 말이었지만, 저넬은 다른 의미로 받아들이는 듯 보였다. 하지만 분위기를 깨고 싶지 않았기에 그냥 잠자코 있었다.

루크와 씨제이의 엄마, 그리고 녀석들이 하나둘씩 출입구 밖으로 나왔다. 그 와중에 누군가 작은 목소리로 "로미오!"라고 외쳤다. 아마도 미첼일 것이다. 다음으로 경찰관 두어 명이 수갑을 찬 예이거와 함께 모습을 드러냈다. 예이거는 경찰관에 이끌려 나무들 사이를 걸어가는 동안 우리와 눈을 마주치지 않았다. 멀리서 사이렌 소리가 들렸다. 마커스를 후송할 구급차가 다가오는 모양이었다.

불현듯 요새 안에 몇 분만 더 머물러 있다 나올 걸 하는 생각이 들었다. 요새의 내부를 둘러보며 시선이 머무는 곳마다 기억 속에 꾹꾹 눌러 담았어야 했는데, 그걸 못했다는 아쉬움이 남았다. 이제 다시는 요새를 못 볼 것만 같은 슬픈 예감이 밀려왔기 때문이었다.

에반

요새가 매설된 부지에는 경찰 통제선이 둘러 쳐졌다. 노란색 바탕의 테이프에 검은색 글씨로 '선을 넘지 마시오.'라고 적혀 있었지만 우리는 아랑곳없이 선을 넘었다. 미첼은 선에 걸려 꽈당 자빠지기까지 했다. 그런데 이럴 수가, 요새의 출입구에는 자물쇠가 채워져 있었다.

케이넌 자치 단체장은 요새의 소유권에 관한 논의를 마칠 때까지 베넷 델라미어 회장의 공습 대피소를 봉쇄한다는 행정 명령을 내렸다. 그동안 케이넌 도서관에 불법으로 연결하여 끌어다 쓰던 전력도 끊겼다. 그 말인즉 이제 요새 내부에는 더 이상 불이 켜지지 않고, 환풍기도 돌아가지 않는다는 말이었다. 물론 옛날 영화나 음악도 더 이상 감상할 수 없게 되었고, 샘물을 끌어오던 전동 펌프도 작동을 못 하니 주방 개수대에서는 물도 나오지 않을 터였다.

신문에서는 연일 잊힌 지 오래된 베넷 회장을 소환하여 관련 기사로 지면을 채웠다. 지하 요새를 만들 정도로 생전에 그가 얼마나 '괴짜'였는지를 조명하는 내용이 대부분이었다.

우리 모두가 생각만 하고 있던 바를 입 밖으로 내뱉은 건 미첼이었다. "괴짜라고 해서 정말 끝내주는 걸 만들지 말라는 법은 없잖아."

오랜 기간 우리만의 비밀 아지트였던 요새가 마을 사람 모두의 입에 오르내리니 무척 이상한 기분이 들었다. 거리는 온통 '재력가 베넷 회장과 지하 요새'에 관한 이야기로 넘쳐났다. '냉전'을 기억하는 어른들은 그 시절 치열했던 국가 간 군비 경쟁과 학창 시절 공습에 대비하여 머리를 감싸고 책상 밑으로 대피하던 모의 훈련에 관한 이야기를 하느라 좀처럼 입을 다물지 않았다.

"엄마 아빠한테 요새 이야기를 절대 꺼내지 말자고 맹세한 이유가 바로 이거야." 내가 녀석들에게 우리의 약속을 상기시켰다. "어른들은 우리의 즐거움을 이렇게 앗아가 버리고 말거든."

우리는 모두 요새를 잃었다는 상실감에 크게 낙담했는데, 영재생 리키의 지혜로운 말 한마디에 다소나마 위안을 얻었다.

"어른들은 우리에게서 요새를 빼앗았지만, 그렇다고 해서 우리가 한때 요새를 아지트로 삼았다는 사실이 변하지는 않아. 우리가 요새에서 함께 보낸 그 근사한 시간은 영원한 추억으로 남을 거야."

경찰이 출동했던 그날 이후, 요새를 빼앗겼다는 것 외에도 우리의 일상에는 커다란 변화가 여럿 생겼다. 우선, 나는 형을 되찾았다. 예이거는 마커스를 칼로 찌른 행위는 정당방위로 인정받아 처벌을 면했지만, 불법으로 소지한 칼로 나를 찌르려다 미수에 그친 행위에 대해서는 정식 기소되어 재판이 진행 중이다. 마음 같아서는 예이거가 탈출은 꿈도 못 꿀 정도로 악명 높은 '악마의 섬'에 수감되면 좋겠지만, 어떤 처벌을 받든 그로 인해 형이 예이거와 떨어져 지낼 수만 있다면 난 그것만으로 만족한다.

루크 형은 나더러 더 이상 아무 걱정할 필요 없다고 말했다.
"예이거가 너한테 칼을 겨눈 순간, 이미 그 녀석과 나의 관계는 끝이 났어. 진즉에 청산했어야 하는 건데."

형의 그 말을 얼마나 듣고 싶었는지 모른다. 물론 입으로야 무슨 말인들 못 하겠는가. 게다가 한번 비뚤어진 마음을 다잡기에는 엄마 아빠에게 버림받고 가슴에 사무친 상처가 너무도 깊었다. 하지만 형은 최근 들어 정말로 마음을 고쳐먹은 듯한 모습을 보여 주었다. 이제 할머니에게 대들지도 않고, 도로 학교에도 나가고 있다. 심지어 다시는 못 볼 줄 알았던 미소를 띠기 시작했다. 형은 새사람이 되어 가고 있다.

내 친구 중에서 일상에 가장 큰 변화가 생긴 건 단연 씨제이다. 마커스는 칼에 찔린 상처로 목숨이 위태로운 지경은 아니었지만, 병원에서 퇴원하고 나면 아내와 의붓아들과 더 이상 함께 살 수 없음을 받아들여야 할 것이었다. 그뿐 아니라 법원의 명령에 따라 마커스는 이제 씨제이 모자에게 일체 접근할 수도, 연락할 수도 없게 되었다. 전화를 걸 수 없는 것은 물론이요, 생일 축하 카드를 보내는 것조차 금지되었다.

살던 집은 마커스의 소유였기에 씨제이와 아줌마는 당분간 케이넌 외곽의 아파트에서 지내기로 했다. 마커스의 손아귀에서 벗어난 씨제이는 새로운 삶을 시작한다는 사실에 들떠 있기는 했지만, 그렇다고 마냥 행복감에 젖어 있는 건 아니었다.

"이런 말 이상하게 들릴지 모르지만, 마커스가 좀 가엾다는 생각이 들어." 씨제이가 자신의 솔직한 심정을 드러냈다.

"마커스가 가엾다고?" 제이슨이 분통을 터뜨리며 말했다. "그 괴물 같은 사람 때문에 그렇게 병원 신세를 지고도 그런 말이 나와?"

"괴물이라고 할 것까지는 없어." 씨제이가 차분히 설명했다. "따지고 보면 마커스도 분노를 조절하지 못하는 장애가 있는 사람이니까. 그렇다고 그게 면죄부가 될 수는 없겠지. 아무튼 지금의 상황에서 엄마랑 내가 할 수 있는 유일한 선택은 그 사람과의 관계를 완전히 끊는 거야."

씨제이와 아줌마는 심리 상담을 통해 그동안 가정 폭력에 시달리며 입었을 마음의 상처를 치유하는 중이다. 아줌마의 친구들과 직장 동료들도 아줌마의 새로운 삶에 지지와 응원을 보내고 있다.

알고 보니 씨제이와 아줌마가 구한 새 아파트는 호수만 다를 뿐, 제이슨의 아빠가 사는 아파트와 같은 동에 있었다. 그래서 씨제이는 친한 친구가 '빌트인'된 아파트로 이사하는 별난 행운을 거머쥐었다. 제이슨이 아빠 집에 머물 때면 씨제이와 제이슨은 저녁 나절을 함께 보냈고, 이튿날 아침에는 자전거를 타고 함께 학교로 향했다. 씨제이는 자전거를 더 이상 불사조놀이 하는 데 쓰지 않고 교통수단으로 제대로 활용할 수 있게 되어 감개무량한 표정이었다. 제이슨도 절친을 이웃사촌으로 두어 기쁘긴 마찬가지였다. 기쁜 일은 그뿐만이 아니었다. 제이슨 부모님 사이의 다툼도 전보다는 잦아들었다. 이혼 소송은 여전히 진행 중이었지만, 적어도 양측 모두 소송전에서 제이슨을 무기로 사용하는 일은 그만두었다. 그 이유는 새로운 삶을 시작하게 된 씨제이의 변화를 곁에서 지켜본 제이슨이 사랑하는 두 사람 사이에서 갈팡질팡하는 게 얼마나 힘든 일인지 아느냐며 부모님께 항변했기 때문인데, 다행히도 제이슨의 부모님은 아들이 어렵게 꺼낸 말을 바로 이해했다.

사실 우리는 제이슨이 부모님께 자신의 의사를 표현할 수 있도록 도왔는데, 상대의 면전에서 준비된 말을 연설하듯 늘어놓는 건 지난번 요새 청소를 앞두고 우리에게 목소리를 높였던 이후 처음이었다. 예행연습을 지켜본 소감이 어땠냐고? 녀석이 6학년 웅변 시간에 이 정도만 했어도 최소한 낙제를 면하고 'D⁻'는 받을 수 있었을 것이다.

할머니가 내 친구들과 녀석들의 부모님을 토요일 저녁 식사에 초대했다. 한자리에 모인 지 오래되었으니 자리를 마련하는 거라고 말씀하셨지만, 내 생각은 다르다. 할머니는 결코 날 속일 수 없다. 요즈음 베넷 델라미어 회장의 지하 요새는 우리 동네 최고의 화젯거리인데, 자기 손자인 내가 그 요새를 발견한 무리의 일원이라는 사실로 할머니는 동네 사람들 사이에서 꽤나 유명해졌다. 그러다 보니 우리가 풀어내는 이야기보따리를 통해 주위 사람들에게 들려줄 요새 이야기를 잔뜩 주워 담고 싶은 마음에 자리를 마련한 게 틀림없다.

우리는 카드 게임용 탁자 세 개를 식탁에 붙여 우리 가족, 미첼 모자, 제이슨 모자, 씨제이 모자, 그리고 리키네 가족이 모두 앉을 수 있도록 자리를 만들었다. 다들 약속 시간에 맞춰 한자리에 모였을 때다. 미첼이 테이블에 앉은 사람 수를 세더니 인원이 총 13명이란 걸 알고 까무러칠 듯한 표정으로 기겁했다. 다행히 리키네 꼬맹이 여동생 크리시를 포함하면 14명이 되었기에 가까스로 미첼을 안심시킬 수 있었다.

하지만 미첼이 완전히 마음을 놓은 건 아니었다. "크리시는 별도의 유아용 식탁 의자에 앉아 있으니 우리 테이블에서 식사하는 사람 수는 여전히 13명인 셈이에요."

리키 아빠인 몰리나 아저씨가 아이디어를 냈다. "내가 크리시의 식탁 의자에서 음식 받침대를 떼어 내서 우리 테이블 위에 얹어 두마. 그러면 얘도 우리와 한 테이블에서 식사를 하는 셈이니 식사 인원은 14명이 맞지 않겠니?"

다행히 미첼이 몰리나 아저씨의 말에 수긍했다. 미첼을 처음 만나는 자리에서 녀석을 그렇게 능숙하게 다룰 수 있다니, 역시 영재생 아들을 둔 아빠답게 몰리나 아저씨도 머리가 좋았다. 미첼을 오랫동안 알고 지내 온 우리도 이 상황에서 미첼을 13의 늪에서 빼내려면 최소 한 시간의 언쟁은 불가피했을 텐데 말이다.

나는 친구 녀석들이 루크 형을 친근하게 대하는 걸 보고 마음이 놓였다. 예이거와 어울려 다녔던 지난 일로 형에게 악감정이 쌓였을 법도 한데, 아무래도 친구들은 둘 중 진짜 악당은 예이거였다는 걸 이해하고 놈에게 끌려다닐 수밖에 없었던 루크 형을 용서한 모양이었다.

드디어 할머니가 우리에게 요새에 관해 물었다. 그렇게 할머니를 통해 질문의 물꼬가 한번 트이기 시작하자, 다른 어른들도 숲속 아지트에 관하여 질문 세례를 퍼부어 댔다.

생각해 보니 참 웃기다. 그동안 우리는 요새의 비밀을 지키기 위해 무던히 애를 썼다. 특히 주변에 어른이 있을 땐 혀를 삼켜 버리기라도 한 듯 입도 뻥긋 안 하고 힘겹게 침묵을 지켰는데, 이제 더 이상 그럴 필요가 없다 보니 우리는 너나 할 것 없이 마치 봇물 터지듯 요새 이야기를 펼쳐 놓기 시작했다.

"요새의 출입구는 그 위를 덮고 있던 진흙더미가 허리케인에 씻겨 나간 바람에 드러난 거예요."

"전력을 끌어오는 배전관도 있었어요."

"저는 요새 올림픽 사다리 체조 종목에서 금메달을 땄어요."

"비틀스라는 밴드에 관해 들어 본 적 있으세요?"

"저는 1981년에 제조된 통조림 칠리를 먹었어요."

"글쎄, 그깟 포크 하나에 85달러나 받았지 뭐예요."

"비디오테이프 속 영상에서 베넷 델라미어 회장을 봤어요."

"〈에일리언〉이 〈죠스〉보다 무섭다는 건 말도 안 돼요."

어른들이 질문을 다 끝내고 난 다음에도 우리는 오랫동안 쉴 새 없이 떠들어 댔다. 어른들은 물론이고, 우리랑 불과 몇 살 차이밖에 나지 않는 루크 형조차 우리를 이상한 눈으로 바라봤다.

다들 우리의 말을 이해하지 못하는 듯했다. 어찌 보면 당연한 일이었다. 요새 생활을 경험해 보지 못한 사람들에게 그곳에서 있었던 일에 대한 이해를 바라는 게 오히려 무리였다.

어린아이에게 자신만의 은밀한 공간이 생긴다는 게 얼마나 특별하고 얼마나 드문 일인지 그들이 어찌 알 수가 있겠는가? 부모의 이혼, 난폭한 계부, 낯선 곳으로의 이주, 저조한 학교 성적, 자식을 버리고 떠난 부모 등 가혹한 현실에 저마다 상처를 입고 신음하는 우리를 요새는 따뜻이 품어 주었다. 그랬다. 우리에게 요새는 탈출구이자 피난처였고 마음의 안식처였다.

어른들은 그렇게 소중한 우리의 아지트를 앗아가 버리고 말았다.

아마도 나와 친구 녀석들 모두 이야기보따리를 거의 다 풀고 난 뒤 어느 한 부분에 생각이 머문 모양이었다. 요새에 얽힌 추억을 서로 침을 튀겨 가며 열띠게 풀어 놓던 와중에 돌연 우리 다섯 모두 동시에 약속이라도 한 듯 잠잠해졌기 때문이다. 우리의 입을 일순 꼭 다물게 했던 건 잊고 있었던 바로 그날의 기억이었다.

한동안 음울한 침묵이 이어지던 그 어색한 분위기는 할머니와 할아버지가 미리 준비한 음식을 나눠 주면서 겨우 깨졌다. 두 분은 접시가 넘치도록 스파게티와 미트소스를 듬뿍듬뿍 담아 주셨는데, 그 많은 양에 다들 놀라는 눈치였다. 음식이 담긴 서빙 용기도 그 크기가 우리의 요새만큼이나 컸다. 할머니는 정말이지 손이 큰 분이다. 자기 집에 초대한 손님이 배가 덜 차서 돌아가는 일은 할머니로서는 상상도 할 수 없는 일이었다.

양도 푸짐했지만 맛도 좋았다. 그냥 맛있는 정도가 아니라 정말 끝내주게 맛있었다. 하지만 만약 지금 이 순간 40년 묵은 구운 콩 통조림 한 통을 줄 테니 할머니의 음식과 맞바꾸자는 제의가 들어온다면 나는 그렇게 할 용의가 있었다. 다른 녀석들은 이 가상의 제안을 받고 어떤 선택을 할지 모르겠지만, 지금 음식을 먹는 표정으로 봐서는 나와 같은 선택을 할 녀석은 없을 것 같다.

크리시가 젖병을 바닥에 쿵 떨어뜨렸다. 요 녀석은 아직 이유식을 시작하기에도 이른 젖먹이였다. 이 말인즉 결국 스파게티를 먹는 사람은 13명이라는 것인데, 미첼이 이 사실을 깨닫고 있는지 궁금했다. 아무튼 말해 봐야 좋을 일 없을 테니 입을 꾹 다물었다.

브랙스 아줌마가 스파게티를 한 입 먹더니 눈이 튀어나올 정도로 놀라며 할머니에게 말했다. "소스가 정말 맛있네요! 이렇게 맛있는 스파게티는 처음 먹어 봐요! 조리법 좀 알려 주세요!"

"집안 대대로 전해 내려오는 비법이라고 안 가르쳐 주시기 없기예요." 몰리나 아줌마도 거들었다. "이건 정말 너무나 기가 막힌 맛이네요!"

할머니가 자랑스러운 눈빛으로 말했다. "비법이라고 할 것까지는 없고, 소스에 가미된 향신료가 조금 특별해요. 내 친구 에드 브레킨리지가 집에 딸린 텃밭을 일궈 유기농 허브 정원을 정성껏 가꾸는데, 거기서 얻은 허브로 만든 향신료거든요."

그 말을 들은 여섯 명의 어른이 옳거니 하며 손바닥으로 테이블을 때렸다.

"에드 브레킨리지?" 미첼이 목이 졸리는 듯한 소리로 그 이름을 되뇌었다. "지금 브레킨리지 박사를 말씀하시는 거예요?"

"그렇단다. 이 지역에서 가장 빼어난 허브 정원을 가꾸고 있지.” 할머니가 답했다. “대체 무슨 특별한 노력을 기울이는지는 모르겠지만, 그 친구의 정원에서 재배한 허브엔 특유의 향이 있어서 음식에 곁들이면 풍미가 더 살아난단다.”

파스타 면이 독극물로 변하기라도 한 듯 순식간에 내 표정이 일그러졌다. 지난 수개월간 매일 밤 자신만의 특별한 방식으로 허브 정원에 ‘물을 주던’ 미첼의 모습이 떠올랐다.

주변의 녀석들 반응을 살폈다. 제이슨은 재채기하는 척하며 입에 든 음식물을 냅킨에 뱉어 냈다. 씨제이는 제이슨처럼 바로 뱉어 내지는 않았지만 씹던 파스타 면을 한쪽 볼에 볼록이 모아 놓고 기회를 엿봐서 내뱉을 준비를 하고 있었다. 우리 중 가장 용감한 건 리키였다. 녀석은 끝내 음식을 꿀꺽 삼키긴 했지만 얼굴이 완전 똥 씹은 표정이었다.

루크 형이 우리를 보고 씩 웃으며 말했다. “말 나온 김에 사내답게 털어놓지 그래?”

할아버지가 아리송한 표정으로 물었다. “털어놓다니, 뭘?”

“어서, 미첼.” 루크 형이 채근했다. “이실직고하라고. 네가 못 하겠으면 내가 할게.”

그러자 미첼이 사색이 된 얼굴로 컵에 든 물을 벌컥 들이마시고는 입을 열었다. “그러니까 그게요…….” 쭈뼛쭈뼛 중얼대던 미첼이 심호흡을 하더니 말을 이었다. “저희는 스파게티를 먹을 수 없어요.”

“왜 못 먹는다는 게냐?” 할머니가 물었다.

미첼이 거의 무릎에 닿을 정도로 고개를 떨구며 기어들어 가는 듯한 목소리로 답했다. “저 때문에 녀석들 모두 비위가 상했거든요." 미첼은 결국 그 자리에서 밤마다 벌인 '정원에 물주기' 복수극을 실토했다.

어른들은 미첼의 이야기를 들으며 잠시 놀라는 표정을 짓더니 이내 테이블이 흔들릴 정도로 자지러지게 웃어 댔다. 젖먹이 크리시조차 어른들을 따라 웃기 시작했다. 물론 뭣 때문에 웃는지 녀석은 알 턱이 없었겠지만 말이다.

미첼이 화를 내며 물었다. "뭐가 그리 재밌는 거죠?"

할머니는 미첼에게 오늘 준비한 음식 재료들은 모두 조리 전에 깨끗이 씻었으며, 특히 스파게티 소스에는 미첼의 오줌 성분이 전혀 들어 있지 않다는 걸 차분히 설명했다. 자기 말을 입증하기라도 하듯 할머니는 파스타 면을 포크에 둘둘 말아 입에 넣고 꼭꼭 씹은 다음, 보란 듯이 꿀꺽 삼켰다. 다른 어른들도 아무렇지 않은 표정으로 스파게티를 입에 넣었다.

그 모습을 바라본 미첼과 녀석들이 다소 안심이 된다는 표정을 지었다.

한편, 아들의 고백에 깜짝 놀란 워스 아줌마가 물었다. "미첼, 어째서 브레킨리지 박사님 정원에 그런 못된 짓을 한 거야?"

"못된 건 제가 아니라 그 사람이에요." 미첼이 되받아쳤다.

"박사님이 네게 얼마나 친절하게 대해 주셨는데, 왜 그런 소리를 하는 거야?"

"그자는 엄마가 건강 보험을 상실하자마자 환자 명단에서 나를 빼 버린 사람이잖아요."

"박사님은 우리 집 사정을 알지도 못하는데, 그게 대체 무슨 소리야?"

순간 미첼이 멀뚱멀뚱 엄마를 바라봤다.

"진료 예약을 취소한 건 엄마였어. 델라크래프트 자동차 부품 회사에서 해고된 후에 엄마가 네 병원비를 감당하기 어려워서 그랬던 거야. 엄밀히 말하면, 박사님이 우리를 저버린 게 아니라 우리가 그분을 저버린 거라고."

미첼이 한 방 맞은 듯한 표정으로 테이블에 앉은 사람들을 둘러보았다. 다들 두 사람이 나누는 대화 내용에 정신이 팔려 있던 그때, 갑자기 미첼이 포크를 집어 들더니 자기 접시 안에 든 파스타 면을 듬뿍 집어 올렸다.

"어휴, 배고파 죽겠네! 우리, 접시를 꼴찌로 비우는 사람은 접시에 코 박기로 해요!"

미첼

케이넌 의회는 요새 안에 있는 델라미어 집안의 귀중품이란 귀중품은 모두 회수하는 한편, 그들이 무식하게 '땅굴'이라고 부르던 요새 자체는 흙으로 채워 영구히 봉쇄하기로 의결했다. 한 무리의 소년들이 비밀 아지트로 삼았던, 세상에서 가장 멋진 공간은 그렇게 비참한 말로를 맞이했다. 의회의 의원 나리들은 자신들의 현명한 판단으로 우범 지대를 제거하게 되었다며 자화자찬하고 있겠지. 멍청이들 같으니라고.

친구 녀석들은 의회의 결정에 단단히 화가 나 있다. 요새를 폐쇄한다니 그럴 만도 하지 않겠는가? 리키는 인부들이 숲으로 향하는 걸 보고 눈물이 날 뻔했다고 말했다. 리키는 이제 우리의 진짜 친구가 되었다. 리키는 입학시험에 우수한 성적으로 합격해 놓고 학교 관계자에게는 없던 일로 해 달라고 말했다. 녀석은 친구들과 같은 학교에 다니는 편을 택한 것이다. 그 친구들이란 바로 우리다. 거기엔 나도 포함된다. 어리석은 결심처럼 보일지 몰라도, 생각해 보라. 리키처럼 똑똑한 애가 내린 결정이 어리석을 리 있는지.

그건 그렇고 우리의 요새, 아니 우리의 전(前) 요새 소식에 녀석들은 다들 크게 상심해 있다. 리키도, 에반도, 제이슨도, 씨제이도, 나도. 그야말로 대환장 상심 파티였다. 학교 수업이 끝나자마자 숲으로 직행하던 그 시절은 이제 옛날이야기가 되고 말았다.

저넬은 우리더러 다른 요새를 찾아보라고 말하지만, 저넬의 로미오인 제이슨조차 그 생각에는 고개를 가로젓는다. 그런 요새를 다시 발견한다는 건 불가능한 일이니까.

만일 우리가 요새를 되찾을 수만 있다면, 나는 깨진 유리를 들고 검은 고양이가 어슬렁거리는 바닥 아래로 13개의 가로대가 달린 사다리를 타고 내려가야 한다 할지라도 충분히 그럴 용의가 있다. 아니, 그 말은 취소해야 할지도 모르겠다. 요새를 되찾는다 한들 내가 이미 죽고 없다면 아무 소용없을 테니 말이다. 아무튼 내 말의 요지는 전해졌으리라 믿는다.

그렇다고 나쁜 소식만 있는 건 아니다. 엄마는 나더러 브레킨리지 박사에게 전화를 걸어 그동안 허브 정원에서 벌였던 일에 대해 사과하라고 시켰다. 그래서 어쩔 수 없이 유쾌할 리 없는 통화를 나눴는데, 전화상으로 브레킨리지 박사는 엄마가 전에 말했던 것처럼 나를 환자 명부에서 고의로 뺀 적이 없다는 사실을 확인해 주었다.

"그럼, 제가 상황을 오인하고 박사님의 환자 명단에서 스스로 발을 뺀 셈이네요." 내가 박사에게 말했다. "저는 늘 이렇게 멍청한 짓을 해요. 제가 이렇게 어리석은 판단을 하는 건 강박증 때문이에요. 박사님도 일전에 제게 설명해 주셨잖아요."

"그래, 그랬던 것 같구나." 이런 대답이 돌아온 이후 수화기

저편에서 긴 침묵이 이어지던 그때, 박사가 말을 이었다. "다시 와서 진료를 받는 게 어떻겠니?"

"저도 정말 그러고 싶어요." 진료 시간이 좀 따분하긴 해도 내 말은 진심이었다. "하지만 우리 가족은 건강 보험을 상실했고, 엄마는 진료비를 낼 형편이 안 되는걸요."

그러자 박사가 진료비는 받지 않을 테니, 대신 나더러 자신의 허드렛일을 도와달라는 제안을 했다.

"와, 너무 좋아요!" 내가 탄성을 질렀다. "근데…… 허드렛일이라면 어떤 걸까요? 저는 잘하는 게 아무것도 없어서요."

"무슨 소리. 네게도 잘하는 일이 있고말고. 우선, 우리 집 허브 정원을 돌봐 주거라. 밭도 갈아야 하고, 잡초도 뽑아야 하고, 물도 줘야 한단다. 물론 이번에는 진짜 물을 줘야 할 테고."

"내가 장담하는데 이제 그 집 정원에서 자라는 허브는 시원찮을 거야." 씨제이가 말했다. "너의 그 특별 서비스가 중단되었으니 말이야."

"농담이라도 그런 말은 하지도 마." 리키가 정색을 하며 말했다. "우리 모두 그 허브를 먹은 거 기억 안 나냐?"

새벽 1시에 모인 우리 다섯은 마지막 요새 미션을 위해 어둠을 뚫고 살금살금 밤거리를 걷고 있었다. 요새를 향해 걷는 건 아니었다. 이제 더 이상 요새 같은 건 존재하지 않았다.

우리가 향하는 곳은 케이넌 쓰레기 하치장이었다. 시에서는 귀중품을 제외한, 아무도 거들떠보지 않는 요새 내부의 물건들을 죄다 하치장에 내다 버렸다. 다른 사람들에게는 그게 쓰레기일는지 몰라도 우리에겐 결코 쓰레기가 아니었다. 그랬다. 마지막 요새 미션이란 우리의 추억이 담긴 요새의 잔해를 찾아 쓰레기 더미를 뒤지는 일이었다. 그리고 이 미션은 어쩌면 요새에 작별을 고할 수 있는 유일한 기회일지 몰랐다.

"얼마나 더 가야 해?" 내가 물었다. SUV 차량만큼 커다란 쥐들이 쓰레기 더미 위를 뛰어다니는 모습이 머릿속에 떠올랐다. 숫자도 13마리쯤 되어 보였다.

"거의 다 왔어." 제이슨이 답했다. "너는 냄새도 못 맡냐?"

"나는 입으로 숨을 쉰단 말이야." 내가 설명했다. "이건 의료상의 문제니까 나를 탓하진 마라."

다섯 명의 휴대폰 플래시로 비춰 본 하치장의 모습은 그야말로 끔찍했다. 무엇보다 규모가 어마어마했다. 산더미처럼 쌓인 쓰레기 속에서 대체 요새의 잔해를 어떻게 찾는단 말인가? 게다가 선뜻 다가가기에 징그러운 느낌이 들었다. 쥐는 보이지 않았는데 분명 어딘가에 숨어 있는 게 틀림없었다. 내가 무서워하는 만큼 쥐들도 나를 무서워하기를 바랐다. 그럴 일은 거의 없겠지만 말이다.

리키가 쓰레기차가 주차된 곳에서 가까운 쪽부터 수색을 시작하자는 제안을 했다. "아마도 가장 '신선한' 폐기물은 쓰레기차 주변에 있을 거야."

씨제이가 코를 킁킁거리며 말했다. "네가 찾는 게 신선한 거라면 번지수를 한참 잘못 짚은 것 같은데."

그때 쓰레기 더미 꼭대기에서 무언가가 시뻘건 두 눈으로 우리를 내려다봤다.

"쥐다!" 공포에 사로잡힌 내가 비명을 질렀다.

"그럼 쓰레기 더미 속에서 반려견 코커스패니얼이라도 나타날 줄 알았냐?" 제이슨이 우렁찬 목소리로 내게 핀잔을 줬다.

우린 둘 다 틀렸다. 우리를 매섭게 노려보며 뒷걸음치던 녀석은 뒤룩뒤룩 살이 찐 너구리였다. 역시 리키의 날카로운 직감은 적중했다. 그리 오래 걸리지 않아 쓰레기 더미 상단에 처박혀 있던 소파 비스름한 게 씨제이의 시야에 잡혔다. 달빛에 반사된 그 희끄무레한 실루엣만이 겨우 눈에 띄었지만 씨제이는 단번에 알아보았다. 오랜 시간 자신의 침대가 되어 준 그 소파를 몰라볼 리 없었다.

우리는 서로를 끌어 올리며 녹색 쓰레기봉투를 디딤돌 삼아 쓰레기 산을 올랐다. 소파가 있는 곳에 다다른 다음 휴대폰 플래시를 비추었더니, 글쎄 요새의 잔해가 몽땅 거기에 모여 있었다. 전축도 있었고 비디오도 있었다. 베넷 델라미어 회장의 영상을 처음 보여 주었던 TV도 함께 말이다. 그걸 보니 "누군가 이 영상을 보고 있다면, 나는 이미 죽은 사람일 테고 미국은 침공받았겠구려."라는 말로 시작하던 델라미어 회장의 육성이 떠올랐다.

에반이 쓰레기 더미 속에서 그 옛날 통조림 한 통을 집어 올렸다.

"이제 더 이상 통조림을 그리워할 일은 없을 거야. 정말 맛있게 먹었다는 건 부정할 수 없는 사실이지만." 씨제이가 말했다.

제이슨은 퀸의 4집 앨범 〈A Night at the Opera〉의 LP 음반

을 집어 들어 재킷에 묻은 바나나 껍질 반 토막을 걷어 냈다. 재킷 안에 든 레코드판은 이미 세 조각으로 쪼개져 있었다.

내 발밑에선 묵사발이 된 〈죠스〉 비디오테이프가 뒹굴고 있었다. "이 영화 한 번 더 보고 싶었는데." 내가 아쉬움을 담은 목소리로 말했다.

"왜?" 씨제이가 의아하다는 듯 물었다. "오들오들 떨며 다섯 번이나 봤으면 충분하지 않아?"

"이번에는 떨지 않고 볼 자신이 있었다고!" 내가 답했다.

녀석들이 내 얼굴을 쳐다보며 모두 웃어 댔다.

"아쉽게도, 이제는 내 말을 입증할 수 없게 되었네." 녀석들의 비웃음에도 아랑곳없이 나는 고집스레 할 말을 마쳤다.

"네 플레이스테이션이 안 보이는데." 에반이 씨제이에게 말했다. "누군가 가져간 게 분명해."

"아무나 가져가라지." 입술을 앙다문 채 씨제이가 답했다.

씨제이의 떨떠름한 반응을 우리는 모두 이해했다. 플레이스테이션은 마커스가 준 선물이었으니까. 지워 버리고 싶은 씁쓸한 기억에 미련이 남아 있을 리 없었다.

우리는 쓰레기 더미 위에 조금 더 머물며 우리가 즐겨 보고 즐겨 듣던 비디오테이프와 LP 음반을 뒤적였다. 하지만 그중에 하나라도 기념품으로 챙기려는 녀석은 없었다. 대부분 심하게 훼손된 데다가, 챙겨 봤자 집에 비디오나 턴테이블이 없으니 재생이 불가능했기 때문이다.

마지막으로 우리 눈에 띈 건 간이 화장실이었는데, 닫힌 화장실 문 위에 무언가가 자리를 잡고 앉아 있었다. 우리 다섯 명의 휴대폰 플래시를 통해 드러난 그 무언가의 정체는 바로 제이슨의 선인장이었다. 이혼 소송 중인 부모님이 서로 차지하려고 기를 쓰고 다투는 바람에 제이슨이 몰래 빼내 요새 안에 숨겼던 바로 그 귀면각 말이다.

우리는 모두 눈이 휘둥그레졌다.

귀면각은 활짝 꽃을 피우고 있었다. 탐스러운 흰 꽃이 온 동네 사람들이 내다 버린 온갖 쓰레기와 못 쓰는 고물과 입다 버린 헌 옷들 사이에서 휘황찬란한 빛을 발하고 있었다.

"이럴 수가!" 리키가 흥분한 목소리로 외쳤다. "저 선인장은 일 년에 딱 한 번, 한밤중에 꽃을 피운단 말이야! 그 시점이 지금 이 순간일 확률을 수학적으로 계산하면 어떻게 될까?"

영재 학교에 누구나 입학할 수 있다고 하더라도 나란 아이는 입학 순번이 맨 끄트머리에서 앞서거니 뒤서거니 할 것이다. 그럴지언정 나는 리키의 그 질문에 자신 있게 답할 수 있었다. "이건 수학적 확률로 접근할 문제가 아니야. 우리는 요새에 작별 인사를 하려고 여기에 온 거잖아. 이건 요새가 우리에게 건네는 작별 인사야."

이번만큼은 아무도 나를 비웃지 않았다.

이 책『안전가옥(The Fort)』에 등장하는 인물들은 저마다 여러 가지 힘겨운 상황을 겪고 있습니다. 그들이 각자 짊어진 삶의 무게는 천차만별이겠지만, 한 가지 분명한 건 짐은 혼자 짊어지기보다 나눠 드는 게 훨씬 낫다는 겁니다. 특히 짊어진 짐의 무게에 짓눌려 몸을 가누기도 힘들 정도라면 더욱 그렇습니다.

씨제이처럼 아동 학대에 노출된 아이들이 자신에게 벌어진 일과 현재 벌어지고 있는 일을 타인에게 솔직히 이야기하는 건 무척 중요합니다. 씨제이의 경우에는 자신의 속사정을 털어놓은 대상이 친구들이었지만, 그 밖에 다른 선택 사항도 많습니다. 가령 학대와 무관한 친척, 심리 치료사, 생활 지도 상담사, 학교 선생님, 또는 코치 선생님이나 친구의 부모님 등 믿을 만한 어른에게 말씀드리고 도움을 청하는 방법도 있습니다.

혹시라도 자신의 상황을 주변에 알리고 싶지 않거나, 전문가와 직접 대화하기를 원한다면 비영리 아동구호단체에 연락하기 바랍니다. 아니면 국번없이 112나 1366번, 범죄피해자 지원을 맡는 1577-1295로 전화를 걸어도 좋습니다. 어떤 상황에 처해 있든 여러분은 혼자가 아님을 기억하기 바랍니다. 또한 기타 가정폭력 상담 및 지원에는 다누리콜센터(이주여성) 1577-1366, 한국가정법률상담소 1644-7077, 대한법률구조공단 132 등이 있습니다.

미첼의 사례에서 알 수 있듯이 강박장애는 전문가로부터 상담과 진료를 받는 게 중요합니다. 물론 강박장애를 앓고 있는 모든 사람이 미첼과 같은 증세를 보이는 건 아닙니다. 강박장애는 유형이 매우 다양해서 유형에 따른 맞춤형 치료가 이루어져야 합니다. 치료를 잘 받는다면 아이든 어른이든 강박장애가 있는 사람도 충분히 편안한 일상을 이어갈 수 있습니다.

작가의 말

내가 7학년(중학교 2학년)이었을 때, 국어 선생님은 '각자 소설을 써 보라.'는 숙제를 주셨다. 숙제를 내 주신 분은 사실 국어가 아닌 체육 선생님이셨다. 학교에 교사 수는 계속해서 줄고 있는 마당에 육아 휴직자 마저 겹치다 보니, 당시 국어 과목을 맡아 줄 분이 마땅히 없어 체육 선생님이 그 자리를 대신했던 모양이다. 우리는 소설 쓰기 숙제에 분노했고, 그런 숙제를 내 준 선생님이 미웠다. 당시 교실 분위기는 그야말로 폭동이라도 일어날 기세였다.

그러나 그 숙제가 내 인생을 바꾸었다. 그때 내가 숙제로 제출했던 소설이 『This Can't Be Happening at Macdonald Hall!』이었다. 학기 말에 서로의 숙제를 바꿔 읽고 독후감을 작성할 때 내 이야기는 친구들 사이에서 인기를 독차지했다. 우리 반 한 아이가 이렇게 말했다. "네가 쓴 이야기가 우리 학교 도서관에 있는 그 어떤 책보다 재미있어."

이 말은 내가 지금껏 들어 본 최고의 찬사이다.

이 이야기를 책으로 내 볼까 하고 고민할 때 즉각 떠올랐던 곳이 '스콜라스틱(Scholastic)' 출판사였다. 당시 나는 우리 반에서 스콜라스틱 출판사에서 발행한 책의 서평단을 맡고 있었는데, 그 덕에 나는 거의 이 출판사의 직원처럼 대우받았고, 게다가 보너스 포인트를 월급처럼 받았다.

그 후 2년이 지나 내가 9학년(고등학교 1학년)이 되었을 때, 스콜라스틱 출판사에서 첫 책을 출간하였다. 이후 세월이 흘러 여기에 99권의 책이 더해지면서 이번에 나의 100번째 작품을 여러분께 선보이게 되었는데,

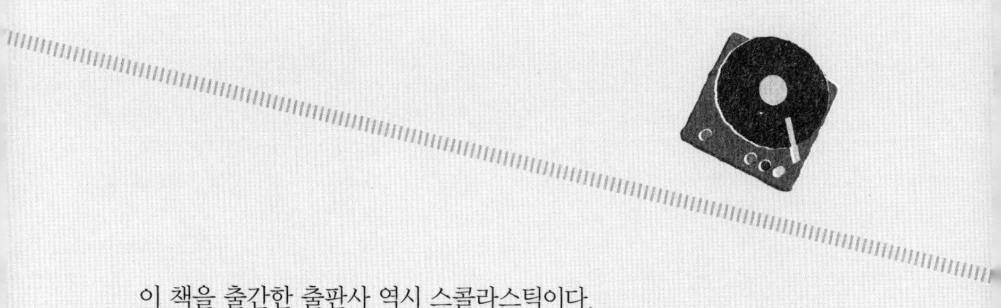

이 책을 출간한 출판사 역시 스콜라스틱이다.

나는 사실 작가가 될 생각이 없었다. 소설 쓰기 숙제를 할 때 내 목표는 그저 국어 과목에서 낙제만은 면하자는 것이었는데, 오늘날 소설 100권을 써 낸 작가가 되었으니 실로 감개무량한 일이 아닐 수 없다.

미래는 우리의 손을 잡고 응당 나아가야 할 방향으로 우리를 인도한다. 어느 길을 걷게 될지는 모를 일이다. 미래는 운동장을 한창 뛰고 있는데 느닷없이 국어 교실에 불려 와 다짜고짜 소설 쓰기 숙제를 내는 체육 선생님의 모습으로 나타나기도 한다.

그 숙제를 제출한 지 수십 년이 지났건만 놀랍게도 나의 소설 쓰기 여정은 지금껏 계속되고 있다. 나의 초창기 소설을 좋아해 준 팬들은 이제 자녀를 둔 나이가 되었고, 그들의 자녀가 다시 내 소설의 팬이 되었다. 세대에 걸쳐 내 책을 읽고, 책 속 등장인물이 펼쳐 내는 이야기에 계속 공감해 준다는 사실은 작가로서 누릴 수 있는 최고의 영예일 것이다.

독자 여러분이 있기에 수십 년 전 우연히 발견한 작가로서의 재능을 지금껏 펼치며 살아오고 있다. 작가는 이야기를 만들고, 독자는 저마다의 자리에서 그 이야기를 읽고 생각하고 함께 웃는다. 소설은 이렇게 저자와 독자의 파트너십으로 탄생한다.

이 소설 『안전가옥(The Fort)』 역시 함께 즐겨 주길 바라며, 나의 신실한 독자들께 감사드린다. 200번째 책으로 여러분과 다시 반갑게 해후할 것을 약속한다.